호모폴리티쿠스

문 미카엘 지음

호모폴리티쿠스

초판 1쇄 인쇄 2012년 1월 12일
초판 1쇄 발행 2012년 1월 17일

지은이 | 문미카엘
펴낸이 | 손 형 국
펴낸곳 | (주)에세이퍼블리싱
출판등록 | 2004. 12. 1(제2011-77호)
주소 | 서울시 금천구 가산동 371-28 우림라이온스밸리 C동 101호.
홈페이지 | www.book.co.kr
전화번호 | (02)2026-5777
팩스 | (02)2026-5747

ISBN 978-89-6023-741-4   03810

| 에세이 작가총서 410 |

호모폴리티쿠스

이강산을 살리자

문 미카엘 지음

ESSAY

독자 여러분께...

2012년 19대 총선에 이어 18대 대선이 있습니다.

이 소설은 18대 대선 야권 후보 경쟁에 뛰어든 한 젊은이의 이야기입니다. 2012년에 마흔한 살이 된 주인공 이강산은 야권의 거물 김준석, 장철희와 치열한 3파전을 벌입니다. '이강산을 살리자'는 그의 슬로건입니다. 그동안 정치 드라마나 소설을 보면서 제가 느낀 아쉬움은 주인공이 지나치게 착하거나 지나치게 비열하다는 것이었습니다. 주인공 이강산은 양의 가슴과 뱀의 머리를 가지고 있습니다.

현재를 배경으로 하였기에 정치인의 이름이나 당명을 있는 그대로 쓴 부분이 있습니다. 이것을 바꿀 경우 오히려 억지스런 설정이 될 것 같아서였습니다. 과거 정치인에 관한 평가 부분에 있어 가능한 한 공과를 균형 있게 유지하려고 했으나 독자 여러분의 호불호에 따라 불만이 있을 수 있습니다. 이 점은 너그러이 용서해주시기 바랍니다.

이 소설을 사랑하는 나의 가족에게 바칩니다.

아버지 문상수 전교장 선생님, 어머니 이남임 여사,
장인어른 이 상태님, 장모님 월산댁 임정숙 여사,
동생 문주혁 그리고
부인 이 미카엘라와 나의 딸 은서

읽기에 앞서...

[줄거리]

출생의 비밀을 간직한 업둥이 출신의 이강산이 2011년 40세에 보궐선거에서 국회의원이
된 후 2012년에 야당인 민권당의 대통령 후보가 되기까지의 과정을 과거와 현재를 넘나들
며 보여주는 소설이다. 2011년과 2012년이 중심이다.

[주요 등장인물]

이강산 : 출생의 비밀을 간직한 업둥이 출신. 주인공. 보수당인 한국당의 본거지인 경북 영
곡에서 보궐선거에서 민권당 당적을 가지고 국회의원에 당선된다. 1년 후 민권당
과 시민사회단체의 후보단일화 경선에서 극적으로 승리하여 야당 대통령 후보가
된다.

김준석 : 이강산의 정신적 지주이자 운동권 선배. 정통 보수 집안이나 서울 법대 재학 중
특전사에 다녀온 후 서울대 총학생회장 전대협의장을 역임한다. 전대협의장으로
수배 중에 이강산을 만나 형님 동생 하는 사이가 된다. 민권당의 강력한 대선후보
이다.

최경호 : 김준석의 친구이자 같은 운동권 출신. 주인공 이강산을 항상 의혹의 눈으로 바라
본다.

장철희 : 서울대 공대를 최연소에 졸업한 천재. IT기업가로도 성공하여 시민단체가 추대한
야권 후보가 된다. 겉으로는 학자의 이미지를 가지고 있지만 뛰어난 머리로 사태
를 읽는 눈이 뛰어나다. 이강산, 김준석과 삼파전을 벌인다.

김민갑 의원 : 한국당의 원로. 3성 장군 출신이며 4선 의원이다. 국회의원 회관에서 이강산 의원과 사무실을 마주보는 사이이다. 한일의원연맹 회장을 역임한 보수 우익의 원조 격이다. 19대 총선에서 불출마를 선언하고 아내의 병간호를 위해 낙향한다.

김여경 : 김민갑 의원의 딸로서 이혼녀이다. 아버지의 일을 도와주러 국회의원 회관에 갔다가 이강산을 만나게 되고 결국 결혼한다.

김태식 : 이강산의 고등학교 동창으로 이강산의 보좌관 역할을 한다. 고교시절 이강산을 때려주고 친해진 후 계속 이강산의 오른팔이 된다. 제2금융권 큰손의 아들이다.

김석철 : 김민갑 의원의 큰아들이자 여경의 오빠이다.

조경덕 : 정치판의 유명한 철새로 집권 한국당의 3선 의원이다. 19대 총선에서 불출마를 선언하고 민권당으로 당적을 옮긴 뒤 이강산의 대변인이 된다.

이한수 : 김 전 대통령의 측근이며 구 민권당계의 좌장이다. 노회한 정치력의 소유자이며 심한 전라도 사투리가 특징이다.

장기준 : 대한그룹 장영길 회장의 넷째아들.

장진영 : 장기준의 딸로 김준석과 결혼한다. 이강산과의 관계는 나중에 밝혀진다.

이 씨(이주태) : 강산의 아버지

이 씨 아내(임순녀, 월산댁) : 강산 모

차례

인생의 시작

1971년, 7대 대통령 선거를 앞두고 실시한 신민당 대선 후보 경선에서 김대중 후보가 김영삼 후보를 누르고 신민당의 대선 후보가 되었다. 그해 4월에 치러진 대선에서 지난 두 번의 대선과 달리 박정희 대통령은 고전을 면치 못했다. 김대중 후보가 대도시에서 약진을 했기 때문이다. 그때 마침 TV가 본격적으로 보급되기 시작하여 사람들은 다방에 모여 앉아 대선 관련 뉴스를 보면서 갑론을박을 하였다.

사람들의 관심이 온통 대통령 선거에 쏠려 있던 1971년 4월의 어느 날이었다. 경기도 현구읍의 어느 한적한 집으로 어떤 아줌마가 들어가고 있었다. 철제 대문을 막 열고 들어가려고 하는 아줌마를 한 사내가 막아선다.

"아주머이, 잠깐 저 좀 보입시다."

그리고 그 두 사람은 뭔가를 속삭인다. 대문 안쪽에서 영숙은 두 사람의 대화를 들으려 하지만 잘 들리지 않는다. 그리고 잠시 후 낯선 사내와 얘기를 마치고 아줌마가 문 안으로 들어온다.

"오셨어요?"

많이 기다렸다는 듯 영숙이 반긴다.

"그래요. 앞으로 여기서 자고 먹고 할거유. 내가 집안일은 다해줄테니 색시는 애만 잘 보면 돼. 그리고 또 애를 봐주기도 하지."

밤이 되니 아줌마가 슬그머니 밖으로 나간다. 그 아줌마는 나가더니 문밖에서 이번에는 또 어떤 사내와 이야기를 한다. 영숙이 듣기에 아까의 목소리와는 다른 것 같았다. 얘기가 끝난 후 아줌마는 들어와서 영숙 옆에 누웠다.

"아줌마 나 젖이 잘 안 나와서 분유 좀 사와야겠어요."

"그럼 날 시키지 왜? 내가 갔다 올게."

영숙은 들은 척도 않고 아이를 안고 집을 빠져나간다. 영숙은 분유통과 아기를 가슴에 꼭 품은 채 연신 뒤를 돌아보며 발걸음을 재촉한다. 급하게 입고 나와서 양말도 신지 못했다. 전봇대 뒤의 검은색 지프차가 눈에 들어왔다. 영숙은 문을 두드린다. 계속 뒤를 돌아보면서 열쇠로 문을 열고 아줌마를 밀치듯 방안으로 들어간다.

"안 추웠어? 얼굴이 퍼렇네. 아, 애 낳은 지도 얼마 안 됐다면서 밤중에 찬바람을 쐬면 어떻게 해? 내가 갔다 온다니까 왜 그래? 아, 누가 아기를 갖고 도망가기라도 한다든?"

"아줌마를 못 믿어서가 아녜요. 세상을 못 믿어서지."

숨을 쌕쌕거리며 영숙은 아이를 눕힌다. 아이는 배가 고파 자지러지게 운다. 영숙은 당황하며 자신이 젖병을 사오지 못한 것을 깨닫는다. 그리고 털썩 주저앉더니 바보 같은 자신을 탓하듯 말한다.

"젖병을 못 샀네요. 좀 사다 주시겠어요? 여기 돈 있어요."

"그러게 내가 간다니까. 그럴 돈은 다 있지. 애 아빠가 보낸 사람이라면서 아기 보는 데 필요한 돈은 다 주고 갔다니까."

영숙은 애써 당황한 빛을 감춘다.

"애 아빠가 보낸 사람이요? 예, 알겠어요. 애가 배고픈가 봐요. 빨리 사다 주세요."

"알았어. 내 금방 다녀올게."

아줌마가 나간 것을 확인하고 영숙은 정신없이 가방에 아기 용품을 주워

담는다. 그리고 머플러로 머리를 칭칭 감싸고 뒷문으로 빠져나온다. 4월의 밤바람은 산모에게 더 오한이 들게 만들었다. 발을 굴러도 택시는 좀처럼 오지 않는다. 한 대가 지나치려다 10미터쯤 앞에서 멈추자 영숙은 뛰어가서 얼른 뒷자리에 탄다.

"어디로 가십니까!"

택시기사는 아주 느긋하게 물어본다. 택시기사를 조심스럽게 보던 영숙이 말한다.

"아저씨, 서울에서 제일 잘사는 동네로 가주세요."

"예에, 아, 성북동 말씀이지요? 알겠습니다."

택시기사는 영숙을 돌아보며 '나이 어린 처녀가 사연 있는 애를 낳아서 업둥이로 보내려는 모양이구만' 하고 이해하는 듯한 표정을 하고는 정면을 보고 영숙에게 말한다.

"거 애기 엄마는 운이 좋은 줄 아쇼. 내가 파출소 계신 형님 덕택에 통금에도 다닐 수 있는 증이 있거든. 지금 가면 두 시간은 걸려요. 딴 차 같으면 통금에 옴짝달싹못하지."

영숙은 아무런 말이 없다. 얼마쯤 가자 영숙과 아기는 잠이 들었다. 기사는 새벽 한 시 즈음 성북동에 다다르자 걱정이 솟아올랐다.

"택시비는 있으쇼?"

택시기사의 물음에 아기와 영숙은 잠을 깨었다. 아기는 다시 울기 시작했다.

"아저씨 얼마나 남았어요?"

"거의 다 왔습니다."

뒤를 돌아보고는 영숙은 다시 놀란다. 까만색 지프차가 따라오고 있었다. 대문이 2층집만하고 성벽 같은 담벼락이 있는 집들 사이로 택시는 들어간다.

"아저씨, 저기 저 모퉁이에서 세워주세요."

영숙은 만 원권 신권 한 장을 택시기사에게 쥐어주고 재빨리 내린다.

"아니, 애 엄마 잔돈 가지고 가요."

영숙은 돌아보지도 않고 뛰어간다.

기사는 혼잣말을 한다.

"아휴, 어떤 돈 많은 놈이기에."

그리고 자기 일이 아니라는 듯 무관심하게 노래를 부른다.

"돌담길 돌아서 또 한 번 보고."

그때 지프차가 앞을 가로막자 기사는 브레이크를 꽉 밟는다.

"아니, 어떤 새끼들이야!"

기사는 화가 나서 나가 따지려는데 깡마른 사내가 다가오더니 기사를 끄집어내 팔을 꺾고 머리를 보닛에 처박는다.

"어디다 내려줬어?"

"네, 으아! 저기 파란대문 옆 골목이요."

팔을 꺾은 사내는 상전으로 보이는 사람을 쳐다본다.

"내가 알아. 성진의 이 회장 집이야. 꾸물거리지 말고 빨리 가자."

사내 둘이 지프차를 타고 사라진다.

"아니, 도대체 어떤 대단한 놈 씨야? 아유, 팔 아파라. 아이고, 저것들은 싸모가 보낸 모양이네. 그럼 잘됐구만. 니미럴, 업둥이로 줘버린다는데 대체 뭐가 문제야?"

영숙은 이리저리 뛰어다니다가 뒤에서 차체가 긴 고급 승용차가 오는 것을 보고는 몸을 숨기고 바라본다. 영숙은 그 승용차가 들어가는 집 대문 앞에 아이를 내려놓는다. 주머니를 주섬주섬 급하게 뒤져서 사인펜을 꺼내 아기 옷에다가 뭐라고 적는다. 그러고는 눈물을 흘리며 젖을 적게 먹어 지쳐버린 아기의 볼을 꼬집는다. 영숙은 애가 타서 마음속으로 외친다.

'어서 울어, 울라니까.'

아기가 우렁차게 울자 영숙은 아기가 보이는 곳까지 물러나 전봇대에 몸을 숨기고 아이를 쳐다본다. 울어도 사람이 나올 기미가 보이지 않자 다시 아이를 데리러 가려는데 그때 대문이 삐걱 열렸다. 그리고 웬 아줌마가 이리저리 둘러보더니 아기를 안고 들어갔다. 아기가 안으로 들어간 것을 확인하고 다시 영숙은 미친 듯이 뛰었다.

'가능한 한 멀리 가야 해, 멀리.'

그리고 갑자기 밝아오는 지프차의 라이트에 얼굴을 가리더니 그대로 쓰러졌다.

41년 후
경상남도의 어느 시골 마을

날이 밝자마자 김 이장이 김민갑을 찾아왔다.

"의원님, 저 좀 보입시더."

김민갑이 짜증을 내며 답했다

"니, 와 자꾸 내한테 의원님이라카나? 도대체 언제 쩍 의원이고?"

"입에서 그리 붙아부랐는데 어쩝니꺼. 알겠습니다마, 행님. 그란데 이케 가만 있을 깁니꺼?"

"가만 안 있으믄?"

"우리 집뿐 아이고 온 마을 사람들 전화가 난리가 아니라 예. 그라고 막 오겠다는 사람이 얼매나 많은지 아십니까? 방송국에서도 대형 TV랑 의자 설치해서 시청하게 해준닥 했습니다. 저희 집은 쬐맨하지 않습니까? 체면도 있고 해서."

"캐서 와?"

"큰형님 댁이 떡하이 보기도 좋고 마당도 넓고, 카고 아주머님밖에 안 계시고 케서 제가 거기다 설치하라꼬 했습니다. 카고 그 집은 사위 분이 결혼식을 한 역사적 장소 아잉교?"

"뭐어, 큰형님 댁에? 너 이제 보이 내한테 허락 받으로 온 기 아니라 통보하러 온 것 아이가?"

김 이장은 이죽거리며 답한다.

"예, 맞습더. 우린 종가에서 모여서 보는 기라요."

김 의원은 현관문을 확 닫고 들어가 버렸다. 문 뒤로 김 이장의 말이 들린다.

"행님요, 시키신 대로 풍물은 안 할 기라요. 조용히 볼랍니다. 행님도 수고하이소."

"여보, 허리는 덜 따가운교?"

김민갑은 걱정스러운 듯 아내에게 묻는다. 김 의원의 아내는 빙긋 웃으며 고개를 가로젓는다. 아내가 병석에 누운 후로 김 의원은 이렇게 맑은 아내의 표정을 본 적이 없다. 김 의원은 숨을 한 번 고르고는 TV를 다시 켰다. 2시간 후면 민권당의 18대 대통령 후보가 결정된다. 큰형님은 돌아가시고 형수님만 사는 고택 앞에서 기자의 멘트가 나온다.

"안녕하십니까? 앞으로 대략 두 시간 후면 민권당의 대선 후보가 결정되는데요. 저는 지금 민권당의……"

어제 잠을 한숨도 못 잤지만 김민갑 의원은 조금도 졸리지 않는다. 고향에 내려와 아내의 병수발을 시작한 후 아내의 혈색은 완연히 좋아졌다. 지금 바깥은 웬만한 시골 장터보다 시끄럽다. 집 안팎을 내외하는 사람을 극도로 제한시켰건만 누구 하나라도 왔다 갔다 하면 인터뷰를 하고 플래시를 터뜨리고 난리도 아니다. 갑자기 군중 소리가 커졌다. 창녕 댁이 전화를 받고 문을 열러 나갔다. 같이 밀려오는 취재진을 물리치고 대문을 잠그고 나자 두 아들이 들어왔다. 석철이 먼저 말문을 연다.

"아부지예?"

"왔나?"

"어떻게 안 오겠습니까? 여기서 봐야지 예."

"니 어무이한테는 인사 안하나?"

동생 형철이 먼저 어머니께 인사한다.

"지들 왔습니더."

김 의원의 아내는 눈으로 웃는다. 김 의원은 나지막한 목소리로 석철을 불렀다.

"석철아!"

"예, 아부지."

"니 아직도 담배 안 끊었제?"

"네, 제가 지금 어떻게 끊을 수가……."

"됐다, 니 담배나 여 두고 니들은 거실서 보그라."

석철이 걱정스레 묻는다.

"아부지, 끊은 지 3년이나 되셨잖아예?"

동생 형철이 형을 잡아끈다. 그리고 아버지께 담배를 건네며 말한다.

"아부지 담배 여 있습니다. 이것 피우시소."

그리고 형의 팔짱을 끼고 거실로 같이 나간다. 김 의원이 아내의 침대 맞은편 베란다로 나가려 일어설 때 그의 아내가 팔을 잡는다. 그냥 여기서 피우라고 하는 것 같다. 김 의원은 아내의 팔을 뿌리치고 베란다 문을 열고서 다시 아내 옆에 앉는다. 그리고 담배 한 대를 피워 물고 사위를 처음 만난 순간을 떠올린다.

강산의 국회의원 시절

2011년 6월, 임시국회 본회의 개회 전 보궐선거에서 당선된 국회의원들의 선서식이 있었다. 경기도 위당 시에서 당선된 민권당 심민규 의원과 경북 영곡에서 당선된 이강산 의원 그리고 경남 선양의 한국당 김강표 의원, 광주광역시 양산구의 한국당 곽영범 의원 그리고 한국당 정의국 의원의 부고로 전국구를 물려받은 정영진 여성의원의 선서식이었다. 다른 의원은 다 모였는데 이강산 의원만 나타나지 않고 있었다. 국회의장이 약간 짜증이 날 무렵 이강산 의원이 뒷문으로 들어와 의원석 사이의 통로를 당당하게 지나갔다. 이강산 의원의 모습을 보고 의원석 여기저기서 소리가 터져 나왔다.

"옷이 뭐꼬 저그이?"

"아야, 뭐시다냐 저거시?"

머리 반쪽을 연두색으로 물들이고 연두색 양복에 연두색 와이셔츠 그리고 연두색 혁대에 연두색 구두까지 완전히 밤무대 가수 패션이었다. 이강산이 민권당 의원이 많은 쪽에 대고 소리친다.

"안녕하십니까? 민권당의 색 평화의 색 그린입니다."

민권당의 이한수가 소리친다.

"아야, 너 뭔 짓거리냐?"

김민갑 의원이 민권당 쪽 의원들에게 소리 쳤다.

"이이기 뭐하는 짓거리요? 이렇게 국회를 무시해도 되는 기요?"

소란스런 의원들에게 강산이 소리쳤다.

"왜들 이러실까요? 제가 뭐 옷을 잘못 갖춰 입었습니까?"

하더니 네 의원 옆에 섰다. 국회의장이 엄숙한 톤으로 말한다.

"본회의가 내일도 계속되니 내일 선서식을 다시 하겠습니다. 초선의원의 이런 태도는 민권당 지도부에도 책임이 있습니다. 선배의원들은 물론이고 국회와 국민에 대한 모독입니다. 내일 다시 선서할 테니 제대로 차려입고 오세요. 이강산 의원은 오늘은 앉지도 말고 그냥 퇴장하세요. 거 심민규 의원도 앉지 마세요. 당대표가 돼가지고 도대체 후배 의원을 어떻게 가르친 거요?"

본회의장에 약간 웃음이 터진다. 그리고 다른 의원들에게도 약간 미안한 듯 얘기한다.

"안 되겠소, 내일 다 다시 합시다. 어쩌것소?"

그렇게 이강산과 김민갑 의원은 첫 대면을 했다. 앞문으로 퇴장하면서 이강산은 정영진 의원에게 깍듯하게 말을 건넸다.

"정 의원님이시죠? TV토론에서 많이 뵀습니다. 우리 서로 초선의원이 같이 됐는데 언제 단합대회나 하시겠습니까?"

"(잠시 머뭇거리더니) 그러죠, 뭐. 오늘저녁에는 여성 국회의원 모임에서 환영식이 있어서 안 되고요."

"그래요? 저도 거기 끼면 안 될까요? 저도 옛날에 여자였는데 남자들한테 인기가 없어서 남자로 성전환 했습니다."

"네에! 진짜에요?"

"아, 농담입니다, 농담. 진짜 요새 유행하는 말로 정 의원님도 예능을 다큐로 받아들이시네. 저, 먼저 가겠습니다."

정 의원은 그제야 본회의장으로 들어오는 민주당 이미숙 의원을 향해 묻는다.

"진짜, 저 사람이 이번에 당선된 사람 맞습니까? 경북에서는 하도 안 되니까 개그맨을 공천하셨군요."

"하하하, 나도 만날 국회에서 머리 아플 일밖에 없었는데 저런 사람 하나 있는 것도 신선하잖아요. 정 의원 이따 봐요. 앞으로 우리 싸울 일도 많을 텐데 오늘은 언니동생처럼 한잔합시다. 나 얼른 들어갈게요. 요샌 뭐 결석하는 의원, 지각하는 의원 리스트까지 인터넷에 떠도는 판이니 원."

의원회관에서 이강산의 방은 모조리 한국당 의원들로 둘러싸여 있었다. 작고한 한명일 의원의 자리였으니 그럴 수밖에 없었다. 이강산은 빈 의원실로 들어가 앉았다. 그리고 아무 말 없이 한참을 있었다. 그리고 잠이 들었다. 얼마 동안 잤는지는 모르지만 노크소리에 잠을 깼다. 국회사무처 직원이 정중히 들어왔다. 강산의 옷차림을 보며 다소 황당한 표정을 지었다. 그러나 곧 아주 형식적이고 다소곳한 자세로 설명하기 시작하였다. 보좌관을 어떻게 추천할 것이며 어떻게 할당 받을지 설명했다. 그리고 각종 국회 관련 안내서와 브로슈어를 건네주었다.

"보좌관은 한 명 정도면 될 것 같습니다. 술 담배를 안 하는 분으로요."

"그러면 여성 보좌관으로 해드리죠. 더 필요 없으십니까?"

"일 년짜리 의원이 무슨 보좌관이 많이 필요하겠습니까? 제 친구가 보좌관을 할 것이니 그 정도면 족합니다. 컴퓨터는 제가 알아서 설치할 것이고, 기타 가입해야 할 사이트들은 주신 것 보고 제가 직접 하겠습니다. 여성 보좌관도 천천히 해주서도 됩니다. 친구가 신혼여행 갔다가 일주일 후면 올 것이니 그때 맞춰 보내주시면 됩니다."

"예, 알겠습니다."

직원이 나가려는데 강산이 주섬주섬 포장된 떡을 내놓는다.

"다른 분들과 나눠드세요. 입주 기념으로 돌리는 것입니다."

직원은 다소 황당한 표정을 지었지만 "감사합니다. 잘 먹겠습니다." 하고는 들고 나갔다.

강산은 직원이 나가자 짐을 꺼내 컴퓨터를 설치한다. 책상 아래서 낑낑대고 있는데 "아무도 안 계쇼?" 하는 소리가 들린다. 강산은 손을 털고 일어났다.

"어떻게 오셨습니까? 어, 혹시 조경덕 의원님 아니십니까?"

"저를 알아보시는구먼. 옆방에 대단한 양반이 입주했다기에 와봤수다."

"대단하긴요, 무슨."

"대단하지 그럼 안 그래요? 경북 영곡에서 민권당으로 되신 분 아닌가?"

"감사합니다. 어떻게……."

"그냥 인사나 할라고 들렀수다. 그리고 내가 돌아다니면서 소개 좀 시켜드릴라구. 전부 다 한국당 의원에 둘러싸여 계시잖수."

"그럼 이 떡 드시면서 조금만 기다리십시오. 거의 다 끝났습니다. 옷만 얼른 갈아입겠습니다."

"떡? 나 떡 먹으면 안 되는데. 당뇨가 조금 있어서. 젠장, 국사를 돌보다 정작 내 몸은 다 망가졌다니깐" 하면서 와구와구 주워 먹는다.

그리고 지 멋대로 냉장고에서 음료수를 꺼내 먹는다.

"꺼억! 그런데 그 옷을 입고 작업을 하시면 어떡하나? 저녁에 공연 안 가쇼?"

강산은 웃으면서 옷을 갈아입는다. 그리고 까만색 스프레이를 뿌려 녹색 머리카락도 지운다. 강산은 조경덕 의원을 따라다니며 주변의 의원 방에 떡을 돌리고, 맨 마지막으로 김민갑 의원의 방으로 갔다.

"김민갑 의원은 계시려나? 하여간 자기 방에 붙어 있지 않는다니깐."

강산은 조경덕을 따라 김민갑 의원의 방으로 들어간다.

"어이구, 김 의원님은 계시네요. 이강산 의원이 인사드린답니다."

이강산이 여러 보좌관한테 말한다.

"떡 좀 드십시오. 저희 어머님께서 주문해서 새벽에 직접 가져오신 겁니다."

보좌관들은 입실했다고 떡 돌리는 의원은 첨 보았다고 재잘대며 한 개씩 가져갔다. 김민갑 의원이 힐끗 한번 쳐다보더니 무슨 서류를 보면서 얘기한다.

"옷은 갈아입으셨나 보네. 거 너무 튀면 못 쓰요. 국민이 보잖소. 어렵게 당선됐다고 들었는데 거 지역구민들이 알면 뭐라 하겠소. 낼은 좋게 차려 입고 선서 잘하쇼. 지금처럼 입으니 보기 좋구먼." 조경덕이 참견을 한다.

"아, 그래도 이런 친구도 있어야 하지 않겠습니까? 여기 분위기는 너무 천편일률적이라니까요. 머리도 말이죠. 3:7만 있어도 말을 안 해요. 전부 정준하 스타일이야."

김민갑 의원이 조경덕을 노려보면서 말한다.

"조 의원은 임시국회가 개원했는데 안 바쁘요?"

"제가 바쁠 일이 뭐가 있습니까? 상임위원회도 안 끼워주고 반겨주는 사람도 없고, 저 여의도 오리알 된 지 오래 됐습니다."

"그럼 저랑 점심이나 하시죠?"

강산이 조 의원에게 밝게 웃으면서 제안한다.

"그럴까요? 내 딱 보는 순간 이 의원하고는 뭔가 통하는 게 있어 보였다니깐."

조경덕과 이강산이 나가자 김민갑이 혼잣말을 한다.

'입주했다고 떡을 돌린다꼬? 그 노마, 참.'

조경덕과 이강산은 국회 식당에서 식판을 앞에 둔 채 마주 앉았다.

"거 나가서 산다니깐 굳이 여기서 먹자고."

"저야 여기가 첨이잖습니까?"

"나도 첨엔 그랬지. 군기도 바짝 들고. 하지만 나처럼 3선을 해봐. 아주 국회 밥이 물려."

강산과 식사하면서 조경덕은 여기저기 보이는 의원들에게 별로 반기지도 않는데 아는 척을 해댄다. 이런저런 얘기가 오간 다음 조경덕이 조용히 묻는다.

"이 의원이 김준석 의원의 직계 후배라면서요? 이번 공천도 김 의원이 밀어줬고."

"예, 그렇습니다."

"저 말이요, 이 의원. 이 여의도에서 살아남으려면 입이 정말 무거워야 합니다. 정말 조심해야 해요. 저기(목소리를 낮춰 조용히 말한다) 언제 내가 김준석 의원과 한 번 만나자고 했다고 전해주쇼."

오후에 김준석 의원 사무실을 찾았다. 의원 보좌관들은 프로다웠다. 무슨 연구실 같았다. 안쪽 의원실 안에서는 준석이 민권당 의원들과 얘기를 나누고 있었다.

여성 보좌관 한 명이 차는 무엇으로 드시겠냐고 묻자 강산이 대답한다.

"다방커피요. 설탕이랑 프림 왕창 들어간 것."

남성 보좌관 한 명이 커피를 갖다 주면서 농담을 한다.

"맛있게 드세요, 싸장니임. 앞으로 저희 다방 많이 놀러와 주쎄용."

이강산이 보좌관의 이름에 주진국이라고 쓰여 있는 것을 보고 말한다.

"그래, 내 미쓰 주 보러 자주 오께. 아야, 너도 여기 앉아서 한잔해라 잉."

하고 말하자 모두 웃음을 터뜨린다.

웃음이 그친 후 머리가 약간 희끗한 사람이 다가와서 이강산에게 악수를 청한다.

"이강산 의원, 국회 입성을 축하드리요."

"어? 저를 아세요?"

"나 생각 안 나요? 그때 좀 덜 때렸나?"

"아, 그때 그 수사관 아저씨? 세상에, 준석이 형하고 일하십니까?"

강산이 '준석이 형'이라고 하자 보좌관들이 신기하게 쳐다본다.

"그러요, 그렇게 됐소."

김준석 집무실에 들어가 둘이 마주 앉았다.

"차 마실래?"

"예, 이번에는 녹차 마실게요. 근데 세상에 어떻게 저 아저씨가 형님이랑 일합니까? 우리 그때 중정에 잡혀 갔을 때 나를 디지게 팼던 그 아저씨 맞죠?"

"하하, 그래 맞다. 맞아."

"언제부터 같이 일하셨어요?"

"1997년부터."

"굉장히 오래 됐네요."

"그렇지. 1997년 DJ의 대선 당선 가능성이 높아지자 안기부에서 호남 출신들을 대거 경질해버렸어. 그 사람들이 줄을 바꿔 탈까 봐. 그때부터 나랑 일하고 있지. 저 아저씨, 참 채 보좌관이 DJ 당선에 큰 공을 세웠어."

"역시 정치에는 영원한 적도 동지도 없군요."

"당연하지, 허허."

"형님은 여전히 바쁘시네요?"

"뭐 임시국회도 개원했으니까? 넌 어떠냐?"

"아직 얼떨떨합니다."

23

"얼떨떨하다면서 아침부터 그런 사고를 쳐? 허허허."

"나의 존재감을 한 번 알린 건데 너무 기대 이상으로 반응을 하시네요."

"그러게 말이다. 워낙에 나이 드신 분들이 많다."

김준석이 차를 한 잔 마시고 말을 잇는다.

"이번에 니가 내 체면을 많이 살려줬다. 이번에 민권당에서는 겨레당 야권 단일 후보가 낙선해서 고소해하는 의원들이 많아. 어쨌든 겨레당은 내 사람들이 많은 곳 아니냐? 내가 아주 곤란할 뻔 했는데 니가 날 살렸어. 역시 너도 정치가, 선동가 소질이 있어. 앞으로도 그전에 그랬던 것처럼 나를 잘 따라와라."

"알겠습니다."

강산이 나가자 김준석이 혼잣말을 한다.

'기발하고 능력 있는 놈이야. 처음부터 나랑 있었으면 국회의원은 쉽게 됐을 텐데.'

강산은 나가면서 준석의 사무실로 들어오는 최경호와 마주친다. 둘은 서로 놀라지만 강산이 먼저 인사한다.

"안녕하셨습니까? 선배님."

"그래, 이 의원 반갑네."

멋쩍은 인사를 하고 둘은 헤어진다. 최경호는 김준석 사무실 안으로 들어가면서 뒤를 돌아보며 뭐라고 중얼거린다. 김준석이 친구한테 말하듯 다그친다.

"야 인마, 넌 아직도 강산이가 의문스럽냐?"

"그래."

"사람을 의문을 가지고 들여다보면 한이 없어."

"그러는 너는 안 그래?"

"앉아, 중요한 문제들이 많아."

그리고 둘은 뭔지 모를 깊은 대화를 나눈다. 강산은 나가면서 채 보좌관과 복도에서 차를 한 잔 더 마셨다.

"채 보좌관님, 염색을 더 하얗게 하시든지 성형을 하셔야겠어요. 어째 얼굴이 하나도 안 변하셨을까? 이 국회에는 야당뿐 아니라 여당에도 빨갱이 출신들이 많은데 채 보좌관님한테 두들겨 맞은 사람들이 앙심을 품고 달려들면 어떻게 하실라고요?"

"허허, 밥 한 끼 먹으면 다 없어집니다. 다 나도 묵고 살라고 한 짓이었응께 다들 이해하고."

"근데 그때, 나 두들겨 패다 말 때 6.29가 나올지 아셨습니까?"

"그랬죠. 그래서 냅둔 거요. 안 그랬으면 이강산 의원 정말 몸이 어떻게 됐을지 모르요. 김준석 같은 거물이야 조심해서나 때리지. 그때 이강산 의원은 아무것도 아니었잖소?"

"그랬군요."

"이 의원 두들겨 패고 김준석 의원한테 갔더만 6.29가 나올지 다 알고 있더라구요. 그때부터 김준석 의원이 보통이 아닌 줄을 알았소. 어떻게 중정보다 먼저 알 수 있겠소?"

차를 한 모금 털어 넣더니 다시 말을 잇는다.

"그래서 그때부터 내가 간접적인 정보를 김 의원한테 조금씩 줬소. 본격적으로 일한 것은 1997년부터지만."

"그러면 짤릴 만하시네. 빨갱이 잡는다는 사람이 빨갱이한테 정보를 빼돌렸으니."

둘이는 호탕하게 웃고 앞으로 형님 동생 하기로 하고 헤어졌다.

다음날부터 저녁 모임은 계속 김준석을 따라다니기로 하고 이강산은 자기 방으로 와 마무리 정리를 하고 있었다. 주변이 조용하다. 의원 보좌관들이 다 빠져나간 모양이었다.

그런데 이강산에게는 그날 손님이 많이 찾아왔다. 여성 잡지 기자, 방송사 연예 담당 리포터, 각종 패션잡지, 동대문 의류상가 연합회, 여행사 등등. 혼자 남겨져 방 정리만 할 것 같은 첫날, 강산은 오후 6시까지 기꺼이 인터뷰에 응해주었다.

저녁이 되자 강산은 멍하니 있다가 어떤 모임이 생각났다. 강산은 여성 국회의원 모임이 있는 장소로 서둘러 걸어서 갔다. 강산이 노크를 하고 문을 열자 여성 국회의원들이 떨떠름한 표정으로 강산을 맞이하였다.

"가만히 있다가 밥만 먹고 가면 안 되겠습니까?"

강산은 구석자리에 조용히 앉아 있었다. 식사가 거의 나왔건만 여성의원들은 식사를 하지 않고 있었다. 강산이 배가 고픈 시늉을 하자 옆에 앉은 한국당 길영희 의원이 "회장 말만 끝나면 먹을 테니까 좀만 참아요."라고 핀잔을 준다. 회장으로 보이는 의원이 일어서서 말했다.

"저희가 이런 모임을 만든 것은 이념이나 당파적 이해관계가 개입될 필요가 없는 여성의 권익에 관한 부분에 대해 초당적으로 협력하고자였습니다."

그리고 뭔 말이 많다. 강산이 조그마한 소리로 "뭔 소리가 저렇게 많냐?"고 하자 길영희 의원이 다시 핀잔을 준다. 그리고 박수 소리가 끝나자 금세 분위기는 장터처럼 왁자지껄해졌다. 그리고 여느 아줌마들과 똑같았다. 화두는 애들 교육 문제였다. 자식들이 좋은 대학에 간 의원들은 은근히 자랑하고, 공부 못하는 자녀를 둔 의원은 한숨을 쉬었다. 강산이 약간 큰 소리로 물었다.

"유학은 어떻게 보내시나요? 요새 중고등학교 때 어학연수 웬만하면 가잖아요?"

강산의 말이 끝나자마자 여기저기서 불만이 터져 나온다.

"어떻게 보냅니까? 그랬다가는 언론에 뭔 소리를 뚜들겨 맞을라구."

그리고 다시 시끌시끌해진다. 그러던 중 길영희 의원이 물었다.

"이강산 의원은 애가 몇 살이에요?"

"저요? 아직 애가 없습니다. 아직 장가를 못 갔어요."

다시 여기저기서 수다가 시작됐다. 중신을 서겠다고 하는 의원들이 많았다. 그때 민권당의 이미숙 의원이 말했다.

"어머, 이번에 들어오신 정영진 의원도 아직 독신이시잖아요. 둘이 잘해보면 되겠네."

"그으래요? 진짜 정 의원님하고 제가 사귀면 한국당과 민권당의 화합에도 도움이 되고 국민한테도 신선한 자극제가 되겠네요. 자요, 정 의원님. 저랑 건배!"

정영진 의원은 떨떠름한 표정을 짓는다.

"원래 처음에는 이렇게 시작하는 거죠. 제가 맘에 들어도 빼시는 것 압니다."

여성의원들은 웃음을 터뜨리고 강산은 어디 동네 아줌마들하고 노는 것처럼 즐겁게 수다를 떨었다. 그리고 다음날 누가 찍어서 올렸는지 여성 국회의원 몇 명과 노래방에서 신나게 놀고 있는 강산의 모습이 인터넷을 도배했다. 지상파 정규 아침뉴스에서도 이것을 보도하였다.

그날 강산은 전날 하지 못했던 국회의원 선서를 하였다. 옷은 얌전히 차려 입었지만 그래도 약간은 티를 내었다. 뭔가 이상한 강산의 양복에 의원들은 고개를 갸웃거렸지만 시비를 걸지 못했다.

강산은 그 후 저녁 모임에 김준석을 따라다니며 거물들을 많이 만났다. 저녁 식사가 끝나면 다시 어디론가 가는 것 같았다. 강산은 어디 또 가시냐고 묻지도 않았고, 준석은 강산에게 같이 가지고 하지도 않았다. 강산은 신경 쓰지 않고 미리 얻어둔 오피스텔로 들어가 잠이 들었다. 잠이 참 잘 왔다.

6월 임시국회 두 번째 주가 됐다. 친구 태식이 신혼여행에서 돌아왔고 여성 보좌관도 입실하였다. 태식은 자기 자리에 붙어 있지 않고 김준석 의원 사무실에서 살다시피 했다. 태식과 준석이 마주 앉았다.

"그래, 신혼여행은 즐거웠냐?"

"애까지 낳고 살다가 이제 신혼여행 간 건데요, 뭘?"

"너, 그냥 강산이한테 붙어 있어라. 그냥 그놈 보좌관을 해. 그리고 날 도와주고 알겠지?"

"(뭔가 모를 듯한 표정으로) 에, 알겠습니다."

강산은 몸과 맘이 아주 편했다. 평소에 온라인에서 논쟁하던 것을 아주 편한 장소에서 하게 되었고, 원하는 자료를 구해달라고 하면 여성 보좌관은 참 잘 뽑아다 주었다.

강산은 혼자서 인터넷 동호회 모임에 나갔다. 그전과는 완전히 다른 분위기였다. 현직 국회의원과 같은 동호회를 한다고 많은 사람이 나왔다.

"저는 얼떨결에 국회의원이 된 사람입니다. 그전과 다를 바 없으니 우리 옛날 그대로 놀면 됩니다. 그리고 아시겠지만 제가 여러분에게 한턱 쏘고 싶어도 그럴 수 없으니 옛날처럼 분빠이해야 합니다."

그러자 좌중의 한 사람이 말했다.

"우리랑은 그냥 금권 정치를 하세요."

그동안 강산이 온라인에서 주장했던 것들을 사람들이 여기저기 퍼 나르기를 해서 강산의 어록과 의견들은 온라인에 살짝 관심만 있는 사람이면 다 알게 되었다.

강산은 민권당 의총과 국회 본회의에 다 출석하였고 그리고 인사 청문회와 주요 상임위에 참관인으로도 참여하였다. 그리고 저녁이면 혼자서 동대문으로 양복을 사러 갔다. 거의 매일 다른 양복을 입었고, 약간은 튀는 강산의 패션에 연예계 소식을 전하는 방송들은 항상 주목했다.

강산은 한 달이 지나지 않아 어느새 지상파 언론에 가장 많이 등장하는 국회의원이 되었다. 단, 정치면이 아니었을 뿐이었다. 그러나 국회에서는 아무도 그에게 관심이 없었다. 워낙 시끄러운 정치적 사안들이 많았기 때문이다.

2011년 상반기의 특징이라면 무조건 야권 후보로 굳어질 것 같던 김준석 후보의 아성에 장철희가 대항마로 등장한 것이다. 기존 정치인에 식상한 사람들에게 서울대 최연소 박사에 IT CEO 출신의 장철희가 큰 매력으로 다가왔다.

태식과의 점심식사 자리였다.

"강산아, 이대로 야권 후보가 될 김준석 의원한테 이런 변수가 등장할 줄 누가 알았겠냐?"

"왜 장철희가 인기가 많다고 생각해?"

"뻔하잖아. PK 출신이지. 거기다 서울대 출신에, 성공한 사업가, 그런 사람이 반한국당 행보를 하고 있고 무엇보다 야당 의원들을 따라다니는 좌파 딱지가 없잖냐?"

"준석이 형한테 나쁘지는 않아."

"아니 왜?"

"장철희가 안 나타났다면 민권당 내뿐 아니라 다른 야권 대선 주자를 형 혼자서 다 감당해야 해. 그리고 당 중진들이 그리 만만한 사람들이 아니야.

이번에 보궐선거의 최대 수혜자는 심민규 대표야. 장철희의 출현으로 심민규의 기가 꺾여버렸어. 나쁠 게 없어."

임시국회는 끝났지만 많은 정치적 사안이 등장했다. 10월에는 서울시장 보궐선거가 예정돼 있었고, 한미 FTA 비준통과가 기다리고 있었다. 정치권은 들썩인다는데 이상하게도 국회의원 회관은 사람이 별로 없었다. 강산은 늘 국회의원 회관으로 출근하였다. 태식이 없어도 혼자, 여자 직원이 휴가나 월차가 있어도 혼자. 하루에 있는 시간이 적어도 항상 출근하고 국회도서관에 갔다. 그리고 다 실어주지는 않았지만 보수 신문과 진보 신문 할 것 없이 계속 기고하였다. 그리고 본인이 가입했던 온갖 인터넷 사이트에 글을 올리는 것도 계속하였다. 강산은 태어나서 가장 편한 시간을 보냈다. 이렇게 하고 싶은 대로 하고 산 시간이 없었다. 주말의 여의도는 더욱이나 텅 비었다. 강산은 혼자서 많이 돌아다녔다. 밥도 혼자서 먹고 혼자서 맥주도 마시고 차도 마셨다. 국회의원 월급은 부모님 용돈을 부치고 맘껏 써도 남아돌 정도로 넉넉하였다. 강산은 이 생활이 정말 좋았다. 그런 강산의 모습을 디카나 휴대폰으로 찍어대는 사람들이 있어서 온라인에서는 강산의 사진을 쉽게 볼 수 있었다.

한번은 지하 청국장 집에서 밥을 먹고 나오는데 뱅글뱅글 돌아가는 이발관 표지판 아래서 사진이 찍혀서 퇴폐 업소를 다니지 않느냐는 의혹이 인터넷에 올라왔다. 어느 건물이든 그 건물이 아니면 주변에 퇴폐 비슷한 업종이 많았기 때문에 강산은 혼자서 퇴폐업소 다닌다는 비난에 시달려야 했다. 그러나 강산은 전혀 개의치 않았다. 여야를 막론하고 이강산이 뭐하고 다니는지 다 알았지만 그들의 행보와 강산은 전혀 상관이 없었다. 마치 대학을 가려고 치열하게 공부하는 고3 교실의 직업반 학생처럼 그렇게 강산은 관심 밖이었다. 한동안 준석은 강산을 부르지도 않았고 강산도 그런 준석을 개의치 않았다.

태식은 말만 강산의 보좌관이었지 준석의 사무실에서 살았다. 캐주얼하게 자전거를 타고 국회의원 회관을 출입하는 강산에 대해 비주류 언론은 물론 주류 언론도 관심을 가져주었다. 쇼라고 얘기하는 언론도 있었다. 자전거를 타고 다니다가 사람들이 많이 알아봐서 나중에는 선 캡을 하고 그냥 걸어 다녔다. 어떤 기자가 '마실 나가는 여의도 댁'이라는 사진을 실었다. 그렇게 2011년 여름이 지나가고 있었다.

2011년 9월 서울시장 보궐선거공고가 나온 바로 그 이튿날, 강산은 여의 도를 발칵 뒤집었다. CBC방송국에서 진행하는 짝짓기 리얼 버라이어티쇼에 출연한 것이다. 2주일 전 강산은 CBC 국회 출입 기자를 붙잡고 물었다.

"CBC 기자시죠?"

"예, 이강산 의원 아니십니까? 웬일이십니까? 저를 다 부르시고. 원래 초선 의원들은 국회 출입 기자들한테 밥 한 끼 사는데 그동안 입 싹 씻으시더니."

"저기, 저 CBC 짝짓기 프로그램 담당 PD 연락처 좀 알 수 없을까요?"

"아유, 그 친구 여성 단체뿐만 아니라 온갖 곳에서 비난을 받고 있는데 의 원님까지 뭐라고 하실라고요?"

"아뇨, 제가 나가려고요. 저도 총각입니다."

경기도 용인의 무슨 펜션에서 녹화가 진행되었다. 사회자의 멘트가 나온 다.

"저희 프로그램은 참가자들이 일주일 동안 먹고 자고 생활하면서 짝을 찾 는, 글자 그대로 리얼리티 프로그램입니다. 절대 조작은 없습니다. 단, 편집 은 있습니다. 조작을 의심하는 분께는 일주일치 녹화 분을 전부 보내드립니 다. 단, 다운비가 많이 들고 무지하게 재미없습니다. 그냥 편집해준 것 보세 요."

참가자들의 웃음이 쏟아지고 사회자의 멘트가 이어진다.

"오늘은 서로 이렇게 마주 앉아서 자유롭게 얘기하는 겁니다. 방송 나갈 때 재미없게 얘기하는 사람은 그나마 나은 겁니다. 최소한 편집은 안 된 거니까요. 자, 지금부터 아무 얘기나 하십시오."

이강산이 말문을 열었다.

"한국 사람은 시켜야 뭘 합니다. 자유롭게 하는 것 안 맞아요. 진동길 씨도 방송분이 많아야 먹고사실 것 아닙니까? 몇 번 뭔 사업인가 하면서 망했다면서요. 분위기 뜰 때까지 진행하시믄 안 될까요?"

남녀 참가자 모두 폭소를 터뜨린다. 그때 한 남성 참가자가 얘기를 한다.

"그냥 우리끼리 얘기하죠. 개그맨이라고 하더니 별재미도 없던데요."

하하하 참가자들이 웃는다.

"뭔 얘기를 할까요? 장래 희망, 취미 이런 것 할까요?"

"누가 국회의원 아니랄까봐 정말 재미없습니다."

와하하~ 여성 참가자가 아주 구체적인 질문을 한다.

"국회의원 월급이 얼마나 되나요?"

"한 달에 1,000만 원 조금 안 됩니다."

"우와 많다. 의원님, 그 돈을 다 어따 쓰세요?"

남성 참가자들이 여기저기서 끼어들었다.

"퇴폐 업소를 많이 다니신다는 소문이 있던데요."

"남성 취향이시라던데 어째서 여길 나오셨는지?"

"제가 정식으로 조사한 바에 의하면 여의도에는 건전한 안마시술소는 몇 개뿐이고, 퇴폐업소라고 하는 곳은 전혀 없었습니다."

모든 참가자가 '우우우 웨~ 야유한다.

"왜 그러십니까? 국정조사 자룝니다. 설마 보건복지부랑 행정안전부가 제게 잘못된 자료를 주었겠습니까?"

또다시 야유가 쏟아진다.

"그리고 저 여자 무지하게 좋아합니다. 환장해요."

말이 없던 여성 참가자 한 사람이 끼어들었다.

"좋아하는 여성상은 어떠세요?"

"소녀시대의 태연 같은 스타일 좋아합니다."

"팬레터라도 보내보지 그러셨어요?"

"보냈습니다. 그리고 팬클럽 회원입니다. 소녀시대 출발할 때부터였습니다."

좌중이 다 웃는다.

"이리저리 압력을 넣어서 함 만나달라고 하지 그러셨어요. 아님 직접 대시를 하시던지."

"그놈의 압력 잘못 넣다가 망쪼가 든 국회의원이 얼마나 많은지 아십니까? 인터넷에서 한번 찍히면 끝이에요. 그리고 대시하면 만나나 주겠습니까? 제 친구 딸 중에 태연과 같은 나이도 있습니다."

"그래서 여기 나오신 거예요? 거긴 안 되니까?"

"아까 참가자 3호는 이상형이 원빈이라고 하지 않았나요? 피차 안 돼는 사람끼리 어떻게 해보자는 자리 아닙니까?"

방송이 나가자 시청자들이 웃다 쓰러졌다. 일주일이 지나가고 녹화 마지막 날이 왔다. 사회자가 안타깝게 멘트를 한다.

"정말 애석하게도 이번 일주일은 단 한 커플도 탄생하지 못했습니다. 그리고 이강산 의원님을 지목한 여성분이 처음에는 좀 있었는데 막판에는 한 명도 없었다는 것입니다. 여성 여러분, 왜 그러셨죠?"

여성 참가자 1호가 답한다.

"국사에 바빠서 데이트도 안할 것 같고."

말이 끝나자 여성 참가자 2호도 거든다.

"너무 딱딱할 것 같아서요."

이강산은 끝나자마자 바로 받아쳤다.

"저건 그냥 하는 소리고 저번에 소주에 삼겹살 먹으면서 국회의원의 실상을 얘기했더니 다 떨어졌습니다."

사회자가 건수를 잡았다는 듯이 신나서 묻는다.

"그래요? 그러면 국민이 보고 계시니까 국회의원의 실상에 대해 한 말씀만 해주시죠."

"줄 한번 잘못 서면 완전히 망합니다. 또 낙선하면 묵고 살길이 막막해집니다. 남 뜯어먹고 사는 데 익숙해서 스스로 돈 벌 능력도 별로 없습니다. 국민 여러분도 유력 대선주자 밑으로 줄서는 국회의원을 뭐라 해서는 안 됩니다. 이념, 가치관 이런 것이 뭔 소용입니까? 묵고사는 것 앞에서는 다 소용없습니다. 그러다 따라다니던 대선주자가 경선이나 대선에서 떨어지면 같이 조지는 겁니다."

시청자들은 기함을 하면서 웃음을 터뜨린다.

"그러면 이강산 의원님은 누구 줄을 타셨나요?"

일순간 참가자들은 물론 시청자들도 조용해졌다.

"지금은 김준석 의원님 줄을 탔는데 눈치 봐서 아니겠다 싶으면 갈아탈 겁니다."

시청자들은 또 폭소를 터뜨린다.

"국민 여러분께서는 국회의원들이 하는 일 없이 돈만 축낸다고 생각하시는 분이 많은데, 하는 일 많습니다. 청와대 눈치, 유력 대선주자 눈치, 방송사 눈치, 신문사 눈치, 이 눈치 저 눈치 봐야 하고 후원금 달라고 쫓아다니고, 진짜 하는 일 많습니다. 우리 당에도 그거 진짜 잘하는 의원이 있습니다. 제가 방송이라 실명을 말씀 못 드립니다만."

사회자가 눈이 반짝거리면서 재촉하듯 묻는다.

"못 드립니다만?"

"있습니다. 이 모 의원이라고 광주시 동구가 지역구입니다."

식당에서 밥을 먹으며 사람들의 눈치를 보며 이한수가 말한다.

"저 염병할 놈."

"네에, 아마 저희 방송국 게시판에 이 모 의원이 누구냐고, 도저히 모르겠다고 도배를 할 것 같습니다."

다시 시청자들은 웃음을 터뜨린다.

2회로 나누어 방송된 이강산의 짝짓기 프로그램은 대박을 터뜨렸다. 그 프로그램이 나가는 사이 민권당과 시민단체 단일후보는 서울시장 보궐선거에서 승리하였다.

조경덕의 사무실에 이강산과 조경덕이 앉아 있다.

"이 의원 아이디어 좀 내봐. 상비약 슈퍼 판매를 다음 회기까지만 연기시키면 돼. 그럼 거기서들 알아서 하겠지. 인간들이 상임위 직책 하나도 안 주더니 곤란할 때 나에게 넘겨버렸어."

"이렇게 하십시오."

국회 보건복지위에서 상비약의 슈퍼 판매에 관해 조경덕이 발언을 하고 있다.

"국민이 필요할 때 상비약을 쉽게 구입하도록 해야 합니다. 그런데 위원장님, 이 시점에서 꼭 짚고 넘어갈 게 있습니다. 이번 약사 협회에서 상비약이라고 슈퍼 판매를 허락한 제품 품목들이 너무나 미미합니다. 이건 하나마나한 짓이에요. 이렇게 통과시키는 것은 약사 편만 들어주는 꼴밖에 안 돼요.

35

약사협회뿐만 아니라 여러 시민단체가 참여해서 슈퍼 판매 품목을 다시 정해야 합니다. 외국의 사례도 반영하구요. 더 신중하게 심의해야 합니다."

11월, 방송통신위원장이 민권당의 이한수에게 전화를 하였다.

"이한수 의원이쇼? 나 방통위장입니다."

"아 네, 뭔일이십니까?"

"민권당의 이강산 의원이 좀 이따가 나를 좀 보겠다고 온다고 합니다. 당하고 무슨 교감이 있었던 것 아닙니까? 그동안 여러 루트로 내게 압박을 하지 않았습니까? 이제 초선의원까지 보내십니까?"

"대정부 질문 때 그만큼 했으면 됐지, 뭘 또 보내겠습니까? 그리고 저는 전혀 모르는 일입니다."

이한수가 이강산에게 전화를 건다.

"이 의원이쇼? 지금 어디요?"

"지하철입니다. 방통위 갑니다. 왜 그러십니까?"

"저기 이 의원, 거 좀 조용히 삽시다. 개그를 방송에서만 했으면 됐지, 방통위까지 가서 뭔 쇼를 또 보여줄라고 하요?"

"방통위 게시판에 몇 번을 올려도 대답이 없어 직접 위원장을 만나러 갑니다. 웬만한 사람은 다 아는 사안이니 걱정 마십쇼."

"그라고 이 의원, 나랑 사적으로 함 봅시다. 당신도 경주 이씨람서? 당신 말요, 진짜 집안 형님 같은 사람한테 이럴 거야?"

"알아봤는데 이 의원님이 저보다 3대가 밑입니다. 저한테 할아버지라고 할 겁니까? 21세기에 뭔 놈의 족보는 족보님까? 저 바쁩니다. 지하철에서도 저 알아보고 사인해달라는 사람 많습니다. 사진찍자고 하는 사람도 많고. 행님! 그라믄 끊것습니다이."

"진짜 이런 염병할 놈이."

방통위원장 방에서 이강산은 방통위원장과 마주 앉았다.

"그래서 이걸 뽑아온 거란 말이요?"

"네, 생각해보세요. 지상파 3사의 연예대상, 방송대상, 가요대상 그래서 합이 9개입니다. 연예인들은 연말에 녹초가 되고 상의 권위는 떨어지고, 그래서 통합하자는 겁니다. 구체적인 방법은 다 들어 있습니다."

"나 말고 또 아는 사람 있소?"

"방통위 게시판에 11번 보냈고, 청와대에 5번, 각종 방송사의 포털 사이트에 누차 건의했습니다. 근데 안 먹어줘서 직접 온 거라니까요."

방송통신위원장은 2012년 말부터는 방송사 시상식을 통합하겠다는 발표를 하였다. 온라인 게시판에는 이강산 것을 베꼈다고 사람들이 난리였다. 강산은 개의치 않았다.

그날 저녁 김준석 의원이 사무실로 이강산을 불렀다.

"너의 연예인 활동은 의외로 결과가 좋았다. 사람들이 정치를 가까이하게 됐어. 그동안 잘했고 이제부터는……."

"좀 조용히 보내자는 거죠?"

"그래 인마, 한미 FTA 반대가 당론인데 니가 너무 개그맨처럼 나가면 우리 당이 장난치는 것처럼 보여."

"형님, 한미 FTA를 진짜 어떻게 하실 겁니까? 지도부에서는 재협상해야 한다고 강경하잖습니까?"

"지금 한미 FTA를 반대하는 사람들이 많다. 그런데 반대의 목소리는 보도가 잘 안 되고 있다. 그러니 알아서 판단해라."

"외통위장 나주현 선배를 그냥 개인 대 개인으로 함 만나겠습니다. 인사도 못했습니다."

강산은 국회식당에서 디른 의원들이 다 보는 앞에서 나주현과 식사를 하였다.

"반갑습니다. 제대로 인사를 못 드려 죄송합니다."

"이 의원도 독립된 국가기관이나 마찬가지야. 이 의원이 알아서 행동하는 것이지 죄송하고 말고가 어디 있나? 그리고 난 어차피 보수 꼴통 당이고 이 의원은 친북 좌파 당인데."

"아직도 민권당 의원들하고는 친하게 술도 잘 드시죠?"

"당연하지. 개인적인 친분과 정치적 이해관계는 구분해야 하지 않겠어?"

그는 잠시 뜸을 들이더니 말을 이어서 한다.

"난 이번 FTA에 관한 한 무조건 합의 처리가 원칙이야. 내 손을 떠나면 직권 상정뿐인데 그러면 여야 모두 상처가 커."

"가능성이 큰 것은 직권상정이겠죠?"

나주현은 말이 없다. 강산은 심야의 FTA 반대집회에 갔다가 경찰의 물대포를 맞았다. 강산이 몸져누워서 불평을 터뜨린다.

"연예 관련 기사는 자주도 써주더니 정치면에 등장하는 이강산은 관심이 없나보구만. 아이구, 추워라."

한미 FTA 국회 본회의 직권상정만을 남겨놓은 채 여야는 전운이 감돌았다. 강산은 국회 본회의장 근처에 가능한 한 머물렀다. 강산은 본회의장 앞에서 커피를 마시려다가 한국당 정민후 의원과 마주쳤다.

"반갑네, 이 의원."

"네, 안녕하세요?"

"자네 원래 자네 당에서 한미 FTA를 추진했다는 것을 당연히 알고 있겠지?"

"예, 알고 있습니다."

"근데 지금 와서 이러면 안 되지."

"예, 안 되죠."

"안 된다는 걸 알아? 그런데 왜 자네는 이러고 있나?"

"FTA 통과 반대가 당론이라서요. 초선의원인 저는 당론에 더 잘 따라야 하는 것 아니겠습니까? 담번에 공천이라도 따내려면요."

"자네는 생각이 없는 사람인가? 국회의원이면 소신대로 행동해야지."

"국회의원이 별겁니까? 다 먹고살자고 하는 짓입니다. 저는 지도부에 잘 보여야겠어요."

"참 어처구니가 없구만."

강산은 커피를 뽑고 있는 정민후를 보면서 2001년을 회상한다. 정민후는 국민의 정부 말기 대정부 질문 때 김 전 대통령을 김정일 추종자라고 비난했다. 얼마 후 정민후가 김일성을 위대한 지도자라고 연설하는 음성이 인터넷에 깔렸다. 정민후가 본인이 아니라고 부인하자 다음엔 비디오 영상물이 떴다. 그 일로 정민후는 아주 곤욕을 치렀다. 과거 80년대부터 운동권의 역사를 기록으로 남기는 일을 강산은 혼자서 하였다. 나중에 후손들에게 좋은 영향이든 나쁜 영향이든 귀중한 자료가 될 수도 있다고 생각했다. 소형 녹음기를 들고 다니기도 했고 비디오리코더를 가방에 숨기고 찍기도 했다. 대놓고는 못 찍었다 프락치로 오해 받을 수도 있었기 때문이다. 그리고 90년대 이후로는 레크리에이션 회사를 운영하면서 후배들에게 사회 자리를 주선해준 대신 운동권의 집회에 참가해서 녹화하라고 했다. 강원도에서 10년 동안 지내면서 정리를 다했다. 강산이 정민후의 뒤에서 기분 나쁜 표정을 짓는데 누가 툭 친다. 김준석이었다.

"강산아, 차 한 잔 더하자."

국회의원 회관 밖으로 나가서 준석이 조용히 얘기한다.

"강산아, 니가 극렬 좌파를 하다가 서쪽으로 옮겨간 사람들에게 악감정이 많다는 것은 안다. 그런데 너는 다른 사람의 삶에 방식에 관대했던 사람이 잖냐? 그런데 그 사람들에게 왜 그러니?"

"그렇게 얘기를 안 하니까요."

"뭐?"

"그 사람들이 어쩔 수 없었노라고. 현실적인 선택을 할 수밖에 없었노라고. 그렇게 얘기 안 하니까요."

강산은 흥분해서 말을 계속 이어간다.

"사람은 약한 것입니다. 권력에 약하고 돈에 약하고 강자에 약합니다. 그것이 사람입니다. 그리고 자기를 기만합니다. 정치를 하는 사람은 자기기만의 최선봉에 있지요. 형님, 그래도 안 해야 할 짓 몇 가지는 있습니다. 제가 정민후에게 화난 것은 그것 때문입니다. 저는 차라리 한국당의 조경덕 의원 같은 사람이 훨씬 더 낫다고 생각합니다."

"알았다, 가봐라."

준석은 혼자서 생각하면서 한숨을 쉰다.

'난 안다. 니놈이 인터넷에 장난 쳤다는 걸.'

갑자기 추워진 어느 날, 민권당의 배금철 의원의 출판기념회가 열린 사이 한미 FTA는 국회 본회의에서 통과되었다. 최루탄이 뿌려지는 난장판 속에서 통과되었다. 준석은 강산을 불렀다.

"이번 직권상정에 지도부가 책임이 있다. 왜 하필이면 이럴 때 출판회냐?"

"정말 방심했을 수도 있습니다."

"어떻게 보이느냐가 진실이다. 지도부는 본회의 통과를 방조했다는 것이 진실이야. 너 오늘 의총에서 한마디 할 수 있겠냐? 지도부를 향해서."

"알았습니다."

민권당 의원총회는 격앙된 표정의 의원들로 인하여 비장한 각오마저 풍겼다. 사회가 먼저 모두 발언을 꺼냈다.

"오늘 우리는 을사늑약과 같은 망국적 행태를 보인 한국당에 분노하면서 한미 FTA 원천 무효 투쟁을 전개할까 합니다. 먼저 심민규 대표의 모두 발언이 있겠습니다."

"……그래서 우리 모두 반역자와 맞서 싸운다는 결연한 의지로 총력 투쟁합시다."

사회자가 좌우를 둘러보면서 권유한다.

"누구 또 하실 말씀 없으십니까?"

"제가 하겠습니다."

이한수가 소리가 다 들리도록 소리친다.

"아야, 저놈이 왜 나선다냐?"

"물대포 맞고 감기 걸려서 저는 이제 못 나가겠습니다. 추워 죽겠다고요. 누군 본회의장 지키고 누구는 출판회를 합니까? 정말 좆 까는 짓거리입니다."

그리고 의총장을 나가버렸다. 그러고 나서 얼마 후 준석에게서 전화를 받는다.

"너의 의혹 제기는 민권당 의원들한테 잘 전달됐다. 하지만 기자들에게는 아무도 전달하지 않았다. 미친놈 짓는 소리로 치부하기로 했단다. 좆 까라는 소리만 안했어도 좋을 뻔했다."

"죄송합니다."

"아니, 괜찮아. 다음번에 좀 더 가다듬어라."

그리고 2011년 12월 20일, 북한의 김정일 국방위원장이 사망했다는 소식이 전 세계를 뒤덮었다. 정부는 정부 차원이 아닌 제한된 민간 차원의 조문을 허락한다고 발표하였다. 민권당이나 한국당이나 내년 총선과 대선을 대비해서 당 쇄신을 해야 한다는 움직임이 일어났다. 한국당에서는 파격적인 변신을 해야만 한다는 움직임이 소장 의원들 사이에서 일어났고 민권당은 온건 좌파 시민단체와 통합하였다. 김준석은 다가올 대선을 서서히 준비하고 있었다. 한국당에 남아 있는 심민규 계보 의원들은 고민하고 있었다.

"우리 빨리 민권당으로 갑시다. 한국당 인기가 너무 안 좋아요."

"무슨 소리! 막상 선거가 닥치면 또 달라. 탄핵 이후 지지도가 바닥까지 떨어졌어도 건질 데는 다 건졌어. 그리고 지금 우리가 당적을 옮기면 기회주의자들이란 소리를 듣게 돼. 그리고 그런 소리를 듣고서도 공천이 보장될 수 있다는 보장도 없어. 상향식 공천에는 계보가 없고 줄 서기가 없는 줄 알어? 우리가 극히 불리하다구."

"그러니까 장철희 같은 새로운 인물이 안 나오고 심민규 대세론으로 굳혀졌어야 하는데."

"그렇지 않어. 과거 선거 때마다 국민은 다 참신한 인물을 원했어. 그러나 결과는 달랐다구. 참신한 인물의 변수는 변수도 아니야."

"그래도 요즘 정치인을 불신하는 분위기가 갈수록 심해지는데요?"

"그렇지 않다니까 그러네. 장철희가 언론에 노출되어 이리 터지고 저리 터질 때까지 기다려보자."

"만약 언론까지 장철희 편을 들면 어쩝니까? 97년에도 DJ가 유리하니까 언론들도 돌아섰잖습니까?"

"그전에 김준석의 인기가 치고 올라오겠지. 김준석은 아직 호남에서 인기가 많으니 PK인 장철희와 아웅다웅할 때 심민규의 부드럽고 포용스런 이미지를 부각시키면 돼."

최경호는 김준석을 대신해 통합한 시민단체 단체장들과 은밀히 대화하고 있었다.

"민주적인 상향식 공천제가 되면 기존 정치인보다는 시민단체 쪽이 많이 될 겁니다."

"물론 호남에서야 기존 정치인들이 많이 되겠지만 그쪽은 그래도 김준석 후보 지지 분위기 아닙니까?"

"실제로 장철희가 같이 경선하면 그렇게 유리하지 않을 것입니다."

그중 하나가 잠시 잊고 있었던 질문을 한다.

"만약 장철희가 야권 대선 후보 경선에 참여하지 않고 민권당 후보가 다 결정된 다음에 그때 나타나 통합 협상을 하자고 하면 어떻게 합니까?"

"그런 짓은 안할 겁니다. 그 사람의 양식을 봐서."

"무슨 선거가 양식으로 움직입니까? 왜 이러십니까? 다 아시는 분이."

"설득해야지요. 설사 장철희에게 유리하도록 경선 조건을 양보하더라도 그러라고 우리가 있는 것이 아닙니까?"

장철희도 명진수의 고언을 듣고 있었다.

"장 박사, 나는 정치판에서 30년을 산 사람입니다. 좋은 소리는 딴 데서 듣고 저에게서는 오로지 이기는 방법만을 들어야 합니다. 나는 지극히 보수주의자도 승리하게 만들었고 지극히 진보주의자도 승리하게 만들었습니다. 나는 장 박사 캠프에 더러운 짓, 치사한 짓 가르치러 온 사람입니다. 무슨 말인 줄 아시겠습니까?"

"대충은 알겠습니다."

"대충 알아가지고는 안 됩니다. 저는 정치판에서 패배한 인간이 어떻게 되는지를 수도 없이 봐왔습니다. 선거에 나온 이상 무조건 이겨야 합니다."

장철희는 말이 없다.

"장 박사는 두들겨 맞을 것이 거의 없습니다. 후벼 파봤자 부인과 장 박사의 교수 임용 건인데, 이거는 터뜨리는 쪽이 역풍을 맞을 수 있습니다. 오죽 찾을 것이 없어서 그런 것을 찾겠습니까? 그러니 아마 주변에서 애매한 태도를 하지 말고 정치권에 빨리 나가라고 조언하는 사람이 있을 것입니다. 그러나 그것은 절대로 안 됩니다. 가능한 한 늦게 나가야 합니다. 장 박사한테 빌붙어서 어떻게 총선에서 국회의원 한번 해보자는 식으로 총선에 당을 만들어 나가자고 부추기는 인간들도 있을 것입니다. 절대 그 사람들 말을 들으면 안 됩니다."

"그럼, 언제 즈음?"

"민권당 경선이 끝나고 통합하자고 하는 것도 제 생각에 괜찮습니다만 그래도 민권당이랑 같이 경선하는 것이 좋겠습니다. 민권당 사람들을 애가 타게 한 다음 경선 조건을 장 박사 쪽에 유리하도록 하면 됩니다."

"그걸 누가 하죠?"

"허허, 참! 그런 거 하라고 나 같은 인간이 있는 거라니깐."

세밑 한파가 대한민국을 덮치고 2011년이 끝나가고 있었다.

2011년 4월의 국회의원 보궐선거

영곡 톨게이트를 지나치면서 태식은 한숨을 쉬면서 강산에게 얘기를 꺼낸다.

"김준석 의원이 밑에 와서 일하라고 했을 때 그때가 벌써 20여 년 전인데, 그때부터 니가 정치판에 붙어 있었으면 지금쯤 국회의원은 몰라도 시의원 정도는 확실히 했을 거야. 어리바리했던 나도 구의원까지 했으니 말이다. 난 니가 한 인물 할 줄 알았는데 사람들이 다 버린 곳에서 이런 선거를 하겠다고?"

강산은 말이 없다. 영곡 읍내 한쪽 구석지에 컨테이너로 만든 민권당사에 태식과 강산은 들어섰다. 다방 아가씨는 차를 따르고 남자 몇 명이서 고스톱을 치고 있었다. 숫제 사람 들어오는 것은 신경도 안 쓴다. 보다 못한 태식이 헛기침을 한다. 그래도 쳐다보지를 않는다.

"저기요, 이번 보궐선거 후보자님이 오셨습니다."

한 사람이 "내 났다, 거 보래이. 뭔 놈의 쓰리고고?"라고 말하더니 힐끗 쳐다본다.

"오셨능교?"

태식이, "아니, 이 사람들이." 하며 화를 내려 하자 태식을 가로막고 이강산이 정중히 인사한다.

"안녕하십니까? 이번 보궐선거 민권당 후보 이강산입니다."

다른 고스톱 멤버가 말한다.

"아, 이 후보자님, 오셨능교? 이거 실례가 많았습니다."

이건 숫제 사과가 아니라 빈정거림이다. 지구당 위원장으로 보이는 사람이 묻는다.

"식사들은 어떻게 하고 오셨능교? 나가서 드실랍니까?"

독박을 뒤집어쓴 사내가 말한다.

"뭐, 나갈 꺼 있능교? 짱깨에다 고량주나 하자꾸마."

강산이 밝게 웃으면서 말한다.

"그러죠 뭐, 제가 자장면 쏘겠습니다."

"아따, 우리가 뭐 자장이나 우동밖에 모르는 줄 아는가배. 촌구석에 살아도 우리 입도 고급 요리 먹을 줄 압니데이."

"아, 그래요? 그러면 간짜장 시켜 드리죠, 뭐."

일동이 "뭐라꼬에?" 하더니 폭소가 터지고 일순간 분위기는 좋아졌다. 탕수육과 자장, 짬뽕으로 차려진 거나한 식사와 고량주 몇 잔이 오간 후 지구당 위원장이 입을 뗀다.

"미안합니데이, 우리 후보자님이 귀한 분인지 와 모르겠능교? 칸데, 국회위원은 고사하고 시의원, 군의원 하나도 배출 몬하다 보이 인자는 의욕도 다 떨어져뿔고. 사정이 이 모양이라에, 젊은 놈들이 투표를 해주믄 그나마 좀 나은데 어디 그노마들이 불평만하지 투표를 하요?"

"행님, 투표할 젊은 놈들이 있기는 한교? 나이 60이 청년회장을 하는 판에?"

또 다른 사내가 고량주를 죽 한 잔 마시고 소외를 털어놓는다.

"여기가 무슨 한국당 밭인 줄 아는가본데 전두환, 노태우 때뿐 아이고 박대통령 때도 여기서 야당 많이 됐습니다. 근데 그때 같이 야당 했던 놈들도 다 한국당을 따라댕깁니다. 여기는 한국당과 민권당이 있는 기 아니라 공천 받은 한국당과 공천 안 받은 한국당이 있는기라요. 이런 판에 와 무신 민권당인교? 도대체 와 오셨습니까?"

강산이 강한 어조로 말한다.

"당선 되러 왔습니다."

모두 웃음을 터뜨린다.

"진짜 마, 우리 후보님 유머 감각 하나는 끝내준다. 그자?"

식사가 마무리될 무렵 강산이 위원장에게 물었다.

"근처에 악기사 아는 데 있으십니까?"

"악기사는 와요?"

강산은 악기사에 들러 앰프에 연결하기 쉬운 통기타와 2단 하모니카를 구입했다. 지구당위원장과 악기사 주인이 귀엣말을 한다.

"야 누꼬?" "서울서 내려온 우리당 후보님이시다"

"뭐 후보님"

강산은 한번 죽 훑어보더니 지구당 위원장에게 말한다.

"마, 먼 곳서 오신 분 거 괜한 고생시키지 말그라."

강산이 지구당 위원장에게 말한다.

"이곳 지리를 모르니 위원장님께서 앞으로 운전을 해주시겠습니까?"

"그랍시다. 그람 이 차를 운전하면 됩니까?"

"아닙니다. 고물 1.5톤 화물차를 구해주십시오. 누가 봐도 허름하고 곧 찌그러질 것 같은 차라야 합니다."

지구당 위원장과 당원들은 서로 쳐다보며 "예에?"를 외친다.

다음날부터 강산은 그 고물차를 타고 마을 곳곳을 찾아다니기로 했다. 숙소는 지구당 근처의 여인숙으로 정했다. 저녁에 태식과 강산은 족발을 시켜 소주 한잔을 했다.

"그냥 읍내를 중심으로 이삼십 대를 겨냥해야 하지 않을까?"

"태식아, 여긴 읍이 작고 면소재지가 큰 아직도 옛날 모습을 많이 갖춘 전형적인 농촌이야. 공략하고 싶어도 공략할 20, 30대가 적어."

"그럼, 어떻게 승부할래?"

"아주 구태의연한 방법으로."

"구태의연?"

다음날 찌그러질 것 같은 트럭에 위원장과 태식, 강산이 타고서 마을을 돌기 시작했다.

"강산아, 들판에 나가 일할 시간에 마을을 다니면 사람을 만날 수 있겠냐?"

"요새 시골엔 노인분들밖에 안 사신다. 태식아, 그래서 일은 맡아서 하는 사람들이 따로 있고, 다 마을회관에 모여 살어."

"아따, 서울서 오신 분 이락카드만 캐도 농촌 실정 너무 잘 아시네."

강산이 마을이 보이는 입구부터 트럭 뒤로 가더니 구성진 하모니카를 연주하면서 기타를 친다. 강산이 트럭 뒤로 가자 지구당 위원장이 태식에게 이것저것 묻는다.

"후보자님이랑 친구라면서요?"

"예."

"강원도서 김치공장 사장 한 기 경력의 전부람서요?"

"예."

"대학도 방송통신댄가 카는 데 나오고."

"예."

"아, 죽겠네. 더 답답해지네. 저쪽 한승모는 전 국회의원 아들이고 서울대 출신에 미국 유학파고."

"아무래도 시골은 대학을 안 간 사람들이 많은데 강산이에게 더 우호적이지 않을까요?"

"아따, 뭘 모르시네. 시골 사람들이 더 배운 사람 좋아합니다. 내도 알긴 알지요. 당선 가능성을 보고 내려보낸 기는 아니라능 거. 캐도 이건 좀 심하네."

"그래도 강산이는 청와대 비서실로 오라고 한 것을 지가 안 갔습니다."

"뭐라꼬예? 지는 국무총리 시켜준다꼬 오락하는 기를 안 갔습니더. 무신 그런 소리를."

그러면서 화가 났는지 차에게 뭐라고 한다.

"아따, 아무리 똥차락 해도 핸들도 말을 안 듣네. 이러다 내 죽으믄 어떡하노?"

강산은 지구당 위원장과 태식을 앞에 태우고 아직은 쌀쌀한 4월 날씨에 계속 짐칸에 타고 다녔다. 꼭 옛날 시골에 이동식 극장이 올 때의 선전차량처럼. 트럭 앞과 좌우에 '이강산을 살리자'란 구호 하나만 부치고, 띠를 두르고는 계속 구성진 트로트만 연주하고 다녔다. 마을회관에 다다르면 그의 연주는 더 구성지고 흥겨워졌다. 노인분들이 한 분 두 분 나와 보기도 했다. 그러면 아무런 선전문구 없이 "이강산을 살립시다."란 구호만 몇 번 외치고 연주만 해댔다. 그리고 10분 정도 연주한 후 강산이 외쳤다.

"자, 즉석 노래자랑, 어르신들 아무나 나와 보이소!"

나올 리가 없었다.

"어매, 아야 니 아야 이리 올라와본. 뭐 하노? 어른 앞에서 재롱안 떨고."

지구당 위원장이 자기를 가리키면서 '내가 왜?' 하는 표정을 짓는다. 강산은 빨리 올라오라고 다그쳤다. 하모니카 소리는 더 구성져졌다. 지구당 위원장 이재호가 흥겹게 망부석을 불렀다. 한번 봇물이 터지니 할머니 할아버지 몇 분이 서로 노래를 하겠다고 했다. 그렇게 며칠을 돌자 시골에 얼마 안 되는 아이들이 트럭을 뒤쫓아 오기도 했고 마을회관에서는 어른들이 미리 진을 치고 있기도 했다. 그리고 트럭을 이용해 이 마을 저 마을로 마실 나가는 사람들을 태워주기도 하고 농기구를 든 사람들도 태워주었다. 언론에서는 연일 경기 위당과 경남 선양의 총력 선거전을 보도하는 데 여념이 없었고 경북 영곡의 선거는 지역 언론에서조차 관심을 두지 않았다. 그렇게 영곡군 일대를 다 돌고 나니 선거 마감일이 10여일 남게 되었다.

그날 밤 지구당 위원장 부인과 토박이 민권당 지지자 몇 명 그리고 태식과 강산은 삼겹살에 소주를 진하게 마셨다. 강산이 농담처럼 말한다.

"위원장님, 아따 여기 술 마시기 진짜 편안하네요. 인사하는 사람도 없고 시비 거는 사람도 없네."

위원장 대신 당직자가 말한다.

"카믄 억수 팬하지. 여서는 민권당에 대해서 악감정이 있는 기 아이고, 아예 감정이 엄서예."

그리고 2차로 노래방을 갔다. 강산이 위원장의 귀에다 대고 소리쳤다.

"사모님 노래 잘하시네."

"카믄, 카수랑 안 카요. 노래 부르러 가자카믄 자다가도 벌떡 일어납니데이. 저 마누라가 일하다카도 누가 노래방 가자 카믄 내뿐 져버리고 가   니다."

"잘됐네, 그러면 낼부터 사모님 좀 씁시다."

"뭐라꼬예?"

오전 10시 즈음 태식이 자고 있는 강산을 깨웠다.

"야, 강산아 뭐 해? 또 돌아야지. 니 전략이 조금은 맥히는 것 같아."

"오늘부터는 안 돌아다녀. 그리고 이제 짐을 꺼내자."

영곡군 주민은 아침부터 돌아다녔던 강산의 트럭이 안 보이자 웅성거리기 시작했다.

"이강산인가 하는 놈 인자 안 돌아다니는가배."

"표 안 나올 줄 알고 인자 철수해분는갑제."

"그놈아가 민권당으로 나왔다는 거 맞제?"

"칸데 국회의원 후보 맞기는 하나?"

"근데 선거운동은 안하고 만날 딴따라만 하고 다닌다꼬 하던데."

"건데, 고놈 서울서 나고 자랐담서 경상도 사투리는 우예 그리 잘하노?"

"딴 건 몰라또 하모니칸가 하는 기는 잘 분당 카드라."

"그게 뭔놈의 국회의원 후본교?"

이때 이장이 마을회관으로 들어온다.

"어르신들! 그 이강산인가 하는 민권당 후보가 인자 마을에 안 돌아 댕기고 면 소재지만 돌아 댕기면서 농협 창고 앞에서 영화 틀어주고 콩쿨대회 한다카네예."

"오늘은 어느 면이락 카드노?"

"화산면이락 합니더."

"와, 우리부터 안 오고?"

"뭔 상관이라에. 바로 옆인데 그냥 가믄 돼지예."

6시 반이 되자 강산은 하모니카와 통기타로 트로트를 연주했다. 사람들이 쳐다보며 관심 반 무관심 반으로 지나갔다.

저녁 7시쯤 강산은 5톤 트럭을 개조해 만든 무대 뒤에 스크린을 설치하고 영화를 틀었다. 태식은 그 영화가 뭔지 자못 궁금했다. 정말 새로울 것이라고는 없는 1950년대시부터 80년대까지 대한뉴스 편집본을 틀었다. 정치권 뉴스는 모조리 배제하고 명절 모습, 학교 모습, 배고팠던 때의 모습을 틀었다. 이미 공중파에서도 방송했던 부분과 겹치는 것도 많았지만 마치 처음 보는 필름 같은 느낌이 들었다. 시골의 농협장터와 그 필름은 너무나 잘 어울렸다. 하지만 20여 명 정도의 사람들만 모여서 준비한 의자에는 앉지 않고 소주와 막걸리를 마시며 멀찍이서 구경을 하였다.

"강산아, 니 저 필름 어떻게 구했냐?"

"뭐가 어렵냐? 이 디지털시대에. 돈만 주면 다 다운받는다."

영화가 끝날 때쯤 되니 어느 정도 취해 있었다. 필름이 끝나자 위원장 마누라가 마이크를 잡고 트로트 메들리를 시작했다. 오로지 강산의 하모니카 반주 하나뿐이었다. 신나지만 약간 애수에 젖은 그 노래를 사람들은 앉아서 그냥 구경만 할 뿐이었다. 위원장 마누라가 입을 뗐다.

"안녕하싱교? 지는 안춘자라꼬 합니다. 이라믄 잘 모르시지예? 영곡 터미널 앞에서 미용실을 하는 희수 미용실 사장 희수 엄맙니데이."

웃음소리와 함께 박수가 터져 나왔다.

"지금부터 콩쿨대회를 시작하겠습니다. 그란데 선거법에 걸린다꼬 해서 상을 줄 수 없다고 합니다. 저기 옆에서 하모니카를 연주하시는 분이 민권당 이강산 후보입니다."

박수소리가 줄어들었다.

"여러분도 저 노마가 누꼬 하겠지요? 후보자님은 말만 앞세우는 TV토론도 안 나간다꼬 했답니다. 그래서 어제 TV토론에서도 몬 보셨지요? 지는 지 남편이 민권당 지구당 위원장이지만서도 민권당은 한 번도 찍은 적이 없어예. 하여간 오늘은 선거랑 상관없이 하고 싶은 대로 맘대로 하고 노래 부르고 하는 자리입니데이. 누구 함 나와 보이소!"

"내 할란다."

한술 취한 60대쯤으로 보이는 노인이 무대 위로 올라와서, "야, 니 거 함 틀어 바라."라고 한다.

위원장 마누라가 역정을 내며 묻는다.

"뭐요?"

"거 있잖아, 거."

"거라카믄 압니까? 제목을 말하셔야지."

강산이 춘자에게 뭐라고 말한다.

"어르신요, 그냥 하시믄 연주해준당카네요."

"알았다, 운다코 옛사랑이 오리오 마아난."

강산은 박자 멋대로 음정 멋대로인 노래에 맞추어 연주를 해주었다. 사람들이 못 올라오고 삐죽거릴 때마다 안춘자의 트로트가 이어졌고 그렇게 첫날은 세 명만 노래를 불렀다. 9시쯤 되어 사람들이 빠져나가자 철수하였다.

그런데 두 번째 날부터는 약간 상황이 달라졌다. 50여 명밖에 안 되는 관객이지만 그래도 어제보다 2배 정도는 많은 관객이 모여 있었다. 안춘자도 신이 나서 분위기를 잘 띄웠다. 그날은 서로 부르겠다는 사람이 다섯 명이나 돼서 미리 순번을 주기도 했다. 안춘자와 몇 명의 지구당 사람들 그리고 이강산이 두른 '이강산을 살리자'라는 어깨띠를 보고 수군거리기도 했다.

"이강사이를 살리자꼬?" "저놈아 이름이 이강사이라카네."

사흘째부터는 분위기가 묘하게 흘러갔다. 마치 야간 임시 장터 같았다. 초장보다 8시를 넘어서자 분위기가 더 살아났다. 어묵과 술을 파는 포장마차도 등장했다. 술을 마시고 싸우는 사람도 등장했다.

나흘째부터는 강산이 중간중간 구호를 외치기 시작했다.

"절망밖에 없다", "절망뿐이 없다", "희망이 없다", "희망이 없다", "이강산을 살리자", "이강산을 살리자"

대구로 된 쉬운 이 구호를 따라하는 사람은 아직 없었다.

5일째부터는 관공서에서 나온 듯한 사람들이 눈에 띄고 한국당 당직자 같은 사람들도 눈에 띄었다. 사람들이 많이 모일수록 별것 아니게 웃긴 것도 더 웃기는 법이었다. 대한뉴스를 보고 많이들 폭소를 터뜨렸다. 그렇게 대한뉴스는 사람들을 울고 웃게 만들었고 콩쿨대회는 히트를 치기 시작했다. 좌중이 웃고 폭소를 터뜨리도록 강산은 참 사회를 잘 봤다. 그때 어떤 사람 둘이 순서를 무시하고 같이 올라왔다.

"아, 이번엔 두 분이 세트로 올라오시네예. 한 분은 여쪽에 서시고, 아 참 한 분은 요쪽에 스셔야죠. 그런 걸 상식이라고 합니다. 자, 어떤 사이들 이십니까?"

"몰라예, 여서 첨 봤습니다."

"그라믄 일단 악수부터 하이소."

어색하게 남자 둘이서 악수한다.

"나이가 어떻게 되시능교?"

"내는 마흔넷."

"지는 마흔일곱이라예."

강산이 관객을 향해 소리친다.

"자, 이분이 이제부터 동생입니데이. 여러분들 잘 보이소. 앞으로 이분은 저분한테 행님이라고 해야 합니데이. 카고 행님은 노래 끝나고 이 동생 데꼬 가 저기 저 포장마차들 돌아 댕기면서 한잔 사주이소."

와하하하 관객은 정말 즐거워하였다.

"자, 행님부터 한 곡 하시고 행님이 노래하시는 동안 동생분은 저 구석대기 가 뻘쭘하니 서 게이소."

지구당 위원장이 태식과 막걸리 한 잔을 들이켜면서 말한다.

"후보자님 전직이 저거였어예? 마, 김재동이 못지않네."

"예, 옛날 직업이 저거였습니다."

"예에?"

시상을 안 할 수는 없었다. 1등상을 선정하여 상품은 본인이 하고 싶은 얘기를 맘대로 하는 것이라고 했다.

"상품이 내 하고 싶은 얘기하는 거라고예?"

"네."

"경철이 니 인마. 내 돈 갚아라."

군중이 웃었다. 그리고 이제 구호를 강산이 선창하면 사람들은 따라했다.

"절망 빡에" "음따" "절망뿌이" "음따" "희망이" "음따" "희망이" "음따" "이강 사이를" "살리도" "이강사이를" "살리도"

그렇게 큰 면 7개를 다 돌고 나니 공식선거 운동기간 이틀이 남았다. 그리고 다음날부터 이틀 동안은 읍내 장터 자리에서 공연을 계속하기로 했다. 그날 저녁 지구당 사무실에서 강산은 결연하게 말했다.

"이제 남은 이틀 동안은 읍내 장터에서 합니다. 태식아, 니 번호 어떻게 알았는지 여러 군데서 연락 많이 오지?"

"그래."

"위원장님도 그렇죠?"

지구당 위원장이 조금 미안한듯 대답한다.

"예."

"개인적으로 통화를 하고 만나시는 것은 상관이 없습니다. 괜찮아요. 다만 제가 하지 않은 얘기는 절대 하지 마십시오. 전 단일화를 조건으로 누구도 만나지 않을 것입니다. 죽이 되건 밥이 되건 끝까지 가는 겁니다. 아셨죠?"

태식과 위원장은 동시에 "알았습니다."라고 나지막이 대답한다. 그리고 강산이 말을 잇는다.

"그리고 낼 아침 즈음이면 도와주겠다는 자원봉사자가 올지 모릅니다. 그러면 고마움을 표시해주시고 선관위에 등록하겠다고 하십시오. 만약 거부하면 받지 마십시오. 저희는 돈 받고 일하는 자원봉사자를 일체 쓰지 않는 것입니다. 지금까지 우리 몇이서 다해왔습니다. 우린 할 수 있습니다. 비록 지더라도 감동이 남게 후회 없이 한판 놀아보도록 합시다."

강산이 잠시 자리를 비운 사이 위원장이 태식에게 묻는다.

"태식 씨?"

"예, 위원장님."

"어쨌든 이 후보님 예상대로 안 되는 기 없네요."

"예, 항상 그랬습니다."

"뭐라꼬예?"

"항상 강산이가 예측하는 것은 다 맞았습니다. 그래서 지금까지 강산이를 따라다니는 겁니다."

둘은 말이 없었다. 그사이 강산이 들어와 말을 이었다.

"그리고 낼 무대는 돈을 좀 들여야 합니다. 라이트까지는 필요없으나 정식 무대를 만들고 밴드를 부릅시다."

아무리 민권당 조직이 취약한 곳이라 해도 가족친지까지 동원하니 100여 명이 되었다. 그들은 공연이 시작되기 전부터 일사불란하게 움직였다. 무대는 제법 구색을 갖추었고 무슨 행사인 듯 무대 주변이 정리가 잘되었다. 무대를 설치하기 시작하니 삼삼오오 모여드는 사람도 많았다. 그리고 강산은 무대 위쪽에 '절망 콘서트'라는 현수막을 치고 아래에는 똑같이 '이강산을 살리자'라는 현수막을 쳤다. 그리고 아직 분위기가 뜨기 전 오늘은 강산이 노래를 불렀다. 아직 어둑해지기 전에 사람들이 모여들 때 수준급은 아니지만 밴드가 뒤에서 반주를 넣어주니 그럭저럭 들을 만했다.

안춘자는 무대 옆에서 "자, 자들 놀러 오이소, 국회의원 후보 노래 웬만해서 못 듣습니데이."

"와따, 우리 후보님 노래 잘한다."를 연발하고, 두엣이 필요할 때는 옆에서 추임새를 넣어주었다. 그리고 안춘자 단독으로 노래를 할 때는 이강산이 구성지게 밴드와 같이 하모니카를 연주하였다. 7시가 되자 이강산은 30분짜리로 편집한 대한뉴스를 틀었다. 까만색 교복을 입던 학창시절, 명절 풍습 등 새삼스러울 것 없는 그 영상들에 사람들은 또다시 웃고 울었다. 사람들이 운집할수록 더 많은 폭소를 쏟아냈다. 그리고 뉴스가 끝나자 이강산이 3분짜리의 짧고 강렬한 연설을 했다.

"오늘 콩쿨대회에 오신 분들의 사연을 들어보십시오. 한마디로 절망입니다. 오늘은 노래하기 전에 이분들의 사연을 듣겠습니다. 이름하여 절망 콘서트입니다. 우리가 지금 오늘을 살면서 얼마나 사는 기 재미없고 희망이 없고 절망뿐인지 함 들어보입시다."

우레와 같은 박수가 터졌다. 첫 번째 참가자는 장가 못 간 40대 노총각이었다. 절반은 사투리, 절반은 욕을 섞어가며 자기 한탄을 했다.

"니기미! 내는 나이 마흔둘에 몽골 딸아한테 장가를 갔습니다. 내랑 우리 엄니는 손에 물 한 방울 안 무치고로 잘해줬드이마는 사흘 만에 도망가뿔고 장개간다고 이천만 원 날리고 마누라는 또 그냥 내삔 것도 아이고, 천만 원도 가꼬 도망가뿔고."

울음과 한탄과 웃음이 섞인 사연들이 쏟아져 나왔다. 그리고 또 참가자들의 구성진 트로트가 이어졌다. 술 마시고 하겠다는 사람들은 뒤 순서로 넘기고 강산은 조심스럽게 사연들을 기대하였다. 그러나 절대 역효과를 일으키지 않는 자연스런 모습이어야 했다. 어젯밤에 이 아이디어를 태식에게 얘기했을 때 태식은 연출을 하자고 했지만 강산을 오로지 자연스러운 것에 기대야 한다고 했다.

"그럼 강산아, 민권당 조직원 좀 넣어서 연출을 할까?"

"안 돼, 절대 자연스러운 모습이어야 해. 그리고 그렇게 되면 유권자들이 어떤 상태인지 내가 파악할 수가 없어."

아니다 다를까 터졌다. 읍 단위까지 내려온 대형슈퍼와 마트 땜에 몬 살겠다고 어떤 아줌마가 한참 푸념을 했다.

"와, 그것들은 도시서 해퍼묵지 어까지 내려와서 지랄을 하는교?" 한 뒤 강산이 원하는 연설을 시작했다.

"지는예, 정치하는 그놈아들은 다 그놈이 그놈이라꼬 생각해요. 다 똑같은 쌔끼들이라요. 캐도 이번에 이놈 찍어주다 담에는 저놈 찍어주면 아 이놈들이 눈치 볼라꼬 쪼매는 잘하지 않겠습니꺼? 칸데 우리는 만날 죽자고 한 국당만 찍으이 이것들이 우리 눈치를 안 보는 기라애."

우아~ 박수가 터진다. 터져주었다. 위험하지 않게 콩쿨대회 참가자들은 강산이 원하는 소리들을 쏟아내어 주었다. 밤 10시에 무대는 철수하였지만 진을 친 포장마차들은 철수할 줄을 몰랐다. 손님들이 즐비했으니 철수할 이유가 없었던 것이다. 일반 주민과 경찰이나 공무원으로 보이는 사람들과의 시비가 부쩍 많아졌다.

그날 밤 강산과 태식, 지구당 위원장이 마주 앉아 마지막 대책회의를 하였다.

"낼 낮에 하는 TV토론 나간다고 지금 전화주세요."

"예에? 아 예, 알겠습니다."

위원장이 전화기를 들고, "예, 선관원교? 낼은 나가신답니다."라고 통화를 했다.

"강산아, 니 말만 앞세우는 TV토론 안한다고 계속 말하고 다녔잖아."

"태식아, 낼 TV토론. 거기에 사활이 걸렸다."

날이 밝았고 이제 선거운동 마지막 날이 왔다. TV에서는 아침부터 경기 위당과 경남 선양의 치열한 선거전을 보도하였다. 목이 다 쉬어버린 김준석 의원이 구호를 외치는 모습을 방영하였다.

12시부터 TV토론이 시작되었다. 다른 후보자들은 이미 있었던 두 번의 토론으로 많이 지친 모습이었다.

사회자: 안녕하십니까? 지역 민방이 주최하는 2010 경북 영곡 국회의원 보궐선거 TV토론을 시작하겠습니다. 그동안 토론을 거부하셨던 민권당 이강산 후보께서 오늘은 참가해주셨습니다. 먼저 왜 이런 심경의 변화가 일어났는지 여쭤보겠습니다. 다른 후보자들 괜찮으시겠습니까?

다른 후보자들은 약간 만사가 귀찮다는 듯 '하라해라'란 표정이다.

강산 : 저는 애초에 말만 앞세우는 TV토론보다는 주민과 현장에서 직접 부딪히면서 저의 공약을 알리는 방법을 택했습니다. 그래서 그 시간에 유권자 여러분을 한 분이라도 더 만나려고 거부한 것입니다.

사회자 : 그런데 왜 심경의 변화를 일으키셨습니까?

강산 : 잘한 줄 알았는데 자체 조사결과 지구당 위원장이 지지율이 하도 안 오른닥케서 우예 이래 하면 지지율 좀 올라가까 해서 나왔심다.

방청객이 웃는다. 사회자와 강산 둘이서만 질문과 대답이 오가지만 다른 후보자들은 신경을 잘 안 쓴다. 워낙 한국당 한승모 후보가 강세인 터라 승부가 갈린 탓도 있고 이미 있었던 TV토론에서 기력들을 소모했다.

태식이 지구당 위원장에게 말한다.

"딴 후보자들은 자고 싶은가 봐요."

"지난 두 번에서 격렬하게들 했거등. 지들도 인간인디 안 지치겠습니꺼? 카고 뭐 승부야 이미⋯⋯."

사회자 : 이 지역의 가장 큰 현안은 무엇이라고 생각하십니까?

강산 : TV토론에 참가하지 않았다고 다른 후보들의 공약을 안 본 것이 아닙니다. 정말 이 지역 현안에 대해 문제점과 해결점을 너무 잘 알고 계십니다. 그리고 정말 훌륭한 보좌진들을 두신 것 같습니다. 술 에 마실지 모르는 저의 참모와 지구당 위원장하고는 차원이 틀리데요. (방청객이 또 웃는다) 저도 모두 공감합니다. 칸데 이 모든 것이 중앙에서 돈이 좀 내려와야 해결되는 게 많았습니다. 여러분, 제가 민권당으로 이번에 당선되면 저는 정말 귀한 사람이 됩니다. 민권당은 물론이거니와 한국당에서도 저를 칙사 대접할 겁니다. 제가 '예산 주소' 하는데 언 놈이 안 주겠습니까?

또 와하하 하고 웃는다.

강산 : 진구면 여울리의 상습 산사태에 의한 도로 침수문제가 가장 큰 현안인데요. 이거는 한국당 한승모 후보의 말씀처럼 우회도로를 했어야 했습니다. 무리한 공사가 화를 불렀습니다. 이제라도 안 늦었으니 우회도로를 만들어야 합니다. 옛날처럼 지역구에 국회의원이 둘이었으면 한승모 후보와 제가 힘을 합쳐 우회도로 만들 돈을 뺏드라 올 텐데 소선구제라 혼자밖에 안되서 안타깝습니다. 여러분도 이제 소선거구제의 문제점을 아시겠지요? 기댈 데가 한 놈뿐이 없어서 미우나 고우나 한 놈만 쳐다보고 살아야 합니다.

또 웃음이 터진다.

사회자 : 이강산 후보의 하모니카가 화제인데요. 구성지게 참 잘 부십니다. 언제 배우셨나요?

이강산 : 학력고사 끝나고 배웠습니다. 저희 동네가 상당히 부촌이었습니다. 저희 집은 부촌에 낑가 사는 서민이었습니다. 딴 집 아들은 기타는 기본에 첼로, 바이올린 배우는데 지는 1,500원짜리 하모니카 교본 사다가 배웠습니다.

방청객과 시청자 모두 또 웃는다.

사회자 : 여기서 한번 들을 수 있을까요?

강산은 티아라의 〈롤리폴리〉 후렴구를 연주하였다. 방청객에서는 정말 우레와 같은 박수가 터졌다. 마무리 발언 차례가 왔다.

이강산 : 제가 여기 선거하러 내려오기 전에 한국당적으로 전라도 광주시 보궐선거에 나가는 곽영범 후보를 만났습니다. 그분도 서울분입니다. 둘이서 손을 맞잡고 우리 서로 살아오자고 했습니다. 여러분, '저기서는 안 찍어주는데 우리만 찍어서 뭐하꼬?'라고 생각이 드실 수 있습니다. 지역감정을 심화시킨 장본인이 김 전 대통령이라고 생각하시는 것도 무리는 아닙니다. 그러나 여러분이 이번에 저를 당선시켜주신다면 정말 경북 영곡은 영호남 모두에서 큰 모범이 될 것입니다. 우리나라 역사에 새로운 전기를 맞이할 것입니다. 한국당, 민권당 모두 저희 영곡을 맨 먼저 챙겨줄 것입니다. 그리고 겨우 1년짜리 국회의원입니다. 이 곶감도 먹어보고 저 곶감도 먹어봐야 영곡 곶감이 최고라는 것을 알 게 아니겠습니까? 딱 1년만 딴 곶감 함 묵어보입시다."

다시 한 번 우레와 같은 박수가 터진다. 오후 5시 즈음에 민권당 이한수 의원이 찾아왔다.

"워매, 고생이 많소. 소식이 들립디다. 이강산 후보 선전하고 있다고. 그래도 당지도부에서 안 와봐야 쓰겠소? 내가 자원해서 지원해주러 왔소. 근데 저 현수막 제목이 왜 그란다요? 잘못 쓴 것 아니요? '절망 콘서트' 희망을 절망으로 잘못 쓴 것 아니냐고?"

"맞습니다. 이 시대의 절망을 얘기해보자는 것이죠."

"예에……"

이한수가 갑자기 전화 받는 시늉을 하더니 강산에게 말을 건넨다.

"이 의원 안 되것소. 빨리 경남 선양으로 가야 쓰것소. 거기다 좀 간당간당하다고 허네. 경기 위당은 승산이 있다고 허요. 어쨌든 수고하쇼."

이한수가 자동차 뒷자리에 앉아 화를 낸다.

"뭐, 좀 선전하다고 해서 와봤드만. 뭐, 절망 콘서트 저런 놈의 단어 조합도 있다냐? 아야, 길도 울퉁거리구만. 뭐 그렇게 싸게 차를 모냐?" 하면서 운전사에게 역정을 낸다.

"경남 선양에 빨리 가보셔야 된다고 해서요."

"이 깝깝한 놈아, 빨리 뜨고 싶어서 그랬지. 너도 이강산이처럼 깝깝한 소리 할래?" 하고 '에이' 하면서 눈을 감는다.

이한수 뒤로 사람들이 꾸역꾸역 장터로 걸어가는 모습이 보이지만 이한수는 눈을 감고 있다. 운전사는 백미러로 몰려 들어가는 사람들을 보고 의아하다는 듯 고개를 한 번 젓는다.

오늘은 완전히 분위기가 달라졌다. 20대로 보이는 젊은이들이 팬클럽을 만들어 '이강산을 살리자'라는 문구가 들어간 티셔츠를 입고 하모니카를 연주하면서 미리 공연을 하고 있었다. 다른 날과 달리 젊은 사람들이 부쩍 눈에 많이 띄었다.

6시 반쯤 되어 똑같이 안춘자의 노래로 공연은 시작되었다. 확실히 관객의 호응이 많으니 분위기가 확 달랐다. 레퍼토리는 어제와 같았지만 다른 것은 관객의 수와 열기였다.

무대 앞으로 모인 사람들은 몇천을 헤아렸고 함성을 지를 때마다 웅웅 소리가 읍내로 퍼져나갔다. 그 소리를 듣고 또 연쇄적으로 사람들이 모여들었다.

강산은 오늘은 역경을 딛고 성공한 사람들의 신화를 방영하였다. 네 번 다운됐다 일어서 KO승을 거두는 홍수환의 모습에서는 사람들이 모두 일어나 박수를 치며 열광했다. 그리고 시골에 사람들이 득실대는 명절 모습이 피날레로 장식됐다.

"저때가 좋았어예." 하는 소리도 들린다.

7시 반부터 다시 콩쿨대회가 시작됐다. 열 사람을 추첨하였고 열 사람은 예비로 뽑아두었다. 이제 사람들도 스스로 쇼맨십을 발휘 하여 절망적인 사연도 웃음을 잘 유발하였다.

"평생 과부로 산 우리 시어무이, 내도 스물넷에 과부 돼가 지금까지 시어무이랑 둘이 40년을 살았어예. 거 뭐시냐, 군에서는 내한테 효부상인가 뭔가 그만주고 서방이나 하나 주소."

"봄에 농협에서 대출 받아가 쌔빠지게 농사 지은 가을 돼서 1,000만 원 빚이 생가 뿝니다. 내 친구 임병시기는 놀고 묵어도 빚이 200만 원. 내도 병식맨기로 김마담한테 갖다줬으믄 김 마담이 반겨주기라도 하지예."

서민의 삶에 가까운 소리들이 그날 밤 그렇게 울음과 웃음이 섞여 영곡읍을 흔들어댔다. 10시가 넘어 강산은 마이크를 잡고 마지막 연설을 하였다.

"마, 지들은 철수해야겠습더, 더 있으면 좋겠서도 밤이 늦으면 선거법상 곤란한 일이 생기는 기라요, 마, 내사 당선되는 기 확실한데 괜히 다 된 밥에 코 빠뜨릴 일 있능교?"

좌중이 일순간에 웃는다.

"지들은 철수할랍니다. 저기 저 포장마차들은 지들 당하고 하등에 상관없는 사람들입니다. 카니 여기서 술을 드시든 싸움을 하시든 저쪽 지금 아주 마이들한테 추근대는 저 아저씨가 성공해가 한소구리를 하든 지들하고 저녕 상관없습니데이. 선관위 아저씨들!"

또다시 관중이 웃음을 터뜨린다.

"그럼 지는 물러갑니다."

그리고 구호를 선창했다.

"절망빡에"

관객이 우렁차게 대구를 이었다.

"음따" "절망뿌이" "음따" "희망이" "음따" "희망이" "음따" "이강사이를" "살리자" "이강사이를" "살리자"

관객이 외치는 소리가 또다시 웅웅거리면서 영곡 읍내를 흔들었다. 구호가 끝나자 이강산은 폭포수 같은 눈물을 쏟았다. 가슴에서 서러움인지 기쁨인지 모르는 것이 솟구쳤다. 갑자기 누가 외쳤다. "이강산, 이강산, 이강산!"

이강산의 이름이 또 웅웅웅 영곡 시내를 울린다. 이강산이 다시 말을 이었다. 이강산은 아직까지 한 번도 안 썼던 구호를 꺼내들었다.

"이번에는"

관중 속에서 누가 개미 소리 만하게 말한다.

"2번 찍자."

이강산이 외쳤다.

"이번에는"

관중이 봇물처럼 외쳤다.

"2번 찍자."

'이번에는 2번 찍자'가 계속 반복되고 반복되었다.

강산은 강단을 내려왔다.

단상을 내려올 때 많은 사람이 그를 에워쌌다.

"후보님 심 내시소."

"이번엔 됩니더."

"잘될꺼라예."

"잘하셨습니다."

강산은 사람들 사이를 지나가며 악수를 하며 계속 울음을 터뜨렸다.

지구당사로 돌아와 이강산, 김태식, 지구당 위원장과 고스톱멤버였던 당원 둘 그리고 안춘자가 조촐히 앉았다.

"대충 정리는 다 됐습니까?"

"무대 위는 다 철수했는데 무대 자체는 낼 철수한다꼬 했습니다. 선관위도 이해했구예."

"사람들은요?"

"아직까지들 안 가고 술 퍼마시는 사람 소리 안들리요?"

안춘자가 불만 섞인 목소리로 핀잔한다.

"저렇게 술을 퍼마시고 투표를 제대로 할 수 있겠나? 후보님 지가예 장담 카는데예. 낼 투표율 50% 넘가부믄 후보님이 이기는 기라예."

"어이구, 이 마누라야. 여기 그걸 모리는 사람이 누기 있노? 니는 쓸데없는 소리 고마하고 드가라."

안춘자가 다시 푸념한다.

"거저마, 낼 날씨가 좋아야 할 낀데. 제발 투표 좀 많이 하고로."

강산이 창밖으로 가 잔뜩 찌푸린 하늘을 보며 말한다.

"지금까지 날씨가 잘 도와줬습니다. 내일도 도와줘야 할 텐데."

안춘자의 시비조 말이 다시 들린다.

"칸데 날씨 꼴을 보이 꼭 곧 퍼붓게 생겼꼬……."

위원장이 안춘자를 탁 친다. 안춘자는 입을 삐죽 내밀고 아무 말을 못한다.

2011년 4월, 보궐선거 한 달 전 김준석의 휴대폰에 이강산의 번호가 뜬다. 김준석이 잠시 머뭇거리다가 휴대폰을 받는다.

"여보세요?"

"형님, 저 강산입니다."

"그래, 너였구나. 이 번호는 어떻게 알았냐? 하도 전화가 와서 완전히 내 개인용으로 만든 대포 폰인데 말이야."

"태식이를 족쳤습니다. 태식이 너무 뭐라 하지 마십시오. 태식이 아니어도 알아냈을 겁니다. 제가 뒷조사에는 일가견이 있잖습니까?"

"하하하, 알았다. 도대체 지금 뭐 하냐? 김치 회사 그만둔 지도 여섯 달이 지났다는데."

"초강력 변태 뽀르노 소설을 구상 중에 있습니다."

"허허허 그놈 참 농담은. 나 같은 거물한테 그런 농담하는 사람은 너밖에 없어."

잠시 침묵이 흐른다.

"형님 아니죠. 의원님, 부탁이 있습니다."

"부탁? 그래, 부담이 안 된다면 들어주마. 아니지. 부담이 돼도 들어주마."

"태식이를 제게 보내주십시오. 저랑 할 일이 있습니다."

"태식이에게는 물어는 봤냐? 지금 자리가 괜찮은데 간다고 할까?"

"차기 대권 후보 보좌관 자리보다 더 좋은 자리라고 해주십시오." "하하하, 알았다. 그래."

잠시 침묵이 흐른 후에 진지하게 강산이 말한다.

"형님, 진짜 부탁이 있습니다. 오늘 오후 6시에 맞춰서 국회의원 회관으로 갈 테니 경비한테 말 좀 해주십시오. 그때 뵙겠습니다."

김준석은 '요놈 봐라' 하면서 전화를 끊는다.

2010년 3월, 김준석의 국회의원 회관 사무실에서 강산은 준석을 만났다.

"형님, 저는 이번 4월 경북 영곡의 국회의원 보궐선거에 민권당 공천을 신청했습니다."

"뭐어? 그래, 국회의원을 함 해보려고? 하하하."

"아직까지 민권당에서는 지원자가 없는 것으로 압니다. 그래서."

"아무리 민권당세가 약해도 아무나 내보내지는 않아. 망신을 당하느니 다른 후보를 도와서 차선을 얻는 수도 있고."

당 지도부와 김준석이 얘기를 나누고 있다.

"이강산이란 놈 어디서 들어본 것 같은디. 하여간 이놈 웃기는 놈입니다. 당 지도부 트위터, 미니홈피 이런 데다가 이력서 다 올리고 지를 꼭 공천해 달라고 했다니까요. 만약에 지를 공천 안하믄."

다른 지도부위원이 신기하다는 듯 묻는다.

"공천 안하면요?"

"무소속으로 당선돼서 한국당에 입당하겠다고 그걸 대놓고 얘기 했습니다. 허허, 참. 그래서 내가 좀 알아봤는데 강원도 삶터 김치공장 사장을 아주 잘해서 감사패랑 표창장은 많이 받았다고 합디다. 그래서 강원도 쪽은 조금 가능성이 있을 것 같은데 거 경북 영곡에 가서 어떻게 이기것습니까?"

또 다른 지도부위원이 김준석에게 묻는다.

"김 의원 후배라면서요?"

"예, 그렇습니다. 이 친구 재능은 있습니다. 아마 쪽팔리지 않을 정도의 득표는 할 겁니다."

김준석과 최경호가 얘기를 나누고 있다.

"괜찮겠냐? 사람들은 니가 공천을 밀어붙였다고 할 것인데."

"그랬지. 나는 이강산이를 밀어붙인 게 아니야. 후보 내지 말자는 당 지도부에게 후보를 내자고 한 것이야."

"그래도."

"난 개인적 친분에도 겨레당 최보경이를 민 것이 아니라 민권당 김수화를 밀었어. 결국 최보경으로 단일화 됐지만. 난 이번 선거에 최선을 다하는 모습을 보인 거라구. 괜찮아. 그리고 강산이 그놈 개그맨 기질이 있어 망신은 안 당할 거야. 날 믿어봐."

보궐선거일이 닥쳤다. 아침부터 비바람이 몰아쳤다. 4월이지만 쌀쌀한 날씨였다. 이대로 가다간 투표율이 30%도 안 될 수 있었다. 지구당 사무실은 거의 초상집 분위기였다. 위원장이 짜증을 내면서 말한다.

"니기미, 벌써 열 신디 투표율이 15%여. 보궐선거는 아침에 절반을 다한다고."

고스톱 멤버인 당직자가 말한다.

"경기 위당은 25%라고 합디다."

"완전히 거긴 축제 분위기여. 한국당은 죽상이고."

또 다른 당직자가 푸념한다.

"근데 해도 너무 하요. 방송사는 고사하고 지역신문 하나 안 오네."

"너 같으믄 오것냐? 근데 후보자님은 어디 계시오. 뭐라도 좀 드시기는 했소?"

태식이 피곤한 얼굴을 하고 말한다.

"예, 저랑 간단히 먹었습니다."

"이리 오시이소. 날씨도 지랄 같고, 찾아오는 사람도 없으니 술이나 한잔 품시다."

강산은 우산을 쓰고 당사 바깥에서 어머니에게 전화를 하고 있다.

"강산이니? 내가 전화를 하고 싶어도 못했다. 잘 있지? 아버지도 걱정이 많으셔."

"예, 걱정 마세요."

"거기 날씨는 어떠니? 여기 날씨는 화창한데, 날씨가 중요하다던데."

"어머니, 더할 나위 없이 좋습니다."

전화를 끊고 강산 모가 강산 부에게 말한다.

"날씨가 비 오고 바람 불고 난리라고 하드만. 우리 걱정 안 시킬라고 그런가보네." 말하고 한숨을 쉰다.

강산이 비바람이 치는 하늘을 보며 다시 한 번 읊조린다.

"예, 어머니 더할 나위 없이 좋습니다."

4월 아침에 내린 비는 노인들에게는 더욱 찬 기운이 들게 했다.

"행님요, 투표 안 가십니꺼?"

"됐다마. 어제 마을회관에 투표소 설치한다꼬 어제 다 집으로 다 쫓아가 방이 냉골이다. 기름값 때문에 불도 몬 땐다 아이가? 카고 추와 죽겠는데 거까지 언제 가노? 어차피 한국당이 될 꺼 아이가.내가 와 이 나이에 뻔한 투표를 하노? 니도 어디 넘어지지 말고 카마이 자빠져 있그라."

그렇게 강산이 연주하면서 돌아다녔던 시골 마을의 노인들은 마을 회관에 설치된 투표소까지도 갈 엄두를 못 내었다.

오후 2시. 강산은 사우나로 향했다. 사람도 별로 없고 목욕탕 입구 여사장님도 최근에 약간 유명해진 강산을 알아보지 못했다. 면도를 하고 목욕을 끝낸 뒤 옷을 갈아입으니 시계는 4시를 가리키고 있었고 대기실에 몇몇 사람이 있었다. 이번에는 사람들이 강산을 알아봐 주었다.

사람들이 웅성거리며 "이강산 후보 아니신교?" "어떻게 이기겠습니까?" 질문들을 쏟아낸다. 강산은 그 사람들에게 단호하게 말했다.

"투표율이 높으면 이깁니다."

정말 비장한 어조로 말했다. 목욕탕 입구에서는 더 많은 사람이 모여들었다. 여사장님은 제대로 입지 않고 입구까지 나와 강산을 둘러싸려는 남자들에게 역정을 낸다.

"마, 뭐 좀 입고 나오소."

강산은 그 사람들에게 둘러싸여서도 목욕탕 입구에서 나와 몰려든 사람들에게도 똑같은 소리만 반복하였다.

"투표율이 높으면 이깁니다."

사우나를 나서면서 강산은 우산을 쓰고 눈을 감아버렸다. 몇 걸음을 걷자 알아보는 사람들이 말을 걸었다.

"어, 이강산 후보 아닝교? 근데 와 우산을 쓰고 다니요? 알 사람 다 알아보겠구만 뭘 게리고 다니요?"

강산은 맑게 갠 푸르디푸른 하늘을 보고는 우산을 집어던지면서 말한다.

"네, 이래 날씨가 좋은데 뭔 놈의 우산입니까? 하하하."

강산은 환희에 찬 표정을 감추며 말했다. 똑같은 소리를 목욕탕에서 걸어 지구당까지 걸어가는 한 시간여 동안 오로지 한마디만 하였다.

"투표율이 높으면 이깁니다."

불법 선거운동이 될 수도 있었다. 그러나 만나는 모든 사람에게 인사하면서 똑같은 소리를 하였다.

"투표율이 높으면 이깁니다."

그리고 5시 즈음 지구당 사무실에 도착했다. 강산은 아무 말 없이 가운데 의자에 앉아 결의에 찬 어조로 물었다.

"지금까지 투표율은?"

"22%다."

"위원장님, 그리고 여러분! 이제부터 할 일을 하셔야겠습니다. 제가 불법선거의 여지가 있으니 휴대폰으로 투표 독려 문자 보내지 말라고 했죠?"

일동은 고개를 끄덕였다.

"지금부터 하는 겁니다. 지금 보내십시오. 문구는 딱 2개입니다. 투표하고 술 마시자고, 투표하고 친구 만나자고. 뭐 하십니까? 얼른 하십시오."

강산은 우두커니 앉아 TV만 쳐다보고 있었다. 정말 몸 하나 까딱하지 않았다. 6시가 다 돼가도록 투표율은 좀처럼 30%를 넘지 않았다. 다시 시골마을 노인들의 대화가 들린다.

"투표율이 어떻다 카드노?"

"30%도 안됐다 카네요."

"그라믄 진짜 한국당이 이겼다. 투표는 뭐 하러 하노?"

그렇게 5시 이후 노인들의 투표는 더 격감하였고, 젊은 층과 장년층은 꾸역꾸역 투표율을 상승시켰다. 7시 이후 투표율을 보여주는 TV 화면 화단의 계수기가 파바박 상승하였다. 그리고 출구조사 발표시간인 8시 즈음에는 막 40%를 상회하였다.

방송사 출구조사는 마치 이벤트를 연상케 했다. 이번에는 방송 3사가 최초로 합동조사를 하여 신빙성을 더욱 높였다. 투표 마감 시간인 8시 시보가 울리자마자 박빙의 승리를 거둔 위당의 민권당 심민규 후보 그리고 경남 선양의 한국당 김강표 후보, 경북 영곡의 한국당 한승모 후보 사무실을 비춰주었다. 순간 강산 주변의 사람들은 털썩 주저앉았다. 질 줄은 알았지만 이렇게 허망할 수 없었다. 화면의 대부분은 민권당 중앙 당사를 비춰주었고 이번 선거가 가져올 향후 전망을 하기에 바빴다. 꽃다발을 쓴 한승모 후보의 인터뷰도 이어졌다. 그렇게 시간이 흐르고 8시 30분께 출구조사의 방법에 대하여 방송이 되었다.

"이번 출구조사는 최초로 방송 3사가 합동으로 진행하여 어느 때보다도 정확성을 높였습니다. 다만 이번 조사는 오후 6시까지의 집계를 기준으로 했기 때문에 다소간의 오차가 발생할 수 있습니다. 선관위에 따르면 밤 10시쯤이면 당선자의 윤곽이 드러나고 자정 즈음이면 당선자가 확정될 것이라고 합니다."

경기 위당의 승리로 민권당 심민규 후보의 기반이 확실해졌다는 것은 어느 전문가나 예상하는 일이었다. 한국당을 탈당해 민권당대표가 된 심민규에게 말이 많았지만 이제는 아무도 시비를 걸지 않게 되었다. 뉴스 아나운서의 멘트가 나온다.

"이번 경기 위당의 승리로 민권당 심민규 대표의 입지가 확실히 굳어졌다는 것은 여야는 물론 정치전문가들도 모두 동감하고 있습니다. 그동안 한국당을 탈당하여 민권당 대표가 된 심민규 대표의 지도력에 관해 당 안팎에서 의문의 소리가 많았지만 이제는 그런 의문을 잠재우고 당대표로서, 대권주자로서 입지를 확실히 굳혔습니다."

김준석의 캠프에서는 자조 섞인 탄식이 나온다.

"이번에도 벽을 못 넘었어. 노 전 대통령 고향에서. 후~"

민권당 구주류(진교동계)가 모여 있는 사무실에서 이한수의 측근이 말한다.

"형님, 아깝긴 해도 앓던 이를 빼부럈오."

"그랑께 내가 뭐라고 하드냐? 거 거레당 최보경으로 단일화될 때 되도 좋고 안 되면 더 좋다고 안 하드나? 하여간 느그들은 아직 멀었어."

강산은 캐비닛에 넣어둔 양복을 꺼내들고 말없이 당사를 나섰다.

"강산아, 어디 가니?"

"여인숙에서 쉬고 있을 테니 잠시 혼자 둘래?"

강산은 양복을 당사 옆 세탁소 주인한테 주었다.

"아아따, 수고하셨는데 안됐심더. 그래도 정말 수고하셨습니데이." "10시까지 되겠습니까?"

"원래 안 돼지만 내 해다 드리께에. 당사로 갖다드리믄 되지예." 강산의 등 뒤로 "안됐데이, 춘자 언니 말로는 온갖 군데 다 댕기면서 고생했딱 하드만." 하고 세탁소 주인의 아내 목소리가 들렸다. 강산은 여인숙에 들어가 깊이 잠이 들었다.

10시쯤 되어 세탁소 주인은 강산의 양복을 들고 세탁소 문을 나섰다.

"뭔 놈의 비가 잠잠하드이만 또 오고 지랄이고."

세탁소 주인이 당사를 방문했을 때 위원장과 당직자 둘 그리고 태식만이 소주를 마시고 있었다. 세탁소 주인이 문을 빼꼼 열고 묻는다.

"행님, 후보님은 어디 가셨는교?"

"자러 갔다."

"결과는 나왔는교?"

"지금까지 1,000표 차다. 끝난 기라."

세탁소 주인이 아무 말 없이 옆에 앉았다. 위원장이 버럭 소리를 친다.

"니 집에 안 가나? 마, 얼른 가라. 카고 니 어서 술 묵고 나랑 묵었다고 고마 해라. 니 마누라 자꾸 우리 집에 전화한다 아이가?"

세탁소 주인은 엉뚱한 데다 화풀이한다고 생각하고 대꾸도 안 하고 말한다.

"비도 오고……. 나도 한잔 주소. 속상하고로. 뭘 보요?"

당직자 한 사람이 아무 말 없이 걸어가 텔레비전을 끈다. 그렇게 남은 사람들은 주거니 받거니 하더니 이내 곯아떨어졌다.

민권당의 중앙당사에서는 남아 있는 사람들이 별로 없었다. 텅 빈 사무실에 TV만 덩그러니 켜져 있다. 11시가 넘어 방송사들은 이미 결과는 나온 듯 정규방송을 하고 있었고 화면 하단에만 개표결과가 뜨고 있었다. 11시가 넘어 경기 위당 한민규 후보와 경남 선양의 김강표 후보는 2위와 계속 표차를 벌렸다. 11시 15분께 심 민규 후보와 김강호 후보사진 옆에 당선 확정이라는 금배지가 올라왔으나 인터뷰는 없었다. 이미 할 만큼 했기 때문이다.

이때부터 강산은 꾸역꾸역 쫓아가고 있었다. 그리고 드디어 11시 30분경에 동점이 되고, 까닥까닥 표가 올라가기 시작했다. 11시 40분경 잠시 소강상태를 보이더니 이강산이 97표차로 앞선 상태에서 잠시 또 계수 상황이 멈추었다. 그리고 개표 종료라는 글귀가 쓰이고 이강산의 이름 옆에 당선 확정이라는 글씨와 함께 금배지가 그려졌다. 그리고 민권당 중앙당 사무실에 삑삑하더니 팩스가 도착한다. '기호 2번 이강산 후보께서 경북 영곡의 국회의원 보궐선거에서 당선이 확정됐음을 알려드립니다. 정식 당선 증은 선관위에서…….' 민권당 중앙당 사무실은 그 팩스가 도착하는 줄을 몰랐다. 아무도 그 자리에 없었기 때문이다.

세탁소 주인은 그나마 덜 취해서 밖에서 들려오는 사람들의 소리와 쿵쿵쿵 달려오는 기자들의 소리를 듣고 맨 먼저 깼다.

"뭐꼬?"

기자들이 문을 박차고 들어왔다.

"이강산 의원님 어디 계십니까?"

모두들 깨어나 뭔일이냐는 듯 기자들을 쳐다보았다. 기자들이 소리쳤다.

"TV를 켜보십시오."

TV에는 당사에 치고 들어와 뒷모습만 보이는 기자의 얼굴이 보였다.

"안녕하십니까? 여기는 경북 영곡의 민권당 사무실입니다. 이강산 후보가 기적을 연출해냈습니다. 한국당의 텃밭인 경북 영곡에서 97표차로 신승을 거두었습니다."

위원장과 태식은 잠시 멍하니 있다가 당직자 두 명과 세탁소 주인과 얼싸 안았다. 이 시각 강원도의 삶터 김치공장에서도 김진만 사장이 직원들과 같이 얼싸안는다.

"형님, 저는 형님이 해낼 줄 알았습니다. 우와 이강산 사장 만세! 이강산 의원 만세!"

태식이 소리쳤다.

"여인숙, 여인숙에 있습니다."

사람들과 기자들은 일제히 여인숙으로 달려갔다. 이미 많은 사람이 한데 뭉쳐 여인숙으로 달려갔다. 다시 기자의 리포트는 계속된다.

"이강산 후보의 숙소로 왔는데요. 이강산 후보는 30분 전에 말없이 택시를 타고 어디론가 갔다고 합니다."

안춘자가 초치는 소리를 해댄다.

"어따, 죽어뿔라고 어디 간 기 아이가? 소식도 몬 듣고?"

위원장은 짜증을 내며 아내를 나무란다.

"너 자꾸 재수 없는 소리 할래?"

당직자로 보이는 한 사람이 뛰어온다.

"어떤 택시기사라고 하는 사람한테 전화가 왔는데 확실치는 않은데 이강산 닮은 사람을 진구면 산사태 난 디로 델다줬다꼬 합니다."

당직자들과 태식, 지구당 위원장, 세탁소 주인, 안춘자 모두 방송사 차량을 얻어 타고 진구면으로 향했다. 20여 분을 달려 흙더미 앞에서 모든 차량이 멈추었다. 저쪽에서 강산의 목소리가 들린다. "오지 마세요, 위험합니다."

자동차의 서치라이트가 강산을 비추고 강산은 불빛에 얼굴을 가린다. 거기 그렇게 경북 영곡의 새로운 국회의원이 우산도 비옷도 없이 비를 맞으며 서 있었다.

강산의 결혼

2012년 봄, 강산이 김민갑 의원 사무실로 들어온다. 김민갑 의원은 없지만 비서와 보좌관들이 뭔가 열심히 일하고 있다.

"아니, 불출마 선언을 한 사무실 분위기 치고는 너무 사설 도박장 같습니다. 나한테도 마권 하나 파시지요."

여 보좌관이 푸념하듯 말한다.

"한일의원연맹 모임 때문에요."

다른 보좌관이 말한다.

"이번에 서울서 회의가 열리는데 거기에 맞춰 단행본 잡지를 발행하는 게 마지막 할 일이라고 하시면서……. 의원님이 회장이시잖습니까?"

"아, 그 반공 아니면 죽음을 달라는 국제적 보수 꼴통들요?"

여 보좌관이 다시 말한다.

"그래서 우리는 자료준비만 해드리고 낼이면 번역이랑 편집은 딴 분이 온다고 해서 오늘까지는 바쁩니다."

"딴 분이요? 와따 김 의원님, 나랏돈이라면서 복사지도 이면지 쓰시면서 자기 족적 남기는 일에는 나랏돈 막 쓰시네. 그 돈 내가 좀 먹읍시다. 어차피 나도 이번 총선 안 나갈 건데 알바나 하죠 뭐. 그리고 여러분은 얼른 가서 총선 가능성 있는 분한테 붙으세요. 이놈의 노인네가 해준 것도 없으면서 보좌관들만 부려먹기는?"

다들 웃는다.

"내가 번역 다 해 드리께."

"의원님 일본어 잘하세요?"

"동영상은 서양 것보다 일본 게 좋거든요. 보일 듯 말 듯 훨씬 자극적이거든. 거 동영상 볼라고 일본어 공부를 할 수 없이 했지요. 와따시와 헤따데스가 데모 니혼고와 데끼루데쓰. 아참, 그리고 김 기사님 이번에 따님 초등학교 입학했다고 했죠?"

김 기사가 무슨 가방을 가지고 집에 들어온다. 김 기사 부인이 짜증을 내면서 남편에게 말을 건다.

"웬일로 빨리 들어와요? 아무리 내가 데리고 왔어도 진숙이도 당신 딸이에요. 애가 초등학교를 입학했는지 어쩐지 관심도 없고."

"이거."

"뭐예요?"

"앞방에 이강산이라는 국회의원이 진숙이 초등학교 입학선물로 준거다."

빨간 가방 안에 온갖 학용품이 다 들어 있다. 필통을 열어보니 직접 깎은 색연필도 있다. 김 기사 부인은 울음을 터뜨린다.

"고마워요. 정말, 정말 고마워요."

서울서 개최되는 한일의원연맹회의에 맞춰 한일 양국에서 단행본 잡지를 출판하기로 했는데 이강산 의원이 그 일을 다한 것이나 마찬가지였다. 김 의원 사무실에 거의 하루 종일 달라붙어 이메일 보내고, 원고 편집하고, 문맥 가다듬고, 이 모든 일을 혼자서 다하였다. 김민갑 의원이 답례로 점심을 샀다.

"이 의원, 이번에 진짜 고마웠소. 나는 국회에 코미디언이 하나 들어왔나 했는데 그게 아니었네, 그래. 여직원 하나랑 친구가 보좌관 했다믄서 지내는 데 불편이 없었소?"

"보좌관 많이 쓰면 국회 예산이 많이 들잖습니까? 그렇잖아도 빨갱이 당이랑 보수 꼴통 당이랑 하도 싸워서 경호예산도 많이 든다고 들었는데요. 의원님도 국감 때 복사비 많이 든다고 정부에 필요 없는 자료는 요구 안 하시잖습니까?"

"사람 참."

"어쨌거나 저와 체질이 다른 김 의원님이 저랑 이렇게 사이좋게 지낸다는 것이 참 좋습니다. 의원님은 장성 출신의 보수우익 대표이시면서 4선이시구요. 저는 운동권 출신의 초선 그리고 민권당 의원이지만 우리 서로 가깝게 지내면서 한번 뭔 일을 꾸밀 수도 있을 것 같습니다."

"밥 한 번 먹은 것 갖고 뭘 친해지누? 이번 일이 고마운 건 고마운 거지만서도 내는 이 의원과 뭘 꾸미고 싶지를 않소. 카고 낼부터 한 일주일은 그전에 오기로 했던 분이 와서 마무리를 해줄 끼요. 그동안 수고 많으셨소."

"하하 알겠습니다. 그래도 다음 총선에 안 나가서도 낙향을 하셔도 저랑은 잘 지내셔야 합니다. 밥 한 끼로 대충 끝내시면 안 됩니다."

그 다음날 강산이 김민갑 의원의 방에 들어가자 새로 온 여성 보좌관이 열심히 타이핑을 하고 있었다. 다른 직원들은 없고 그 여성 보좌관 혼자만 앉아서 일하고 있었다.

"어떻게 오셨죠?"

"아예, 김 보좌관님 좀 뵈려고 왔는데 안 계시네요."

찬바람이 쌩쌩 부는 차가운 태도로 새로 온 여성 보좌관이 묻는다.

"곧 들어오실 거예요. 누구라고 전해드리죠?"

"전 조경덕 의원 보좌관입니다."

그렇게 말하고 나서 강산은 나가지 않고 이리저리 돌아다닌다. 새로 온 보좌관이 약간 짜증이 난 듯 강산을 부른다.

"저기요!"

"예, 알겠습니다. 일하는 데 알짱거리지 말고 비켜 달라는 말이시죠? 혹시 제가 도울 일 없나요? 새로 오신 모양인데."

"됐어요."

잠시 후 나가려는 강산을 새 보좌관이 부른다.

"혹시 스테플러 있으세요?"

"네, 제가 금방 가져다 드릴게요. 그리고 앞으로 종종 뵐 것 같은데 저한 테 말을 낮추시죠. 제가 아직 서른밖에 안 됐거든요. 보좌관들끼리는 당파를 떠나 다들 형님, 누나, 동생 하고 지냅니다."

새 보좌관은 말이 없다. 강산은 스테플러 큰 것과 작은 것을 가져오고, 원두 캔 커피 한 개와 치즈 케이크를 가져왔다.

"수고하세요, 누님."

강산이 나가고 난 후 새 보좌관 혼자서 말한다.

"내가 서른은 넘어 보이나보지. 그렇지, 당연하지." 하고서 하던 일을 계속 열심히 한다.

세 시간여쯤 후 강산이 다시 김민갑 의원의 사무실로 들어왔을 때는 보좌관들이 모두 앉아 있었다. 여성 보좌관 한 사람이 강산에게 웃으면서 묻는다.

"이 의원님! 김여경 보좌관한테 나이 서른이라고 하셨다면서요?"

그러자 일시에 모든 보좌관이 웃는다.

"그럼 저한테도 누나라고 부르세요. 전 서른셋이니까."

그중 남자 보좌관 한 사람이 웃으면서 말한다.

"이 의원님이 동안은 동안이시긴 하지. 근데 여경 씨는 아무리 그래도 그렇지 서른이란 말을 믿으셨을까?" 하고 다들 웃는데 여경은 말없이 일어나서 파일로 강산의 등짝을 한 번 후려친 후 나갔다. 그 뒤로 강산은 김민갑 의원 사무실을 뻔질나게 드나들면서 보좌관들과 시답잖은 농담 따먹기를 하였다.

"저기요, 최 보좌관님 부자와 일반 사람이 뭐가 다른지 아십니까?"

"뭐가 다른데요?"

"참, 그것도 모르세요? 돈이 많다는 거죠."

하루는 김민갑 의원의 보좌관 한 사람이 치와와를 데리고 왔다. 강산이 뭔가 대단한 일을 했다는 듯 의기양양하게 말한다.

"저기 여러분, 점심 식사 하시는 동안 제가 이 개한테 사람 말을 훈련시켰습니다."

"예에?"

"자, 보세요. 어이 개, 왕비의 남편이 뭐지?"

"왕왕."

"자, 보세요. 왕이라고 하잖습니까? 자, 그러면 토요일, 일요일 다음이 뭐지?"

"월월."

"자, 보십시오. 월, 사람 말을 하잖습니까?"

보좌관들이 자지러졌다. 며칠 후 강산은 깔끔한 카키색 양복을 입고 김민갑 의원의 사무실로 들어왔다. 보좌관들이 재잘댄다.

"의원님, 양복 새로 사셨나봐."

"너무 잘 어울리십니다."

이번엔 여경도 거들었다.

"카키색이 참 잘 어울리시네요."

그 말을 들은 강산은 정색을 하고 말한다.

"잘 어울려요? 예이, 전 김여경 보좌관님의 말씀을 믿을 수 없네요. 잘 어울리기는 무슨."

"왜요? 잘 어울린다고 칭찬하는 거예요."

"저기요, 여경 씨! 저는 여경 씨 말을 믿을 수 없답니다. 여경 씨는 제가 뭘 입어도 멋있다고 할 건데 제가 어떻게 그 말을 믿겠어요?"

다른 보좌관들이 키득대기 시작한다.

"저기 말입니다. 여경 씨! 앞으로 저를 좀 객관적으로 봐주셨으면 좋겠네요. 그렇게 주관을 깊숙이 개입해서 판단하지 마시구요."라고 말하고는 횅하니 나가버렸다. 다른 보좌관들은 신나서 더 크게 웃었다.

다음날 또 강산은 김민갑 의원이 없는지 눈치를 보고 김 의원의 사무실로 들어갔다. 강산은 여경을 힐끔 보며 말한다.

"홍시를 가져왔는데. 이거 한 박스는 김 의원님 드리고 나머지는 나눠드십시오. 냉동 홍시입니다. 이게요, 몸에 좋기는 한데 뭐가 잘 안 나옵니다."

김 보좌관이 모니터를 보면서 듣는 둥 마는 둥 하면서 얘기한다. 마치 친한 친구한테 하는 것처럼 "그래요, 나는 변비가 좀 있는데 먹으면 안 되는 거 아닌가요?"

"괜찮습니다. 내가 좀 있다. 젓가락도 하나 갖다 드릴게."

"젓가락요?"

"안 나오면 그걸로 파야죠."

여경을 제외하고 모두 웃음을 터뜨린다.

"김 의원님은 내가 직접 파드릴까?"

다시 한 번 모두 웃음을 터뜨린다. 강산이 여경의 모니터를 보고 말한다.

"어, 김 의원님이 송유근 후원자시네요."

김 보좌관이 얘기한다.

"맞습니다. 어려서부터 죽 해오셨습니다. 어유, 그런 아들 둔 부모는 얼마나 좋겠습니다. 아버지가 대학교수라는데 아빠를 닮아 머리가 좋나?"

여성 보좌관이 말을 가로챘다.

"머리는 엄마 닮는대요. 밭이 좋아야죠."

"아니지 그래도 씨가 중요하지."

남자 보좌관과 여자 보좌관들 사이에 머리가 엄마를 닮느냐 아빠를 닮느냐는 갑론을박이 시작됐다. 이강산이 큰소리로 말한다.

"씨 뿌리는 기계가 중요한 것입니다."라고 말하고 횡 하니 나갔다. 일순간 그 말이 무슨 뜻인지 모르다가 키득대더니 다들 배를 잡고 웃었다. 여경은 왜 이런 시답잖은 대화를 하냐는 투로 밖으로 도도하게 나갔다. 그리고 화장실에 들어가서 문을 잠그더니 웃음을 터뜨리고 5분여 간 계속 웃었다. 웃음을 멈추고 손을 씻으러 나오자 웬 사무원이 여경을 바라보고 미친 여자 아니냐는 듯 쳐다보지만 여경은 손을 씻고 자기 자리로 가서 앉았다.

김민갑 의원이 한일의원연맹회의를 하루 앞둔 날, 강산이 김민갑 의원 사무실로 또 들어온다. 여경이 힐끔 보며 말한다.

"민권당 의총 안 가세요? 총선 결의대회 한다는데."

"저는 이미 불출마 선언을 했고 지금 의총보다 더 중요한 일을 하고 있습니다."

"뭐요?"

"여경 씨를 우예 함 해볼려고 집적대고 있잖습니까? 그래서 아무도 없을 때 온 건데요."

여경은 화를 내지 않고 조용히 말한다.

"원래 그렇게 항상 농담만 하고 사세요?"

"전 진심을 얘기하면 딴 사람늘이 농담이라고 할 뿐입니다."

"됐어요. 전 낼부터 이제 그만해요, 이제 잡지도 완성됐고 낼이면 한일의원 연맹회의도 개최될 거고 오래 있으면."

"아버지한테 부담을 주죠. 보좌관으로 딸을 썼다고."

"어떻게 아셨어요?"

"그런 일이 숨긴다고 숨겨집니까? 국회의원들이 얼마나 입이 싼 줄 아십니까?"

"입이 싼 것은 이 의원님 아니세요? 저번에도 아버지께서 대통령 만난 것을 이 의원님이 한국당 의원들한테 소문 내 가지고 아버지께서 아주 곤란해지셨어요."

"그게 말이죠, 여경 씨. 저는 결단코 소문을 낸 적이 없습니다. 저는 다만."

"다만 뭐요?"

"친한 한국당 의원들한테 살짝 얘기한 것뿐입니다. 근데 소문은 그 인간들이 다 냈다니까요. 참 김 의원님도 그런 사람들하고 같은 당을 하시다니 힘드셨겠어요. 뭔 놈의 국회의원이란 사람들이 그렇게 입들이 싼가 몰라."

여경은 말이 없다. 강산이 재차 물었다.

"그래도 한번은 오시지요?"

"한 열흘쯤 후에 아버지 짐 싸러 올 거예요. 큰오빠가 여행 갔다 오면요."

다음날 김 비서가 김민갑 의원 집무실로 들어와서 김민갑 의원에게 말을 전한다.

"이강산 의원이 의원님을 꼭 뵙자고 하는데요. 부탁드릴 일이 있다고요."

"그놈아가 와? 오늘 모임에 자기 데려가라는 기겠제. 니가 대충 듣고 치아뿌라."

"워낙 간곡히 부탁해서요."

"와, 니 저놈아한테 뭐라도 받아 묵었나?"

"몇 번 술 한잔 하면서 행님 동생 하기로 했습니다. 저한테 워낙 또 깍듯하고요. 사실 요새 저런 의원 어디 있습니까?"

"알았다마, 들어오락 캐라."

"여긴 첨 들와봅니다. 야, 의원님 방 깔끔하네요. 제 방은 워낙 어질고 간 인간들이 많아서요. 하여간 대인 관계 좋은 것도 안 좋습니다."

"카믄, 내는 대인관계가 안 좋다는 기요? 거 쓸데없는 소리 고만하고 할 얘기만 하고 얼른 가소."

"저, 의원님, 오늘 저녁에 한일의원연맹 모임이 프라자호텔에서 있다고 들었습니다."

"근데 와요?"

"저를 좀 데려가시면 안 되겠습니까? 저는 정식 회원이 아니지 않습니까?"

"뭐요? 그럴 거면 민권당 의원한테 부탁하면 될 일이지 와 나한테 하는 기요?"

"그쪽은 김 의원님도 알다시피 빨갱이들밖에 없잖습니까? 겨우 하나 있는 회원 한택기 의원도 지금 중국에 있구요. 한일의원연맹은 우익적 색체가 강한 모임 아닙니까? 그런 모임에 운동권 계보인 제가 같이 간다면 저의 빨갱이 색체가 좀 나아질까 해서요." "허어, 총선 불출마한다고 하더이 당신도 정치인은 정치인이네. 그런 짓거리도 할 줄 알고."

"그리고 제가 일본어 정도는 통역할 수 있으니, 통역도 도와드리겠습니다."

"일본어라믄 내도 좀 할 주 아요, 필요없으이 됐소, 마."

"의원님 까우다시가 있지 통역 한 사람쯤 대동하고 다니셔야 되지 않겠습니까? 그리고 의원님과 당도 다르고 이미지가 상반되는 제가 의원님 통역을 한다면 일본 국회의원들한테 국내에서는 싸워도 대외적으로는 협력한다는 좋은 이미지도 줄 수 있을 것입니다."

김 의원은 말이 없다.

"그러면 승낙하신 걸로 알고 물러갑니다."

문을 나서자마자 김 의원의 귀에 이강산이 떠드는 소리가 들린다,

"야, 김 기사님도 여기 계셨네요. 오늘 의원님과 프라자호텔 모임에 같이 가기로 했습니다. 나는 차가 없어서 꼽사리 껴서 가야 하니, 김 기사님 출발 전에 저한테 핸폰 때려주세요."

보좌관들도 웃고 김 기사도 웃는다. 이강산이 나가고 나서, 보좌관들끼리 떠든다.

"하여간 저분이 온 뒤로 웃을 일이 많아."

"맞아요, 어디 회사 생활 하는 분 같아요."

김 의원은 "얼빠진 놈." 하면서도 "그래도 생각하는 것은 잘 박혔구마."라고 혼잣말을 한다. 김 의원과 같이 타고 가는 차 안에서 이강산은 김 기사 옆에 앉아 온갖 수다는 다 떨고 간다.

김 기사가 물었다.

"근데, 이 의원님은 장가 안 가십니까?"

김 의원이 놀라 묻는다.

"이 의원, 아직 미혼이요?"

"예, 그렇습니다. 어째 하다 보니 이렇게 됐습니다."

"사람이 때가 되면 가정을 꾸려야지. 그러니 그렇게 나사가 빠진 사람처럼 뭐가 부족하지."

"그러면 김 의원님께서 저 중신 좀 서주시겠습니까?"

"관둡시다. 내 뭔 소리를 들으려고."

김 기사가 끼어든다.

"이 의원님 정도면 괜찮죠. 그래도 그 나이에 국회의원 아니십니까? 유머감각도 많으시고 여자들이 꽤 좋아할 것 같은데요."

"그게 말이죠, 김 기사님. 제가 옛날에 여자였습니다. 근데 남자들한테 인기가 없어서 성전환 수술을 했지요. 아, 그랬더니 이번에는 여자들한테 인기가 없네요."

"네에? 으하하하, 정말 재미있으십니다."

김 의원이 역정을 내며 소리친다.

"김 기사 니는 시덥잖은 소리 고마 대꾸하고 운전이나 똑바로 해라."

프라자호텔 대연회장은 화기애애했다. 모임의 성격상 60, 70대 국회의원들이 대부분이었다. 같은 우익이지만 북한을 바라보는 입장이 약간 다르고, 특히 독도 문제를 바라보는 것은 확연한 차이가 있었지만 노회할 때로 노회한 그들은 상대방의 심리를 긁지 않으면서 이런저런 얘기들을 잘 나누고 있었다. 이강산은 김민갑 의원 옆에 찰싹 붙어 그럭저럭 통역을 잘해내고 있었다. 김민갑 의원이 화장실에 들러 다시 연회장에 들어섰을 때, 온 의원들이 피아노를 둘러싸고 구성진 일본 노래를 듣고 있었다.

'사이센 바코니, 하쿠엔 다마나게타라 츠리센 데테쿠루 진세가 이이토 류우데아와세 네가에바 네가후우로 바치니 켓츠마츠키 히자오 쓰리무이다'

어디선가 들어본 옛날 일본 노래였다. 김민갑 의원은 경악했다. 강산이 피아노를 치며 일본 노래 런을 부르고 있었다. 일본 의원들은 박수를 치며 좋아하고 한일 양국 기자들은 연신 플래시를 터뜨리고 있었다. 방송 카메라도 온통 피아노 주변으로 몰려들었다. 노래가 끝나자 의원들은 일제히 박수를 터뜨렸다. 이철영 의원이 김 의원의 어깨를 툭 쳤다. 김 의원도 따라서 박수를 칠 수밖에 없었다. 그리고 "앙코르데쓰 앙코르, 이상, 앙코르"가 터져 나왔다. 그러자 이강산이 갑자기 "쓰기노와 소녀지다이노 런데쓰."라고 외치더니 소녀시대의 〈런〉 일본 버전을 부르기 시작했다. 그것은 노래가 아니라 개그였다. 일본 의원들한테 섹시한 포즈를 취하면서 〈런〉을 불러대기 시작했다. 일본 의원들은 자지러지면서 웃어댔다. 이 일로 이강산은 꽤나 유명해졌다. 인터넷에서는 갑론을박이 이어졌다. 국회 직원들이 모이면 이강산 이야기를 했고, 온갖 연예 관련 프로그램에서는 이강산에 관해 수도 없이 방송을 하였으며, 후지TV는 이강산 특집을 방송했다. 이강산의 끼에 모두 즐거워하였지만 단 한 사람 명진수만 심각하게 이강산을 주시하였다.

그로부터 10일 후 여경과 여경의 큰오빠 내외 그리고 조카가 김민갑 의원 사무실로 왔다. 은서는 뛰어 들어오며 김민갑 의원의 품에 안긴다.

"할아버지이!"

"그래, 여행은 잘 다녀왔느냐?"

이때 강산의 하모니카 소리가 들린다. 보궐선거 TV토론에서 연주했던 〈롤리폴리〉를 연주하면서 들어온다.

"의원님, 손녀가 오셨나보네요."

은서는 여경의 뒤로 숨으며 말한다.

"아저씨는 누구세요?"

"나는 이강산이라고 해. 할아버지하고 직업이 같아. 국회의원이야."

은서 엄마는 반갑게 인사를 한다.

"아, 그 유명한 이강산 의원이세요?"

은서 아빠도 끼어들었다.

"반갑습니다. 김석철이라고 합니다."

"알고 있습니다. 한국의 미래를 생각하는 모임의 대표시잖습니까? 보수단체의 좌장 격이시구요."

"그렇다고 그렇게 보수 꼴통은 아닙니다."

강산은 빙긋 웃으며 답한다.

"저도 그렇게 친북 좌파는 아닙니다."

"그런데 이번 총선에 불출마를 선언하셨죠? 남들은 못해서 난리인데 왜 그러셨어요? 그리고 뭡니까? 유일하게 회기 도중 개근상도 받으시고 국회도서관에서 가장 책을 많이 빌리는 의원이시라면서요?"

"제가 인맥이 부실해서 갈 데가 없어서 국회를 열심히 다녔습니다. 본회의 좌석이 낮잠 자기에는 최곱니다. 그리고 자취방에 선풍기를 올려놓거나 컵라면 먹을 때는 두꺼운 책이 최고라서 빌렸습니다."

"와하하~ 여경이 말대로 정말 재미있으십니다."

여경이 석철을 한번 쳐다본다. 왜 자기를 언급하느냐는 투로.

"국회는 제가 있을 곳이 못되는 것 같습니다. 존경하는 김민갑 의원님도 불출마를 하시겠다고 하니 마음이 텅 빈 것 같아서 제가 여기 있을 의미를 못 찾을 것 같네요."

그러자 김민갑 의원이 짜증내듯 말한다.

"애비는 짐 싸는 것 도와준다면서 뭔 쓸데없는 소리가 그리 많노?"

석철은 아버지의 말은 듣는 둥 마는 둥 하면서 조용히 소리를 낮춰서 물어본다.

"그 지역구를 민권당에서는 누구를 공천한다고 합니까?"

"아직 모릅니다. 아무리 내가 안 나간다고 했어도 나도 권한은 있습니다. 내 의향 안 물어 아무나 공천했다가는 그냥 확 지도부고 뭐고."

"이 의원님은 뭘 하실 생각이십니까? 김준석 캠프로 옮기시나요? 벌써부터 김준석 의원 홍보팀장으로 일을 하고 있다는 소문이 있던데?"

"그건 소문이죠. 김 의원님이 진지한 것을 좋아해서 연예 프로그램에 등장하는 걸 안 좋아하세요. 참, 그게 제 전문인데 말이죠. 진짜 뭘 할까요?

옛날처럼 입시학원 강사를 할까? 김 의원님 귀향하시면 그 마을 가서 청년 회장이나 할까 아니면 제가 글은 곧잘 쓰니 인터넷에 초강력 변태 음란 소설을 연재할까 고민이 많습니다. 하하."

"이 의원님, 애 앞에서 뭐하세요?"

여경이 버럭 소리를 쳤다. 은서는 고모에게 말한다.

"고모, 사다리 산타 알아? 한국에서는 안 팔아."

은서 엄마가 대답한다.

"이번에 오스트리아 할슈타트에서 보고서 저래요. 지붕에 사다리 타는 산타가 걸려 있더라고요. 근데 겨울이라 마을이 거의 텅 비어서 주인을 만날 수도 없었어요."

강산이 돌아보면서 답한다.

"은서야, 방법이 있을지 모르겠다. 조금만 기다려봐."

강산은 자기 방으로 들어가 국회 교환에게 전화한다.

"오스트리아 대사나 영사 부인을 연결해줄 수 있겠습니까?"

"부인을요? 연락드릴 테니 한 5분 정도 기다리실 수 있겠습니까? 그리고 통역은 안 필요하십니까?"

"예, 괜찮습니다."

5분여쯤 흘러 교환이 말한다.

"의원님, 오스트리아 대사 부인이세요. 지금 연결합니다."

전화를 받고 강산이 말한다.

"굿텐탁, 엔티슐디겐지 비테 이히 하베 분쉬 쭈 디어."

정말 유창한 독일어 실력이었다. 교환들끼리 서로 얘기를 주고받는다.

"이강산 의원은 일본어만 잘하는 게 아니라 독일어도 잘하네."

"야, 난 오스트리아에서 독일어 쓰는지 첨 알았다."

강산이 다시 들어왔다.

"은서야, 5일 후면 도착한대. 오스트리아 대사 부인께서 직접 갖다 주신단다."

"진짜요? 우와~ 아저씨 최고야!"

"그리고 김 의원님, 좋은 소식과 안 좋은 소식이 있는데 뭘 먼저 들으시겠습니까?"

"뭔데요? 안 좋은 소식부터 해보소."

강산이 그 말을 무시하고 말한다.

"좋은 소식은 은서랑 그리고 우리 모두 중국집에서 오늘 점심을 한다는 것입니다."

"뭐요? 안 좋은 소식은 뭐요?"

"의원님이 사셔야 한다는 거죠."

은서엄마는 또 깔깔댄다.

"정말 재미있으시다."

김 의원이 말한다.

"그래, 바깥에서 식구끼리 외식 한번 하자. 이렇게 사는 게 얼마만이고."

강산이 석철에게 말한다.

"죄송합니다. 가족끼리 식사하셔야 하는데."

"아닙니다. 전 이 의원님이 끼시는 게 더 좋습니다."

"그러면 부탁 하나 더 드리죠. 제 친구 보좌관 있는데 개도 같이 갔으면 합니다. 거 덩치는 큰 놈이 속이 좁아서 지 빼놓고 갔다고 삐질지도 모르니까요."

"그럽시다. 좋죠."

그때 언제 들어왔는지 조경덕 의원이 끼어들었다.

"거, 나도 끼워주세요. 불출마 동호회 사람끼리."

석철의 차 안에 석철과 석철의 처가 앞자리에 타고 여경이 은서를 안고 아버지와 뒷자리에 타고 있다. 중국집으로 가는 석철의 차 안에서 석철이 묻는다.

"아버지, 이강산 의원의 속셈이 뭐랍니까? 거의 재선은 따놓은 것 아니었습니까? 근데 그것을 포기한다니."

"내사마 그노마 속을 우예 알겠노?"

여경은 말이 없다. 김민갑 의원이 그동안 하고 싶었던 말을 이어간다.

"내는 첨에 별 이상한 놈이 들어왔나 했다. 첨부터 그 옷차림에, 여성 국회의원들하고 노래방이나 댕기고, TV 쇼프로에 나오고. 카고 이번에 그 사건도 보거래이. 마 그 난리는 좋게 마무리는 돼서 그나마 다행이었재. 어쨌든 이상한 놈이긴 해도 사람들이 다 좋아는 한다. 우리 당 의원들한테도 깍듯하고 그리고 무엇보다 직원들이나 경비 보는 사람들한테 잘한다. 모든 것을 떠나 그거 하나는 사람이 된거래이. 카고마 일하는 거도 야무지데이. 아마 의원 중에 보좌관 안 시키고 지가 글 다 쓰는 놈은 저놈밖에 없을 끼다. 내한테는 만날 국회가 지 체질이 아니라카더니 각료가 될라고 하는지 모르지. 지금에사 한국당이 인기가 떨어졌다케도 한국당이 정권을 잡으면 내 차관 정도로는 추천해주고 싶은 놈이다."

은서엄마가 끼어든다.

"근데, 아직 총각이라면서요? 그 나이에 국회의원이면 대단한 집에서 줄을 설 텐데 왜 저렇게 있데요?"

은서아빠가 말한다.

"남자 취향이라고 하던데 진짠가요?"

"시끄럽다, 마. 아 듣는데, 헛소리하는 거 그놈한테 전염된 기가?"

"하하, 그냥 해본 소립니다."

"근데 이강산 나이가 몇이에요, 아버님?"

은서엄마가 물었다.

"작년에 만으로 마흔이라고 했으이 이제 딱 마흔하나제."

"아 네, 아가씨보다 여섯 살 많네요."

일순간 정적이 흘렀다. 그 정적은 홀로 된 여경의 나이가 튀어나온 후였지만 어떤 사람도 강산의 나이가 올해 마흔하나란 의미를 잘 알지 못했다. 석철과 김 의원은 홀로 된 여경의 인생에 많은 죄책감을 가지고 있었다. 여경은 풍산그룹 이지철 명예회장의 큰 손자와 결혼을 했었다. 석철과 김 의원에게는 정말 든든한 사돈댁이었다. 하지만 정·재계 거물 집안의 만남은 일 년도 못 되어 끝이 났다.

강산이 자주 가는 고급 중식당에서 태식이 먼저 기다리다가 석철과 김 의원에게 공손히 인사한다.

"이 의원은 오스트리아 대사 부인과 휴대전화 중입니다. 곧 올 겁니다."

조경덕도 김민갑을 반갑게 맞이하였다.

"김 의원님, 여기 앉으십시오. 이렇게라도 김 의원님과 식사 한 끼 하네요."

"조 의원은 이번에는 어느 당으로 나오요?"

"저요? 의원님. 저 완전히 왕따입니다. 한국당에서나 민권당에서나 이제 조경덕의 정치 역정도 이게 끝인가 봅니다."

"그기 어디 정치 역정이요? 철새 역정이지?"

"정말 존경하옵는 김민갑 의원님조차 저를 철새라 하니 섭합니다. 저는 항상 국민의 뜻대로 움직인 죄밖에 없는데요."

"뭐요? 국민의 뜻?"

이때 중국집 주인으로 보이는 사람이 다가와 말을 건다.

"아이쿠야, 김민갑 의원님 아니십니까? 이강산 의원이 맞은편에 계시다고 말씀 많이 하셨습니다. 오늘은 제가 한턱 내겠습니다. 맘껏 드십시오."

"주인장 말씀은 고맙지만 시절이 시절인지라 대접을 못 받으요. 대접도 몬 하고 대접도 몬 받단 말이요. 카니 나온 대로 챙겨 받으이소."

"예, 그렇죠. 곧 선거가 있죠. 알겠습니다. 제가 이강산 의원한테 도움을 많이 받아서. 신세를 함 갚으려고 했는데."

석철이 묻는다.

"신세를요?"

"예, 저희 중국집이 첨에 진짜 안됐습니다. 근데 이강산 의원이 고량주를 드시러 오셔서 조언을 했습니다. 배달을 없애고 방이 많은 고급 중국집을 하라고요. 그리고 대출받는 데 보증을 서주셨습니다. 그게 나중에 부담이 될 수도 있었는데. 그리고 결정적으로 이름도 지어주신 것 아닙니까? '합궁'. 이름을 바꾼 바로 다음날부터 유명한 가게가 됐습니다. 연인들이 진짜 많이 옵니다. 합궁에 합궁하러 간다고 하하하."

은서가 여경에게 묻는다.

"고모, 합궁이 뭐야?"

"응, 그냥 궁전 이름이야."

강산이 달려오면서 말한다.

"은서야, 확실히 5일 후에 대사 부인께서 직접 갖다 주신단다. 그러니까 그때 국회로 놀러와. 알았지? 아침에."

은서가 고개를 끄덕인다.

"은서야, 뭐 먹고 싶니? 자장이나 짬뽕 말고 다른 것도 먹어봐, 뭐 먹을래?"

"나 간짜장."

좌중이 웃음을 터뜨린다. 태석과 강산, 석철 그리고 조경덕은 주거니 받거

니 잘도 어울렸다. 석철은 아버지와 여경을 국회에 내려다 주고 집으로 향했
다. 뒷자리에서 은서는 자고 있다. 은서엄마가 운전을 한다.

"여보, 이강산 의원 말예요. 상처를 했거나 이혼남이면 오히려 딱 좋은데."

"거 무슨 쓸데없는 소리."

"피, 당신도 나랑 같은 생각한 거 아니에요?"

석철은 말이 없다. 여경은 식사를 하고 돌아와 자기 짐을 싼다. 강산이 약
간 취기가 도는 얼굴로 들어와서 여경에게 큰 소리로 말한다.

"다 가셨나보네. 여경 씨, 우리끼리 술 한잔 더 합시다."

여경은 말이 없다.

"태식아이, 여경 씨랑 우리 저녁식사 하게 좀 태워다주라."

"그런 걸 부탁하시면 어떡해요? 그러면 제 차로 가요."

"그럽시다. 못 달라붙게 얼른 가요."

국회 근처 일식집에 들어서자 여주인은 강산을 몰라본다.

"두 분이세요. 방으로 가실 거죠? 이쪽으로 오세요."

바깥에서 서빙을 돕고 있는 여주인의 아들 목소리가 들린다.

"엄마 저사람 이강산 의원 아니에요?"

"뭐 의원? 저사람이 국회의원이냐? 내가 여기 오는 국회의원 웬만하면 다
아는데 저 사람은 첨 봐."

"엄마, 우리 사이에는 이강산 꽤 유명해."

몇 잔의 술이 오가자 여경은 약간 취했다.

"이 의원님, 이보세요? 이강산 씨!"

여경이 강산을 노려보며 말을 이어간다.

"저한테 왜 그러시죠?"

"네에?"

"내가 이혼녀라고 만만하게 보여요?"

"아니 뭔 소리를. 난 여경 씨를 한 번도 만만하게 본 적이 없습니다. 그리고 내가 뭘 어떻게 한다고 해도 넘어오지도 않을 거잖습니까?"

"치잇, 저는요. 정말 의원님에 비하면 아무것도 아니죠. 서른다섯 이혼녀예요. 의원님은 차기 대선 후보인 김준석 의원이 아끼시는 전도유망한 국회의원이잖아요. 지금 한국당 인기가 땅을 치고 있으니 김준석 의원이 당내 경선만 통과하면 무난히 대통령이 될 거고. 그러면 국회의원 안 해도 청와대 같은 데 들어가면 되잖아요. 내가 이 의원님 속을 모를 것 같아요?"

"여쭤 봐도 되나요? 어떻게 해서……."

"왜 이혼을 했냐고요? 그게 왜 궁금해요?"

"내가 하지 말래도 할 것 같구만. 얼른 해보시죠."

"네, 완벽한 남자였죠. 풍산그룹 손자에, MIT박사에, 인물도 훤칠해. 치잇, 의원님보다 백 배 나아요." 하고 쿵 술잔을 내려놓는다.

그러면서 흐느낀다.

"결혼 첫날밤에 그러더군요. 여자가 있다고. 그치만 그 여자랑은 결혼을 안 한다고. 자기 같은 사람들은 대부분 그런 인생을 살고 결혼한 여자들은 그것을 인정한다고요. 그리고 자기 집안과 우리 집안을 위해 잘살자고. 소문만 안 나면 내가 애인을 사귀어도 상관없다고 했어요. 그런 말도 안 되는 소리를 했지만 그렇게라도 살아보려 했어요. 하지만 아이는 유산이 됐고, 난 집에 있는 가구 같은 그 사람하고 더는 살 수 없었어요."

그리고 울음을 퍽퍽 터뜨린다. 강산이 여경을 부축해서 차에 태운다.

"이 의원님, 운전해도 돼요?"

"여경 씨 얘기 듣느라 두 잔밖에 안 마셨어요. 그리고 난 나보다 술이 더 취하는 사람이 있으면 술을 안 마셔요."

"왜요?"

"나도 취해버리면 일단 취한 사람이 대책이 없어져버리고, 그 사람이 술김에 흘린 중요한 정보를 내가 기억을 못해버리니까요."

"근데 어디로 갈 건데요?"

"내 집, 내 오피스텔."

"뭐요? 미쳤어요? 나 내릴래요."

"거참 농담도 못합니까? 내가 입 열면 절반 이상이 농담이라고 해놓고선? 여경 씨 오빠 집으로 가요."

"어딘지 아세요?"

"오늘 나오면서 알아보고 왔어요. 여자를 꼬시려면 그 정도 정성은 있어야죠!"

여경이 혀 꼬부라지는 목소리로 창밖을 보며 혼잣말을 한다.

'이 의원님은 참 좋은 사람 같아요. 이 의원님 같은 사람이 왜 정치를 했나 몰라? 당신은 정치하고 전혀 안 어울려.'

석철의 집에 다행히 김 의원은 없었다. 석철은 깍듯이 강산을 맞이하고 강산을 배웅하러 간다고 하며 함께 문을 나선다. 문을 나서자말자 강산의 멱살을 쥐어 잡는다.

"너 이 자식, 내 동생한테 뭐하자는 수작이야? 너 우리 집이 그렇게 만만해 보이냐?"

"왜 이러십니까? 형님."

"형님? 내가 어떻게 니 형님이냐?"

"저도 한국의 형님동생 문화 안 좋아합니다. 하지만 마누라 오빠한테는 형님이라고 해야지 않습니까?"

"이 의원, 어디 가서 나랑 소주 한잔 합시다."

포장마차에서 말없이 석철은 몇 잔을 연거푸 마신다.

"이 의원, 내 동생은 나와 아버지의 욕심 때문에 인생을 망쳤습니다. 어머니는 그것으로 가슴에 피멍이 드셨습니다. 어머님은 원래 지병도 있지만 여경이 이혼한 후에 아예 하반신을 못 쓰게 되셨소."

또 한잔을 벌컥 들이켠다.

"이 의원은 내 동생에 비하면 너무나 조건이 다릅니다. 내 알기로 대기업 집안에서도 중신이 들어온 걸로 압니다. 그런데 왜 내 동생한테 그럽니까?"

"여경 씨랑 결혼하려고 합니다."

"이강산 의원도 정치인 아니오? 정치인들이 얼마나 계산이 빠릅니까? 이 의원한테 우리 여경이가 무슨 도움이 된다는 말이요?"

"제가 여경 씨가 너무 예뻐서 첫눈에 반해서 결혼한다고 하면 믿으시겠습니까?"

"지금 뭐하자는 거요? 그걸 말이라고 하시오?"

"온갖 계산을 다한 것입니다. 계산에 들어맞아서 그런 것입니다. 아주 딱 좋습니다."

"도대체 뭐가 딱 좋단 말이오?"

5일 후 석철은 딸만 데리고 강산의 사무실을 찾았다. 강산이 유창한 독일어 실력으로 대사 부부와 얘기를 나누고 있었다. 대사 부인은 은서를 보더니 한번 안아주고는 강산에게 뭐라고 한다. 이 애가 그 조카 맞느냐고 하는 것 같다. 대사는 석철에게 여기까지 직접 오게 된 과정을 한국어로 얘기한다.

"이강산 의원이 조카에게 선물을 해야 하니 그 산타를 가져다달라고 제 아내에게 얘기했답니다. 아내는 제게 부탁했고 본국에서는 그 집주인에게 직접 연락을 해서 구했답니다."

석철이 말한다.

"그래요? 정말 감사합니다."

활짝 웃으면서 인형을 만지작거리고 있는 은서에게서 산타를 빼앗아 강산이 말한다.

"아직 은서 것이 아니야. 내가 저녁에 집으로 갖다 줄게. 대신 은서가 들어줄 것이 있어." 하면서 귀에다 뭐라고 속삭이자 은서는 아주 난감한 표정을 하고 아빠 손을 잡고 간다.

집에 오자마자 은서는 여경의 방 앞에서 들어갈 듯 말 듯 한다.

"은서가 할 말이 있나 보네. 이리와 은서야. 은서가 고모한테 무슨 할 말이 있을까?"

"고모, 나 비밀 있다."

"비밀? 무슨 비밀? 아무한테도 얘기하면 안 되는 거야?"

"응, 이강산 아저씨가 절대 아무한테도 얘기하면 안 됐어."

"그래? 나한테만 얘기해. 내가 딴사람한테 절대 안할게."

"이강산 아저씨한테도 절대 내가 얘기했다고 하믄 안 돼."

"그래 안할게, 얘기해봐."

은서는 여경의 귀에 가까이 대고 속삭인다.

"사다리 산타 줄 테니 나한테 시집오라고 했어."

여경은 웃음을 터뜨리면서 말한다.

"그래서 이강산 아저씨한테 시집갈 거야?"

"아니, 아직 몰라. 저녁 때 집에 온대. 그때까지 말해달라고 했어."

석철은 은서엄마를 재촉한다.

"여보, 저녁상을 좀 잘 차려줘야겠어. 이강산 의원이 저녁에 온대. 아버님한테는 내가 연락 느렸어."

"정말요? 진짜 잘됐네."

여경이 옷을 차려입고 나선다.

"어디 가니?"

잠시 말이 없더니 쑥스럽게 답한다.

"저 머리 좀 하고 올게요."

강산은 준비해온 김 의원의 선물, 석철 선물, 그리고 결정적인 은서의 사다리 산타를 내려놓는다. 은서엄마가 자기 선물도 사온 것을 보면서 반갑게 묻는다.

"어머, 제 것도 있어요?"

"이게요, 제가 저번에 유럽 갔을 때 사온 겁니다. 국회의원이라 세관에서도 그냥 통과시켜줬습니다. 샤넬 백입니다. 잘 쓰시다가 제2의 IMF가 오면 팔아서 쓰세요. 저는 항상 선물을 할 때 현금화할 수 있는 것을 하죠."

"하하하, 정말 어련하세요. 이 의원님과 사는 여자는 얼마나 재미있을까?"

강산은 안방으로 들어갔다.

"인사 올리겠습니다. 아버님."

김 의원은 아무 말 없이 인사를 받는다. 그리고 석철한테 얘기한다.

"애비랑 애미도 와서 절 받그라."

석철 부부와 강산은 큰절로 서로 인사한다.

"잘 오셨소, 이 의원. 식사를 먼저 합시다."

석철과 강산은 몇 잔을 주거니 받거니 하는데, 김 의원은 말없이 몇 잔을 혼자 따라 마신다. 석철이 따라주려 하자 "괘안타."라고 한다. 강산은 식사가 끝나고 여경의 방에서 여경과 마주 앉았다. "여기가 여경 씨 방인가요?"

"어려서 여기서 지냈고요. 지금은 엄마 아빠랑 지내는 집이 있어요. 엄마 아빠는 제가 옆에 있으면 오히려 가슴 아파하셔서 여기로 다시 옮겼어요."

여경은 아무 말이 없다. 강산은 반지를 꺼내 들었다. 그리고 여경의 약지에 끼워준다.

"오늘 이것을 여경 씨한테 끼워주려고 왔습니다. 이제부터 뭘 먹고 살지 고민해 봐야 합니다. 여경 씨 속을 썩일 수도 있습니다. 술 마시고 들어왔는데 러닝셔츠가 뒤집혀 있을 수도 있습니다. 다른 남편은 돈을 잘 버는데 나만 못 벌 수도 있습니다. 다른 집 애들은 학원 좋은 데 보내는데 우리 집은 아빠가 공부 가르친답시고 애를 닦달하고 애와 싸울 수 있습니다."

여경은 흐느낀다.

"당신보다 소녀시대가 더 예쁘지만 그래도 당신이랑 결혼하려 합니다. 평생을 아껴주고 당신을 지켜주고 사랑해줄게."

여경은 더욱 흐느끼면서 강산의 품에 안겨버렸다. 문 바깥에서 석철 부부와 은서는 말끄러미 지켜보고 있었고, 여경이 강산의 품에 안긴 후 김 의원은 말없이 베란다로 나가 난간을 잡고 울기 시작했다. 은서는 쪼르르 소파로 가서 푹 주저앉으며 말한다.

"치잇, 이강산이! 나한테 시집오라고 해놓고는."

은서엄마가 묻는다.

"그래서 갈려고 했어?"

"안 그러면 사다리 산타를 안 준댔어. 어쨌든 고모가 이강산한테 시집가면 나 이거 안 줘도 되지?"

"그래 은서야. 그리고 이제부터는 고모부라고 불러야 해."

석철의 집을 나와 운전을 하는 도중에 강산은 강산의 모친으로부터 전화를 받는다. 강산은 이어폰을 끼고 전화를 받는다.

"예, 어머니."

"강산이, 이제 드디어 결혼을 하는 거냐?"

"예, 어머니. 곧 여경 씨랑 인사드리러 갈 겁니다. 먼저 못 가서 죄송해요."

"죄송하기는. 다 좋은데 니가 한번 갔다 온 아가씨한테 간다는 것이 좀 걸리긴 한다."

강산은 말이 없다.

"그리고 아침나절에 진영이가 왔다 갔다. 그러면서 니 결혼할 때 옷 한 벌씩 해 입으라면서 백화점 상품권을 이렇게 많이 주고 갔어."

강산은 여전히 말이 없다.

"걔가 어려서는 너랑 참 친하게 지냈는데 커서는 좀 소원해졌잖니. 그래도 너랑은 어떻게 연락을 하고 지냈나봐."

강산은 여전히 말이 없다.

"강산아, 듣고 있니?"

"예, 어머니."

어머니와 전화가 끝난 후 강산은 일본노래 〈런〉을 부른다. 강산의 노래에 맞춰 소녀시대가 부른 일본노래 〈런〉이 라디오에서 흘러나온다. 강산은 눈물을 흘린다.

2012년, 19대 총선 열기가 한창일 때 강산과 여경은 김 의원이 낙향한 고향에서 전통혼례를 치렀다. 김 의원의 고택은 좁아서 김 의원의 큰형님 댁 종가에서 치렀다. 결혼식 전에 강산은 중앙선거 관리위원회 위원장에게 공문을 보냈다.

중앙선거관리위원회 위원장님!

지금 총선이 진행되는 민감한 시기인 줄은 압니다. 저희 결혼식에 축의금은 받지 않지만 하객에게 음식과 술을 제공할 예정입니다. 소주와 맥주는 여러 회사에서 협찬을 해준다고 합니다.

이 모두가 저의 변함없는 인기 때문이라는 것을 잘 아실 것입니다. 위원장님께서는 이것이 선거법에 저촉되지는 않는지 법률적 검토를 하신 다음 맘대로 결정하셔서 제게 통보를 해주시기 바랍니다. 물론 하지 말라고 해도 할 겁니다. 비록 선거법에 저촉되더라도 한번만 봐주시기 바랍니다.

중앙선관위장은 허허 웃는다.

민권당에도 보냈다.

심민규 당대표님 이하 여러 당직자 여러분

총선 기간 중에 저는 웬만하면 조용히 자빠져 있으라는 이한수 최고위원의 명을 받자와 시골에서 결혼식을 치르고 있습니다. 다만 술과 음식을 제공할 것이기 때문에 선거법 위반 소지가 있으니 혹시 나중에라도 한국당이나 김민갑 의원, 즉 저희 장인어른을 선거법으로 고소하지 말아 달라는 것입니다. 제가 짠돌이 우리 장인보다 돈을 더 들였으니 오히려 민권당이 역풍을 맞게 됩니다.

한국당에도 보냈다.

존경하는 홍경표 당대표님!

이번 저희 결혼식에 술과 음식을 제공할 예정입니다. 귀당에서 4선을 하신 김민갑 의원 자제분의 결혼식입니다. 설마 쫀쫀하게 민권당이나 저를 선거법으로 고소하시지는 않겠지요?

민권당 당직자들이 기쁘게 모여앉아 강산의 결혼식에 관한 인터넷기사를 본다.

"아따 이놈, 참 묘하게 선거 운동하네."

"강산의 결혼식은 저희에게 호재입니다. 지방색이 약간만 허물어지면 저희에게 유리합니다."

"이강산 의원이 물러가면서 우리 당에 좋은 선물을 주고 갔어요."

진만과 삶터 직원들은 열심히 결혼식을 도왔다. 몇십 년 전의 전통혼례를 기억하는 시골사람들에게는 강산의 결혼식이 정겨운 풍경이었다. 총선 유세로 바쁜 와중에도 민권당과 한국당 당직자들도 참석해주었다. 많은 화환이 도착해 동네 입구까지 다 메울 지경이었다. 그 좁은 슈퍼에 사람들이 미어터져 슈퍼 장씨 아저씨는 즐거운 비명을 질러댔다. 민권당이나 한국당 사람들이나 총선 유세의 피곤함을 잠시 잊고 한잔씩 하였다. 야인이 되겠다고 선언한 장인과 사위 앞에서 민권당과 한국당 의원 당직자들은 적대감을 잊고 그냥 한잔씩 하였다.

마을 사람 모두에게 축제였고 인근 군에서까지 많은 사람이 놀러왔다. 그 와중에 티셔츠에 '이강산을 살리자'라는 글을 새기고 이리저리 음식을 나르는 젊은이들이 이한수 의원의 눈에 띄었다.

"어이! 거기 학생처럼 생기신 분. 그 티셔츠 뭐요?"

"저희는 이강산 의원의 팬클럽 '이강산을 살리자', '이강자'입니다."

"이강자? 거참."

오늘 가장 기쁜 사람은 여경의 모친인 김 의원의 부인이었다. 하반신이 불편했지만 한복을 곱게 차려입고 모든 과정을 지켜보았다. 그녀는 연신 눈물만 흘렸다. 그날 저녁 신혼여행을 떠나기 전에 누워 있는 여경의 모친 옆에 강산과 여경이 앉아 있었다. 여경 모는 다시 한 번 눈물을 흘리면서 사위의 손을 꼭 잡았다.

국내의 모든 취재진은 강산의 결혼식에 몰려들었고, 뉴스보도 취재진보다는 예능취재진들이 더 많이 몰려들었다. 결혼식에 일본 취재진이 더 열광하였다. 결혼식 전날부터 도착하여 전 과정을 취재하였다. 그리고 대지진 후 일본의 관광객이 급감한 상태에서 강산이 홋카이도로 신혼여행을 가겠다고 하자 일본 관광성이 대환영을 하고 모든 편의를 다 봐주었다. 강산과 여경은 정말 행복한 일주일을 보냈다. 신혼여행 도중 한국의 총선 상황이 들려왔다. 시민단체와 연합한 민권당은 당초 과반수 이상을 확보할 것으로 예상하였으나 과반수에 미치지 못했다. 무소속 돌풍이 불었기 때문이다. 무소속 돌풍의 근원에는 명진수의 공작이 큰 몫을 했다.

"반갑습니다. 이렇게 은밀하게 부른 것은 내가 여러분을 당선시켜 주려고 하는 것이오."

"어떻게요?"

"지금 한국당이나 민권당 후보들은 절대 장철희를 지지한다고 말 못합니다. 여러분들은 장철희를 지지한다고 선거운동을 해도 됩니다. 우리는 여러분을 지지한다고 성명을 발표하지는 않을 거요. 다만 그냥 침묵해줄 겁니다. 가능성 없는 다른 무소속 후보들이 장철희를 지지한다고 하면 간접적으로 우리가 거부 의사를 밝히겠소."

"어떻게요?"

"그건 내가 알아서 할 테니 걱정 마쇼. 그게 내가 할 일 아니요?" 그리고 무소속 후보자들의 마음을 편하게 해줬다.

"당선되고 나서 어느 당으로 가든지 그거는 여러분 자유요. 내가 할 일은 장철희의 대권 가능성을 높여놓는 겁니다. 그러면 여러분은 우리 쪽으로 오겠지. 안 그렇소?"

김준석의 측근 최경호와 심민규 측근인 박미진 의원은 막판 단일화 협상을 하고 있었다.

"오랜만입니다. 누님."

"국회에서 만날 봤으면서 무슨 오랜만?"

"그렇게 볼 때하고 같습니까?"

술이 몇 잔 오간다.

"녹음할까요?"

"그럽시다. 그게 제일 확실하지."

"김준석, 심민규 둘 다 나가면 장철희한테 필패입니다."

"알지. 그러니까 이 자리에 나온 것 아니오?"

"총선 끝나면 새 당지부가 꾸려집니다. 당대표를 계속 유지하시고 차기에 나오십시오. 이번에는 김준석한테 양보해주시구요. 아시겠지만 이번 총선에서 심민규 쪽이 많이 되면 김준석도 심 의원 쪽에 양보하고 경선을 포기할 생각도 했습니다. 그런데 이번에 많이 안 되셨잖습니까?"

"후유~ 그러게 말야, 니미럴."

잠시 뜸을 들이다 다시 묻는다.

"그럼 당대표 쪽은 확실한 거요?"

"확실하다고는 말씀 못 드립니다만 김준석이 동원할 표를 다 동원해 대표 되시는 것은 도울 것입니다. 30%의 확실한 표는 보장해 드릴 테니 나머지는 알아서 하시면 되지 않겠습니까?"

박미진은 다시 한 번 한숨을 푹 쉰 다음 소리를 친다.

"한잔하자. 염병할 놈아."

그러고 나서 말을 잇는다.

"아쉽긴 해도 김준석의 승리를 위해서 최선을 다하마. 그럼 이렇게 된 마당에 어떤 놈 하나 나서서 장철희 표를 좀 가져갈 사람 없을까? 경선마다 몇 천 표만 가져가도 그게 어디냐?"

총선 결과 발표 다음날, 민권당의 김준석과 장철희가 동시에 야권 대선 후보 경선에 참여하겠다고 선언하였다. 민권당과 장철희 측은 시민 사회단체의 중재로 합동 경선을 실시해 단일 후보를 내기로 하고 몇 번의 힘겨루기 끝에 경선방식을 확정하였다.

"저희 장철희 측은 완전 자유경선을 주장합니다. 국민 누구라도 한 표를 행사할 수 있는 완전 자유경선 말입니다."

"안 됩니다. 당원 50%, 일반 투표 50% 더 이상은 양보 못합니다."

"그럼, 우리는 따로 나갑니다."

"저희 시민단체 쪽은 장철희 측의 주장이 맞다고 생각합니다. 기왕에 국민 참여 경선으로 치러지는 마당에 당원과 비당원의 경계를 두는 것은 맞지 않으니까요."

"저희 김준석 측에서는 많은 것을 양보했습니다. 지금도 저렇게 오로지 자기주장만 하는데 또 말을 바꾸면 어떡합니까?"

시민단체의 중재안이 발표되었다.

"현행법상 당 경선에 참여하여 탈락한 사람은 대선 본선에 나올 수 없습니다. 그래서 장철희 후보는 민권당과 시민단체 합동 경선 참여를 선언함과 동시에 민권당에 입당원서를 제출하기로 했습니다. 그리고 이번 민권당 대선 경선은 완전한 국민 참여 경선으로 실시합니다. 정식 명칭은 18대 대선 야권 단일 후보 경선이라고 명명하겠습니다. 투표 방식은……."

민권당을 제외한 군소 야당에서 야권 단일 후보라는 말을 쓰지 말라고 선관위에 제소했지만 선관위는 '단일'이라는 말만 빼면 문제가 없다는 유권해

석을 했다.

강산은 여경과의 신혼여행 마지막 날 밤, 잠자리에 들기 전 위스키를 스트레이트로 한잔 하였다.

"여경 씨, 내일 하네다 공항에서 내가 중대 발표를 하나 하려고 해."

"알겠어요."

"아니, 뭘 알겠다는 거야?"

"당신 뜻을 알겠으니 발표하라고요. 그러니 그만 주무세요, 나의 서방님."

"그래, 그럽시다."

여경이 조용히 물었다.

"당신이 국회는 당신 체질이 아니라고 했죠?"

강산은 말이 없다.

"이제 그 말의 뜻을 알았어요."

강산은 잠이 들었다.

강산은 하네다 공항에서 일본 매스컴을 상대로 일본어로 발표하였다. 일본의 정치부 기자들이 아닌 연예부 기자들을 앞에 두고서였다. 한국어 통역을 옆에 두고 일본어로 발표하였다. 일본인 통역사가 어눌한 한국어로 강산의 발표를 번역했다.

"나는 한국으로 돌아가서 이번 18대 대통령선거 야권 경선에 참여할 것입니다."

강산과 여경은 김포공항에 도착한 순간 취재진에 둘러싸였다.

2001년부터 2010년까지의
이강산과 김준석

2000년이 되어 새정치국민회의와 꼬마 민주당이 합당하여 새천년 민주당이 창당되었다. 진교동계 의원들과 김준석이 모여앉아서 새로 있을 경기도 길산시의 국회의원 보궐선거에 대해 얘기를 하고 있다. 이한수가 고민한다.

"아따, 누구를 내보낸다냐? 반드시 이기긴 해야 쓰것고. 우리 쪽 사람을 내보내면 노 의원 쪽에서는 지랄들 할 것이고."

다른 진교동계 의원이 말을 잇는다.

"통합해서 당의 외연이 넓어진 건 좋은데 김 대통령께서 노 의원 쪽에 너무 양보를 많이 해부렀어요. 그래놓고도 후보 하나 못 내고 눈치를 보니 원."

또 다른 의원이 끼어든다.

"노 의원 쪽에서는 혁신당 우정민이를 냈으면 한다고 합디다."

이한수가 화를 내면서 말한다.

"뭐시여? 혁신당 우정민이? 아, 그놈은 강성이라고 노 의원 쪽 의원들도 거부가 많담서? 즈그들끼리도 의견통일이 안 되믄서 누구보고 후보를 내라 마라여? 어이, 김준석 의원! 뭐라고 말 좀 해보쇼. 노 의원 쪽에 아는 사람들 많잖소?"

"저기 말입니다. 이렇게 해버리면 어떨까요?"

청와대에서 이한수와 김 대통령이 독대하고 있다. 한참을 생각하던 김 대통령이 말을 꺼낸다.

"괜찮겠소, 우리가 기득권을 버린다는 인상도 주고 노 의원 쪽에서도 고맙게 여길 것이고, 또 우리가 양보한 만큼 요구할 것도 요구할 수 있을 것이고. 그렇게 해봅시다."

"그나저나 그 김준석이 참 대단합니다. 그런 생각을 해내고. 어쨌건 그놈 정치 시작해서 지금까지 저의 진교동계랑 같이했습니다. 그놈 아버지가 옛날 공화당 대표까지 한 김명수 의원 아닙니까? 조금만 더 사셨어도 좋았을 것인디."

"김명수 의원이 우리를 많이 도와주셨죠."

"그럼요. 대통령님 사형 선고 받을 때 국내외로 얼마나 구명운동을 하셨습니까? 하여간 김준석이는 타고난 성골입니다. 항일운동을 했던 집안의 자손에, 아버지는 구 공화당 당대표, 작은아버지 둘은 3성 장군에, 지는 특전사 예비역 출신인데도 서울대 총학생회장에다 전대협 의장. 정말 이를 것 없는 성골 중에 성골입니다. 그놈이 나이만 10년만 많았어도 차기에 대통령 나가면 딱인디." "나이가 문제가 아니오. 너무 완벽하오. 만약 김준석이 대권가도에 문제가 있다면 그 완벽한 것이 발목을 잡을 것이오."

이한수는 속으로 '이양반이 뭔 소리를 한다냐'라고 생각하며 인사를 하고 물러간다.

"그럼 저는 이만 가보겠습니다. 이번 경기도 길산시 보궐선거에는 저희 진교동계가 기득권을 포기하고 민주세력의 통합을 위해서 혁신당 우정민이의 당선을 위해서 최선을 다하겠다. 이것을 당사에서 바로 발표하겠습니다."

문을 나서는 이한수의 눈에 김준석이 머리에 띠를 두르고 미 대사관에서 외신기자를 상대로 기자회견하는 사진이 들어온다.

"아따 이놈이 이때부터 물건은 물건이었습니다."

나가는 이한수에게 김 대통령이 말한다.

"으째 이 의원은 정작 볼 것은 안 보요?"

이한수는 김준석의 사진 옆에 옛 진교동계 사람들의 사진이 있음을 알아챈다.

"이때가 고생을 하긴 했어도 참 좋았습니다."

김준석의 사진 옆에서 통역을 하는 사람이 이강산임을 이한수는 알지 못했다.

시내의 한 일식집에서 김준석과 노 의원이 만났다.

"김 의원 고맙소. 이래 힘써조가."

"아닙니다. 정치란 이렇게 해야 합니다. 노 의원님, 제가 진교동계를 설득해서 우정민이를 밀게끔 했으니 이제 노 의원님께서 하실 일은 시민단체의 지지를 이끌어내시는 것과 노 의원님 밑의 의원들에게서 일체의 잡음이 나오게 해서는 안 된다는 것입니다."

"그것도 김 의원이 하는 거이 더 쉽지 않겠소? 다들 김 의원과 행님 동생하는 사이들 아이요?"

"그 자식들 술은 나한테 얻어먹고 정치는 노 의원님 밑에 가서 합니다. 나쁜 놈들."

둘은 한바탕 시원하게 웃는다.

"칸데 김 의원, 어떻게 그런 생각을 하셨소?"

"내 생각이 아닙니다. 그런 생각을 해내는 놈이 있습니다."

우정민은 경기도 길산 국회의원 보궐선거에서 승리하였다.

2002년 김준석의 집 전화벨이 울린다.

"여보세요?"

강산이 불러도 진영은 잠시 대답이 없다. 강산이 다시 말한다.

"안녕하십니까? 이강산입니다."

진영은 여전히 말이 없다.

"의원님과 꼭 통화를 할 일이 있으니 부탁드립니다."

"여보, 전화 받으세요."

준석은 누구냐고 물었지만 진영은 아무 말 없이 수화기를 건넨다.

"형님, 접니다. 강산입니다."

"그래, 이놈아 오랜만이다. 그동안 뭐 했냐?"

"부탁드릴 일이 있습니다."

"부탁? 내가 좀 바쁘고 상황이 그런데."

"제가 삶터에 입사 지원서를 냈습니다. 삶터의 황웅 회장님과 잘 아시죠? 제가 나이가 좀 많아서요. 형님 덕 봐서 좀 높은 자리로 가게요."

전화를 끊고 나자 진영이 묻는다.

"뭐래요?"

"취직을 부탁하는군. 하하, 그렇게 내 밑에 와서 일하라고 할 땐 안하더니."

진영은 말없이 자리를 뜬다. 국회의원 회관에 준석과 최경호가 앉아 있다.

"나한테도 부탁을 했다. 그 나이에 취직하기 어렵다고. 난 그놈의 꿍꿍이를 모르겠다. 지방으로 내려가겠더구나."

"해주자. 그놈은 나한테 직·간접으로 도움이 됐어. 그리고 저번에 우정민 공천 건도 그놈 아이디어 아니었냐? 밀어붙이지는 말고 능력 있으면 그냥 좀 써달라고 황민식한테 경호 니가 얘기해라."

삶터 회장실에 강산과 황웅 회장이 같이 앉아 있다.

"이렇게 불쑥 찾아봬서 죄송합니다. 그리고 이건 취직에 대한 뇌물입니다."

"이게 뭐요?"

"김치입니다."

"고맙소."

"조금 다른 김치입니다. 3년 묵은 김치입니다."

"별반 다르지는 않네요. 요새 몇 년 묵은 김치 많잖습니까?"

"그렇지 않습니다. 거의 다 비닐로 싸서 억지로 발효시킨 게 대부분입니다."

"그래요?"

"정말 힘들게 찾아다녔습니다. 종갓집 김치라 해도 비닐로 싸놓는 게 많았습니다. 간신히 구했습니다. 저온에서 항아리에만 담근 3년짜리 묵은 김치는 거의 없다고 봐야 합니다."

"그래요?"

"강원도 배추는 수요에 너무 민감합니다. 비쌀 때는 금값이고 쌀 때는 밭을 갈아엎습니다. 그리고 비쌀 때도 산지 농민은 값을 그렇게 못 받습니다."

"그래서요?"

"강원도에 김치공장을 설립하고 강원도 배추들을 그때그때 사서 김치를 담근 후 항아리에 저온 보관하는 겁니다."

"어디다가요?"

"강원도에는 폐광이 된 석탄 광산이 많습니다. 거기다 김치를 항아리에만 싸서 보관하는 겁니다. 그리고 1년 후부터 출하하면 됩니다. 이력관리를 잘해서 2년, 3년, 다년짜리도 판매하면 됩니다." "우리가 김치 사업하려는 것은 어떻게 알았소?"

"회장님께서는 판매하는 식품 범위를 조금씩 넓혀 왔습니다. 아직 김치를 안 하셨다는 것은 그만큼 김치에 신중하시단 뜻도 되고, 시작하실 때도 된 것이 아니겠습니까?"

"그러면 내가 어떻게 하면 되겠소?"

"일단 김준석 의원 밑에 있는 김태식이란 제 친구를 강원도 현지 부사장으로 임명해주십시오. 올 겁니다."

"알겠습니다. 그러면 이 사장은 언제 가시겠소?"

"저는 이번 신입사원과 같이 연수를 받겠습니다. 연수가 끝나면 제 사람을 뽑아서 강원도로 가겠습니다."

강산은 자기보다 10년 남짓 더 어린 신입사원들과 같이 연수를 받았다. 뭐든 적극적으로 참여하였다. 강산 옆에는 사람이 많이 모였다. 강당에 모여 강산이 뭔가를 발표를 하고 있는데 연수생들이 웃고 있다. 맨 뒤에서 황웅 회장과 연수원 실무자가 얘기를 하고 있다.

"회장님, 저 친구 그냥 연수원에서 교육 담당하라고 하면 안 될까요?"

"연수원에서요?"

"얼마나 발표를 재밌게 잘하는지 모릅니다. 그리고 아이디어가 무궁무진합니다. 제가 저 친구한테 얼마나 도움을 받았는지 모릅니다. 그리고 이강산하고 같은 조가 되면 그 조는 무조건 1등이 됩니다. 그러니 신입사원들이 서로 이강산하고 같은 조가 되려고 하고요."

"그래요? 허허. 그런데 어떡하나. 강원도 현지공장 사장으로 가야하는데."

"네에, 사장으로요?"

그 뒤로 사원들이 수군거렸다.

"야, 이강산이란 사람 황 회장의 숨겨놓은 아들이라는 소문이 있대."

"아니야, 난 사윗감이라고 들었는데. 그래서 일부러 처음 몇 년간은 고생하라고 강원도에 보내는 거라던데."

그 말은 들은 어떤 신입 여직원 하나가 난감한 표정을 짓는다. 그리고 청담동의 어느 고급스런 파티장에 아까 그 여직원이 여러 남자와 술을 마시고 있다.

"야, 이강산이가 지원이네 김치공장 공장장으로 뽑혔단다."

다른 남자들이 와우 하면서 축하인지 빈정거림인지 재잘댄다. 그중 어떤 남자가 춤을 추면서 랩을 한다.

"어우~ 우리 아버지 대한그룹 막내아들 운전사, 우리 엄마 가정부, 어우 와우 나도 성공했네, 나도 사장됐어."

지원이 짜증을 내면서 말한다.

"오빠 그렇다고 왜 그렇게 그 사람한테 빈정대?"

"그 자식은 분수를 몰라."

담배를 피우던 어떤 여자가 말한다.

"그 사람은 고관대작 재벌 집 자녀들만 다닌다는 우리 고등학교 직선 학생회장 1호였어. 석필이 오빠를 이기고 당선된 사람이라고. 공부도 늘 전교 5등 안에 들었고. 그 정도면 분수가 차고 넘치지."

말이 없던 어떤 남자가 술이 취한 듯 소리친다.

"야, 그런다고 그놈의 천한 피가 벗겨지냐?"

어떤 여자가 그 남자에게 다가가 조용히 귓속말을 한다.

"어떡하지? 그 천한 이강산을 니 마누라 영선이도 좋아했는데?"

갑자기 그 남자는 쌍욕을 해대며 술병을 집어 던지고 난리를 친다. 다시 한 번 담배를 내뿜으며 그 여자는 지원에게 다가와 말을 건넨다.

"지원아, 너 이강산 맘에 들면 가서 맘에 든다고 얘기를 해. 그 사람은 맘이 약해서 사랑한다고 안기면 받아줄 거야. 물론 딱 거기까지이긴 해도. 그리고 무엇보다 중요한 건 이강산이 저것들보다 고급스럽게 잘생겼잖아."

퇴소식 전날 연수원에서는 맥주파티가 예정되어 있었다. 그때 연수원장실로 이강산이 호출됐다.

"아, 이강산 씨 오셨습니까? 전무님 이 사람입니다. 그럼 말씀 나누십시오."

"나 황민식이란 사람이오. 얘기는 들었소?"

"잘 모르겠습니다. 누구신지?"

"나 황웅 회장님 아들 황민식이오."

"예, 알겠습니다. 그런데 저를 왜?"

"도대체 당신의 의도가 뭐요? 왜 여기에 입사했고 뭔 짓을 꾸미려는 거냐고?"

"저는 제대로 된 저온 숙성 김치를 만들고 싶었고, 황 회장님이 그 제안을 받아들이신 것입니다. 사업하시는 분이니 제 아이디어와 제가 돈이 된다고 생각하신 것 아니겠습니까?"

"아니, 이 사람이 그래도? 진짜 의도가 뭐냐 말이야?"

"진짜 의도는 사업가로서 성공해서 돈을 벌고 싶습니다. 그다음은 산업단지도 아름다울 수 있다는 것을 보여주고 싶습니다. 그러려면 10년은 거기서 일을 해야겠지요."

"당신 아직까지 결혼을 안했던데 그 이유가 뭐요?"

"그건 제 개인적인 영역이니까 답변을 드리기가 좀 그렇습니다. 그리고 그렇게 저를 의심하신다면 사람을 사서 뒷조사를 시키면 될 일을 저를 불러 물어보시면 어떡합니까? 만약 황 전무님께서 제 말을 듣고 의심이 풀리면 풀리는 것이고 의심이 안 풀리면 안 풀리는 것이 아니지 않습니까?"

"뭐요?"

"심플하게 다시 말씀드립니다. 저는 황 회장님께서 돈이 된다고 생각하셔서 고용한 것이고 다행히 평생 걸려서 올라가지도 못할 수 있는 사장 자리를 주셨습니다. 저는 그 자리에서 잘해내서 성공해야 합니다. 그럼 가보겠습니다."

황 전무는 떨떠름한 표정을 지으며 말한다.

"알았소, 가보쇼."

황 전무는 어디에다 전화를 한다.

"이봐, 최경호! 뭐 그렇게 의혹이 많은 놈은 아닌데. 있는 그대로야."

"그래. 잘 한번 지켜봐. 그리고 자르고 싶으면 우리 눈치 안 봐도 돼."

"사업하는 사람은 이득을 가져다준다면 누구하고도 손을 잡아. 만약 이강산이 우리 삶터 숙원사업인 김치를 잘해낸다면 우린 잘된 일이지. 그놈이 잘되길 바라야지. 안 그런가? 성공한 다음 구실을 붙여 잘라도 돼. 이것이 장사치의 논리라네."

"알았다. 자네가 캐물으니 불쾌해하지는 않던가?"

"불쾌하지 않으면 그게 사람이야? 나 같았으면 회장 아들이고 뭐고 받아버렸다."

"알았어, 그리고 일전에는 고마웠다."

"뭘 그 정도 가지고."

전화를 끊고 짜증을 내며 혼잣말을 한다.

'하여간 정치하는 놈들이란.'

"저기요, 이쪽으로 오시지요."

모두 여기저기 모여서 맥주를 마시고 있는 자리에 사원 한 명이 이강산을 자기 옆으로 앉힌다.

"한잔 하세요. 그렇게 열심히 하시고. 힘들지 않으세요?"

"뭐, 괜찮습니다. 제가 20대가 된 것 같아 더 좋습니다."

다른 사원 하나가 조심스레 묻는다.

"근데, 이번에 강원도 김치공장 현지 사장님이 된다는데 맞으십니까?"

"예, 맞습니다. 말이 사장이지 고생하러 갑니다. 현지 공장장 아닙니까?"

사원들과 얘기하고 있는 와중에 그 틈을 이용해 지원이 다가와 귓속말로 묻는다.

"애인 있으세요?"

"외국에 있습니다."

"뭐하는 여자예요?"

"뭐하는 남잡니다."

지원은 정색을 하고는 자리를 떠난다. 아무 말이 없던 김진만이 맥주를 한잔 들이켜고 소리친다.

"고생이요? 공장장이 말입니까? 아니 남은 평생 걸려 올라갈 자리를 그 나이에 낙하산으로 올라갔으면서 무슨? 도대체 특권과 특혜가 판치는 세상에서 우리 같은 범생이들이 어떻게 성공을 하냐고? 도대체 말이야, 이건 말도 안 되는 짓거리라고."

다른 사원들이 김진만을 만류한다. 김진만은 할 말이 더 있다는 듯 뿌리치면서 이강산에게 다가간다. 또 다른 사원이 물었다.

"근데 왜 연수를 받으셨습니까?"

"저랑 같이 일할 사람을 여기서 뽑아 가려고요. 아무것도 없는 곳에서 시작해야 하니 고생길이 훤합니다. 같이 고생할 사람을 제가 직접 고르고 설득하려고 한 것입니다. 강원도가 고향인 분은 더 좋겠죠."

"그러면 처음 대우가 어떻게 됩니까?"

"사장, 부사장 밑이니 전무 정도는 되겠죠."

사원 김진만이 갑자기 옆으로 와 무릎을 꿇는다.

"사장님 분골쇄신 이 김 전무 열심히 하겠습니다. 부디 저를 거두어주십시오."

빈 사무실에 최경호와 태식이 앉아 있다. 최경호가 결단하듯 태식에게 말한다.

"너 강산이한테 가라."

"네에?"

"지금보다 급여는 훨씬 많을 것이다. 그리고 그놈이 뭐하는지도 좀 알려주고. 정치판에서 20년 가까이 지낸 나도 그놈은 파악이 안 된다."

2002년 민주당 대선 경선에서 노무현은 이인제를 이기고 민주당의 대선 후보가 되었다. 진교동계 의원이 있는 사무실로 이한수가 들어온다.

"아따, 뭔 초상났는가? 분위기가 왜들 그래?"

"어떻게 이인제를 노무현이 이길 수 있습니까? 이게 다 이 의원님 지역구에서부터 시작된 겁니다. 아, 광주에서부터 1등으로 치고 온 것 아니냐구요?"

"아따, 도도한 민중의 힘을 나더러 어쩌라고? 이 사람들아, 정치는 살아 움직이는 것이라는 김 대통령님의 말씀도 모르는가? 보소, 이 여론조사 결과를?"

그 시각 최경호가 마련한 자리에서 김준석은 정몽준의 측근을 만나고 있었다.

"도와주시오. 김 의원. 이번에는 우리가 이깁니다. 92년 때하고 달라요. 보수 세력이 물고 늘어지는 좌파 딱지가 정몽준에게는 없습니다."

최경호가 거든다.

"준석아, 넌 항상 정치는 차선의 선택이라고 했어. 너 정권을 저 쪽에 넘겨주고 싶지는 않겠지? 그리고 너도 진교동계 따라서 이 후보 밀었다가 낙동강 오리알 됐잖냐?"

"데끼, 오리알이라니? 나 아직 안 죽었어. 그러니 이렇게 나를 만나러 오신 거 아니냐?"

셋이서 호탕하게 웃은 후 김준석이 일어섰다.

"화장실 좀 다녀오겠습니다."

김준석이 나간 후 최경호와 정몽준의 측근은 무슨 얘기를 나누었다. 김준석이 털썩 앉으면서 말한다.

"오늘 확답을 들으러 오신 건 아니죠?"

"그럼요. 어떻게 오늘 결정하시겠습니까?"

"그럼 오늘 할 걸 하셔야죠."

"네에?"

정몽준의 측근이 당황하면서 물었다.

"아, 한 잔 따라주세요. 술 드시러 온 것 아니십니까?"

모두들 다시 호탕하게 웃었다. 그만큼 김준석은 노련해져 있었다. 고민이 한창이던 준석에게 강산에게서 전화가 왔다.

"형님, 접니다. 잘 계시죠?"

"그래. 김치공장은 잘 돼가고 있냐?"

"네. 그럭저럭요. 이렇게 휴대전화가 생겨서 직접 전화를 드리니 정말 좋습니다. 형님 별것 아닌 부탁 하나 드리겠습니다. 비서에게 최근 휴대전화로 여론조사를 한 자료가 있으면 부탁드립니다. 형님이 꼭 확인하시고 넘겨주십시오. 아무거나 됩니다. 형님 바쁘실 테니 자주 전화하지 않겠습니다."

결국 노무현과 정몽준은 여론조사를 통한 후보 단일화에 합의하였다. 각계각층의 사람이 정몽준의 캠프로 모여들었다. 민주당 의원들의 고민도 커졌다. 이한수도 자기 최측근과 고민에 고민을 하고 있었다.

"형님, 우리도 정 후보 쪽으로 갑시다. 진교동계는 거의 옮겼다니까요. 김필수 의원은 정몽준 지지 기자회견까지 했잖아요."

"아따, 그 성님은 앞뒤 안 가리고 성질 급한 건 여전해."

"노무현은 안 돼요. 일간지 여론조사 결과를 보시랑게요."

"아 좀, 가만 있어봐! 아따 어째야 쓰까?"

한참을 고민하더니 이한수가 해답을 내놓는다.

"아야, 우리는 정몽준이는 도와주는 걸로 하고."

모두들 이한수의 입을 쳐다본다.

"그라고 노무현이는 돕기로 하자."

"아니 그것이 도대체 뭔 말이다요? 형님."

김준석도 깊은 고민에 빠졌다. 준석은 자기 계보 의원과 정관계에 흩어져 있는 운동권 선후배들과 술을 마셨다. 갑론을박이 이어졌다.

"만에 하나 정 후보가 안 되면 어떡하죠?"

"그런 질문은 의미가 없어. 여론조사 결과를 봐."

"정 후보 측에서는 파격적인 제안을 했어. 우리 386들한테도 꿈을 펼 기회가 왔다구."

"노 후보로 단일화가 되면 준석 형은 치명타를 입게 돼."

"야 인마, 그건 니 걱정을 하는 게 아냐?"

"걱정 안하게 됐냐?"

시끌시끌해진다.

"자 조용! 내가 어떤 결정을 하던지 따르겠지?"

일순간 소용해진다.

"나 정 후보한테 가기로 했다. 가서 꼭 대선에서 승리해서 남북 분단 세력에게 정권을 넘겨주지 말자."

그 다음날부터 준석은 각종 TV프로에 참여해서 정몽준 후보 단일화 논리를 설파하였다.

"정치란 최악을 막기 위해 차선의 선택을 해야만 할 때가 있습니다."

"개인적으로는 노무현 후보로 단일화되는 것이 내가 가장 원하는 것입니다."

"노무현 후보로는 이길 수 없습니다. 국민의 뜻이 그러합니다. 읍참마속의 심정으로 정몽준 후보를 지지합니다."

12월 어느 날 정오에 여론조사 결과가 발표되었다. 2:1로 노무현 후보의 판정승이었다. 세 결과를 다 합하면 압도적 승리였다. 정몽준 후보 측의 국민심판21은 망연자실해졌다. 김준석과 최경호 그리고 그 측근들도 충격에 빠졌다. 그러나 약속은 약속이었다. 김준석은 다시 마음을 가다듬고 노무현과 정몽준 합동유세에 참여하였다. 그러나 국민승리21 측 인사들은 맥이 다 풀려서 하는 둥 마는 둥 하였다.

만취 상태로 김준석이 집으로 들어왔다. 또다시 집 전화벨이 울렸다.

"여보, 전화번호를 바꿨는데 또 오네요. 당신한테 온갖 욕설을 다했어요."

계속 벨이 울린다. 준석은 갑자기 전화를 받는다.

"너 이 자식 웬일이냐?"

"형님이 휴대전화를 안 받으셔서 집으로 했습니다. 정몽준 후보가 지지를 철회할 가능성은 없습니까?"

"야 인마, 그럴 가능성은 없어. 아무리 그 사람들이 맥이 빠졌다고 그런 일은 없어. 그리고 니가 뭔데 이 밤중에 이런 전화를 해? 끊자!"

전화를 끊고 준석은 잠시 생각하더니 갑자기 자기 여비서에게 전화를 한다.

"어, 홍비서 그때 내가 알아보라던 여론조사 어떻게 됐어?"

"의원님, 그게요. 휴대전화 단독 여론조사 결과는 없었어요. 대부분 집전화가 70% 이상이었어요. 의원님! 왜 말이 없으세요?"

준석은 방으로 들어가 지난 신문을 펼쳐든다. 3개의 가장 큰 여론조사기관, 조사대상 20대에서 70대까지 집전화와 휴대전화 비율은 나와 있지 않았다. 준석은 신문지를 다시 구기면서 고함을 지른다.

"이자식이 한 말이 이거였어. 겉으로 드러난 여론조사 결과만을 봤지. 휴대전화 사용자가 급속히 늘고 있다는 것을 몰랐어. 휴대전화가 많으면 당연히 노무현이 유리할 수밖에."

그리고 허탈하게 웃는다.

"그 뜻이었냐? 휴대전화 여론조사 결과 달라는 말이?"

그리고 진영이 들어온다.

"여보 TV 좀 봐요."

TV에서는 정몽준 후보가 노무현 후보 지지 철회 기자회견을 하고 있었다. 준석은 털썩 주저앉았다. 그렇게 2002년 마지막 날이 저물어 갔다.

16대 대선은 노무현 후보의 승리로 끝났다. 이회창 후보는 이번에도 병풍을 넘지 못했다. 진교동계 의원들이 술을 마시고 있다.

"이것들이 인제 나의 위력을 알았것제. 병풍 아니었으면 이번 선거 택도 없었어."

"참, 형님 대단하십니다. 어떻게 그런 사기꾼 같은 놈을 이용해서 병풍을 쫙 펴셨습니까?"

"나는 말여, 녹사 같은 놈들이 쌔고 쌘 이 정치판에서 40년을 넘게 살아온 사람이여."

"어쨌든 이번에 정권이 안 넘어간 건 정말 다행이었습니다."

"그러니까 이 사람들아, 작작 좀 해먹고 다녔어야지. 아무리 숨죽이다 첨 정권을 잡았다고 해도 그렇지, 5년 동안 여기서 게이트, 저기서 게이트, 아조 피가 안 마를 날이 없었어. 쳐묵을라믄 뒤탈 안 나게 깔끔하게 쳐묵든지."

잠시 침묵하다가 다시 말을 잇는다.

"하기사 느그들만 문제냐? 자식들이 문제여. 하여간 자식새끼들이 웬수여."

그리고 다시 한 번 소리를 버럭 치면서 다그친다.

"인자부터가 더 문제여. 조심들 해! 그놈이 그놈이었다지만 6공인사들이 5공 청산하는 것 못 봤어? 우리라고 안 당하리란 보장이 없어. 몸조심들 하더라고."

회사에서 지급된 자동차를 타고 김진만이 운전하고 강산과 태식은 강원 도로 향한다. 강산은 뒷자리에서 계속 자고 있다.

"김 부사장님은 김준석 의원 보좌관 출신이시라면서요? 대통령 비서가 될 지도 모르는 분이 왜 이 오지로 내려오신 거예요?"

"강산이가 그것보다 더 좋은 자리라고 해서 왔더니 이렇습니다."

같이 웃는다.

"그리고 강산이가 하자는 대로 하는 것이 늘 결과가 좋았습니다. 김진만 씨도 조금만 지켜보면 알 것입니다. 사실 강산이는, 아니지 참 지금부터는 이 사장님이시죠. 이 사장님은 집안배경만 좋았어도 크게 됐을 인물입니다."

"그래요오?"

김진만이 잠시 침묵하다가 어렵게 질문한다.

"저기요, 공적인 자리에서는 사장님, 부사장님이지만."

"사적인 자리에서는 형님이라고 해도 되냐고? 그래라."

"감사합니다. 형님."

김진만의 시골마을에 거의 다다랐다.

"저곳입니다. 강원도에서도 저렇게 넓은 고랭지 배추 재배단지는 저희 마을밖에 없을 겁니다."

마을 입구에 다다르자 '환영! 김춘삼 아들 김진만 전무'라고 쓴 현수막이 보이고 마을 주민이 풍물을 하고 있다. 김진만이 정색을 하고 아버지에게 뭐라고 하려 하자, 강산이 진만이 말을 꺼내기 전에 서둘러 말을 한다.

"정말 훌륭한 아드님을 두셨습니다. 회장님께서 김진만 씨를 알아보시고 입사 한 달 만에 전무로 발령하셨습니다. 그리고 이 차는 회장님께서 특별히 김 전무에게 하달하신 것입니다."

김춘삼 씨는 감격의 눈물을 흘리면서 아들을 껴안는다. 마을 사람들은 환호한다. 마을잔치가 벌어진 김진만의 집에서 강산과 태식은 그렇게 강원도의 첫날을 시작했다.

2003년 5월에 공장과 사무실은 가건물이었지만 그런 대로 외형을 갖추었고 강산의 김치는 드디어 항아리에 포장을 하고 폐광으로 이동하였다. 10여 명의 직원 앞에서 강산이 회의를 주재했다.

"당분간 회의는 제가 명령을 하달하는 형태로 합니다. 즉 비민주적으로 운영한다는 말입니다. 지금 우리 회사는 민주주의가 필요하지 않습니다. 김 전무, 배추 조달과 배추 보관 장소는 이제 완벽한 것이지요?"

"네."

"김 부사장, 배추 송자부터 보관 항아리 종류까지 완전히 전산 이력관리는 차질이 없으시죠?"

"예."

"우리 회사는 앞으로 계속 확장할 겁니다. 그래도 한동안은 컨테이너에서 살아야 합니다. 1년 동안은 수익을 못 내기 때문에 본사에서 계속 돈을 갖다 써야 합니다. 그러니 아끼고 또 아껴야 합니다. 그리고 신입사원 채용 문제인데, 우리는 학력 차별이 분명히 있는 회사입니다. 고졸로 입사하면 4년이 지나야 대졸과 같아지고, 중졸이면 10년이 지나야 대졸과 같아집니다."

돈을 아껴 쓰는 강산이지만 남성들 상의 작업복과 여성 작업복은 고르고 또 골라 원단이 비싸고 고급스러움이 넘쳐나는 것으로 지급을 요청했다. 수량도 강산이 요청한 만큼 대주기로 본사에 약속을 받았다. 진만은 태식에게 놀랍다는 듯이 말한다.

"옷이 고급스럽고 예쁘기는 한디 좀 본사에 미안하네요. 딴 데는 돈을 아끼시는 분이 왜 이런 데는 막 쓰셨는지 몰라. 동복, 하복, 춘추복에 그것도 두 개씩. 도대체 이게 돈이 얼마예요? 이거 요 마크 값만 디자인료로 5천만 원 넘게 줬다면서요?"

삶터 로고 옆에 배추포기가 있는 마크를 가리킨다.

"강산이는 까우다시를 굉장히 신경 쓴단다."

그렇게 지급받은 귀한 작업복을 강산은 배추 농가와 납품 계약을 할 때마다 남녀 한 쌍씩 지급하였다. 그리고 한마디, "앞으로 이 옷만 입고 다니세요."라고 농담을 건넸다.

납품 농가들은 기뻐하며 말한다.

"저는 잠옷으로도 쓸랍니다."

"전무 겸 인사부장님? 신입사원 채용 문제는 어떻게 잘돼 가십니까?"

"예, 근데 시골이라고 지원을 잘 안합니다."

"비록 가건물이지만 기숙사랑 3끼 식사제공, 입사 기간만큼 학력인정, 남녀 차별 없음, 주5일 근무, 시간외 수당, 주말 수당 지급, 입사 후 3개월 후 정규직 인정 다 넣으세요."

"예에?"

"이렇게 해야 잘 부려먹을 거 아닙니까?"

강산의 김치가 처음으로 폐광으로 들어가던 날, 폐광 앞에서 지자체장과 유지를 초청해서 전 직원과 함께 고사를 지냈다. 진만은 눈물을 많이 흘렸다. 강산은 자기 월급에서 모아둔 이천만 원을 돼지 입에 물리고 새로 뽑은 경리과장에게 과장급 밑 직원들에게 고루 지급하라고 하달했다.

"그 돈을 과장급 밑으로 모두 골고루 지급하세요!"

경리과장은 말이 없다. 경리과장이 뜸을 들이다 묻는다.

"그럼 저희들은?"

"아, 끗발이 있잖습니까? 세상은 공평한 겁니다. 끗발이 있으면 돈이 없고 돈이 있으면 끗발이 없다. 그러면 과장님도 대리로 내려 가실랍니까?"

그날 밤, 공장 앞마당에 전 직원이 모여 삼겹살 파티를 하였다. 강산과 태식은 흥겨워 노는 사람들을 뒤로하고 천막에서 소주를 마셨다.

"태식아 이제 이 일 그만하고 준석이 형한테 가거라. 너 만약 거기 계속 있었으면 이리저리 휩쓸리다 상처를 많이 입었을 것이다. 이제는 갈 때가 됐어."

"그래 속편하게 살았다. 너랑 등산 다녀서 건강도 좋아졌고. 근데 지금 준석이 형이 뭘 할 수 있을까? 지금 준석이 형은 입장이 아주 묘해져 버렸잖냐?"

"준석 형은 일어설 거다. 준석 형은 대권을 노리는 사람이야. 이 정도에서 주저앉는다면 대권을 노릴 자격이 없고 또 그러지도 않을 거야."

진만이 강산과 태식이 술 마시는 쪽으로 온다.

"사장님, 진짜 저사람 사회 잘 보네요. 정말 재밌어요. 사장님 말씀대로 뭐든지 돈을 들여야 되겠어요. 같이 게임도 하고 그러세요. 근데 저사람 어떻게 섭외하셨어요?"

"그전에 강산이가 이벤트 회사 사장할 때 데리고 있던 직원이야."

"예에?"

"강산이 직업이 원래 저거였어."

"어이, 김 전무! 좀 앉아보게, 김 부사장이 이제 여기 촌구석에 못 박혀 있겠다고 서울로 뜬다고 하네. 그래서 오늘 송별회도 같이 하는 거야."

"아니, 왜요? 형님 이제 겨우 뭐가 잡혀가는데 가신다고요. 정말 서운한데요."

"왜 태식이가 가는 게 싫어?"

"당연하죠. 그동안 같이 제가 얻어듣고 술 마시고 정든 게 얼만데."

"자네 부사장 승진 싫어? 태식이가 안 가면 영원히 3인자야."

"예에?"

강산이 단호하지만 장난기 있게 말한다.

"어이, 뉴 김 부사장. 낼 이·취임식을 하도록 하지. 준비 잘할 수 있어?"

"예, 사장님. 올드 김 부사장님께서 모범택시로 서울까지 가시도록 제 사비를 쓰겠습니다."

준석은 강산이 보낸 이메일을 확인한다.

"형님, 단순하게 사는 이곳 생활이 너무 좋습니다. 아직까지 돈 한 푼 못 벌었는데 삶터의 황 회장님은 너무 지원을 잘해주십니다. 형님께서 감사의 말씀을 전해주시면 감사하겠습니다. 남들은 평생 걸려도 못 올라가는 자리를 저는 꿰차고 이 나이에 대표 소리를 듣고 삽니다. 형님, 신당 창당 작업은 잘돼 가십니까?"

준석이 혼자서 생각한다. '뭔 놈의 신당은 신당?'

이때 준석의 휴대폰이 울린다.

"안녕하십니까? 김 의원."

"아 네, 정 의원님."

"오늘 저녁에 우리 한번 봅시다."

정태근과 김준석, 최경호 셋이 만났다.

"김 의원, 김 의원은 정치에 입문한 후 어쨌거나 김 전 대통령과 함께했습니다. 그래서 나이는 젊지만 진교당계라는 소리를 듣는 것이구요."

준석은 무슨 새삼스러운 소리냐는 듯 건성으로 듣는다.

"저희들은 김 전 대통령은 존경하지만 도저히 그 진교동계랑은 당을 같이 할 수 없다는 결론을 내렸습니다. 하지만 김준석 의원은 많이 다르시지 않습니까?"

여전히 준석은 말이 없다.

"요새 김 의원이 야야의 개혁성향 국회의원을 만나 모임을 결성하려는 것은 잘 알고 있습니다. 그동안의 우리 정치는 너무 계파 중심으로 움직였으니까요. 그래서 하는 말씀인데 우리 아예 당을 하나 만듭시다."

준석은 무심코 받아넘겼던 강산의 통신문이 생각났다. 그리고 뒤통수를 얻어맞은 것 같은 느낌을 받았다. 그리고 갑자기 활기를 찾아서 정태근과 대화를 시작했다.

"자신 있으십니까? 저는 이제 여당 쪽에서는 영향력이 없습니다."

"김 의원은 야당 쪽과 시민단체 쪽을 책임지시면 됩니다."

"노 대통령께서는 어떠십니까?"

"정 후보 쪽으로 옮기신 김 의원을 충분히 이해하고 계십니다. 그리고 노후보가 여론조사에서 이긴 후에는 노 후보님 당선을 위해 노력한 것도 충분히 알고 계시구요."

2003년 하반기에 열린우리당이 창당됐다. TV에서 열린우리당 창당 소식을 전한다. 석 달 후 태식이 김치공장에 내려왔다. 공장식구들은 태식을 반갑게 맞이하고 진만과 강산, 태식은 삼겹살 집에서 소주를 마시고 있었다. 어느덧 공장 옆에는 간이 술집들이 많이 생겼다. 태식이 신기한 듯 말한다.

"많이 달라졌다. 응?"

"사실 이것 때문에 골치 아팠습니다. 워낙에 탈법을 싫어하시는 사장님인데도 저 사람들 봐줘가지고 공장부지 안으로 저 사람들이 슬금슬금 들어와 대포를 팔기 시작했어요. 그때 쫓았어야 했는데."

강산이 병만의 말을 끊는다.

"인마, 너도 쫓으러 갔다가 친척을 만났잖아."

"그러긴 그렇쥬. 하지만 어쨌든요. 2년 동안만 있기로 하는 각서를 썼는데 과연 나갈지 모르겠습니다. 2년 지나면 생존권 보장하라고 난리일 텐데. 그리고 사장님이 저 사람들 먹고 살라고 공장에서 자체 운영하는 술집도 없앴다니까요, 이것 때문에 사장님 곤란 한번 치를 거예요. 저 사람들, 공장 전기도 끌어다 씁니다. 그리고 월세를 받아서 비서실에만 갖다 주고 있는데 이것이 소위 말하는 비자금이 될 수도 있습니다. 내가 사장님 속을 모를 줄 아십니까? 저 사람들 나갈 때 그 돈 돌려주려고 하는 거예요. 그리고요. 지금 지역경제가 어려워서 웬만한 탈법은 눈감아 주는데 사장님은 온갖 관공서에 감사 의뢰를 해가지고 다 고치고 있어요. 탈법 0%에 도전한다믄서, 하여간 특이하신 분이에요."

태식이 궁금한 것을 물었다.

"근데, 이 사장. 그리고 김 부사장. 아까 동남아 사람처럼 보이는 근로자가 보이던데 그건 어떻게 된 거야?"

진만이 대답한다.

"그게 말입니다. 요새 아무리 백수로 살아도 힘 많이 쓰는 일은 젊은 애들이 안 하려고 해요. 그래서 사장님이 산업연순가 거 양성적인 방법으로다가 동남아 근로자를 구하려고 했죠. 근데 그 친구들도 웃겨요. 촌에서는 근무를 안 하려고 한다니까요. 그래도 어떻게 한 다섯은 구했는데 다 기한을 넘긴 애들이었어요. 그래서 한국인 직원 뽑을 때까지만 있기로 했는데 사장님이 잘해주니까 애들이 질질 짜면서 못 가겠다고 하는 거예요. 그래가지고 공장에다가 사장님과 저만 아는 묘한 방을 하나 만들었어요. 그래서 단속 나오면 애들을 그리로 피신시킨다니까요. 하여간 저것도 나중에 문제가 될 수 있습니다. 직원들한테는 다 양성적인 방법으로 뽑은 거라고 속이고."

진만이 남은 잔을 비우고 말을 잇는다.

"저 화장실 좀 갔다 올게요."

태식이 말을 이었다.

"준석이 형은 지금 좋아졌다. 영향력도 찾았고."

"그러는 너는?"

"뭐, 나는 비서관 중 하나지 뭐. 중요한 일은 안하지만서도."

"그게 좋아, 태식아. 정치인 옆에는 음지에서 일할 사람이 필요해.

그러면서 거래가 성립하지. 너는 거기에 손을 넣지 마. 어쨌든 너는 나중에 청와대 비서실에서 근무할거야. 넌 내가 예상한 것은 다 맞았다고 했잖아."

"진짜 그럴까? 별로 중요한 일을 하지도 않는 나를 준석이 형이 데려갈까?"

"그렇게 될 거야. 너 같은 사람이 청와대 비서실에 필요해. 아버지께 감사해야 해."

"왜?"

"어떤 사람이건 너를 돈으로 유혹할 수 없으니까. 너네 아버지 돈 많으시잖아. 지금도 너네 아버지는 니가 돈 버는 거 관심 없으시잖아. 오로지 김준석 의원의 오른팔이라는 까우다시를 중히 여기시잖아."

"그러긴 하지."

"그렇게 명예욕만 있고 돈 욕심이 없는 사람이 대통령 옆에서 지켜줘야 해. 넌 크게 쓰일 거야."

"알았어. 준석이 형을 함 믿어볼게. 그리고 강산아, 나 담주에 결혼에."

"알아, 임신한 지 한 5개월쯤 됐겠네."

"그걸 어떻게 알았어?"

"너 미스 정하고 사귀는 거 둘만 아는 줄 알았지?"

"그러면?"

진만이 다가오며 말한다.

"미스 정이 자기 부사장님하고 사귄다고 절대 얘기하지 말라고 하면서 회사 사람들한테 다 말하고 다녔어요."

"그래서 너도 겸사겸사 서울로 보낸 거야. 아버님은 뭐라셔?"

"나도 2대 독자잖아, 아버님은 좋아하셔. 어머님도 마찬가지고. 사실 올라가서부터 같이 살았어."

태식의 결혼식을 겸해서 강산은 오랜만에 집에 들렀다. 월산댁이 안쓰럽다는 표정으로 말한다.

"너도 장가를 가야 할 텐데. 먼 데서 고생이 많지?"

강산의 아버지는 말이 없다. 강산 부모는 태식의 축의금으로 20만 원을 주셨다. 강산은 만류하지 않고 그대로 전해주겠다면서 결혼식장으로 갔다. 결혼식이 끝나고 강산은 준석이 부른 자리로 갔다. 최경호와 몇몇 운동권 선배가 있었다. 준석이 안타깝게 물었다.

"김치공장은 아직까지 열세라면서?"

"네."

최경호가 한심하다는 듯 말한다.

"황 전무가 그러는데 지금까지 쏟아 부은 돈이 100억이라더군."

준석이 다시 강산을 위로하면서 말한다.

"1년이 지나도 흑자가 안 보이면 내게로 오너라. 황 회장님한테는 말씀 잘 드릴게."

"감사합니다."

최경호가 약간 취해서 묻는다.

"너의 인생목표가 무엇이냐?"

"결혼에서 행복하게 사는 것이고, 부모님을 편히 모시는 겁니다."

"그래, 그런 것이 중요하지. 나도 너처럼 단순하게 살았으면 좋겠다."

강산은 말이 없다. 이때 눈에 익은 여야 의원들이 들어온다. 강산은 일어서면서 준석에게 말한다.

"형님, 저는 일어서겠습니다. 말씀들 나누십시오."

준석과 경호는 이해한다는 듯 나가는 강산에게 또 보자고 얘기한다. 강산은 준석에게 조용히 다가가 뭔가를 묻는다.

"형님, 민주당 이한수 의원에게 개인적으로 연락할 수 있는 휴대폰 번호 알 수 없을까요?"

"그래 가르쳐주마. 문자 보내줄게."

강산은 강원도로 내려가는 고속버스에서 이한수에게 문자를 보내고 잠이 들었다. 이한수는 여러 정치인과 심각하게 얘기를 하다가 문자를 받는다.

"뭐다냐? 이 번호는 아는 사람이 별로 없는디? 어, 김준석이가 보냈네."

'의원님. 외람되게도 제가 의원님 번호인 줄 모르고 어떤 사람에게 번호를 가르쳐주었습니다. 혹시 모르는 번호로 문자가 오거나 전화가 오면 무시해 버리십시오.'

다시 문자가 왔다.

"음마, 진짜 모르는 번호로 문자가 왔네."

'노 대통령 물어뜯지 말고 가만히 자빠져 계십쇼. 엉뚱한 짓 하다가 망쪼 드는 수가 있습니다. 이강산.'

이한수가 불같이 화를 낸다.

"김준석이 이 개새끼! 이런 식으로 사람을 농락해? 차라리 이 나라 이 겨레라고 하지, 이런 염병할 놈."

여러 의원이 놀라서 묻는다.

"무슨 일 있으쇼?"

"아뇨, 잘못 온 거요. 탄핵 얘기나 계속합시다."

김치 출하 한 달을 앞두고 강산은 무허가 술집 주인들을 불렀다. "지금 제 옆에 앉아 계신 분은 저희 회사 고문 변호사님입니다. 그리고 법률상 중요한 사안이니 녹음을 하도록 하겠습니다. 이 통장에 있는 돈은 여러분이 내신 그동안의 월세입니다. 저는 이 돈을 여러분에게 돌려 드리겠습니다. 그리고 이제 여러분이 불법 점거하신 그 땅을 돌려주셔야겠습니다. 건물 철거는 저희가 알아서 하겠습니다. 변호사님께서 여러분에게 미리 배포하셔서 알겠지만 저희 회사가 손해배상을 청구했을 시 여러분은 그만한 돈을 우리 회사에 지불하셔야 합니다. 그러나 그것은 하지 않겠습니다. 이것으로서 여러분과의 관계를 정리했으면 합니다."

술집주인들은 말이 없다.

"왜요? 뭐가 잘못되거나 서운하신 점 있으십니까?"

"아닙니다. 저희들이 사장님께 무슨 말씀을 드리겠습니까? 면목이 없습니다. 다만 이제부터 어떻게 먹고살 건지 걱정이 돼서 그렇습니다."

"스멀스멀 5개가 생겼는데 혹시 기존에 먼저 들어오신 분들이 나중에 들어온 분들을 괴롭히거나 권리금을 요구한 적은 없습니까? 만약 그랬다면 심각한 범죄행위입니다."

"아닙니다. 실은 저희는 가족으로 얽힌 사이들입니다. 이렇게라도 먹고살지 싶어서 김치공장 직원이 늘 때마다 친지를 불러 한 개씩 가게를 연 것입니다. 사실 얼마 벌지도 못했습니다."

"그럼 먹고살 길을 마련해줄 테니 내 말대로 하시겠습니까?"

술집주인 일동이 눈이 둥그레진다.

"예에?"

"부사장!"

"예."

"이분들한테 유니폼 갖다드려. 여러분은 이제부터 삶터 정식 직원이 됩니다. 4대 보험, 퇴직금 다 지급됩니다. 가게마다 두 분씩 정식 직원으로 채용합니다. 고정급이 있고 상여금이 있습니다. 여러분 가게 터에 초가집으로 지은 큰 식당을 열 것입니다. 메뉴는 딱하나, 김치찌개뿐입니다. 술도 팔지 않습니다. 반찬도 김치 하나뿐입니다. 성실히 하실 수 있겠습니까?"

강산은 무허가 건물을 헌 자리에 초가지붕을 얹은 현대식 식당을 지었다. 식당 안에는 묵은 김치의 효능을 알리는 선전문구와 김치의 생산에서 보관까지를 남은 대형 사진으로 도배하였다. 디저트로 고구마 반쪽과 양파즙 한 잔을 주었다. '혹시 짠 것이 걱정되면 고구마를, 돼지비계가 걱정되면 양파 즙을 드세요.'라고 전 테이블에 붙여놓았다. 메뉴는 오로지 김치찌개 한 가지였다. 5,000원에 하루 3천 인분만 팔기로 하고 넓은 대기실과 주차장을 마련했다. 그리고 1년짜리 묵은 김치가 출하되자마자 김치찌개 집을 오픈하였다. 강산은 직원들에게 회람을 돌렸다. 이제부터 점심, 저녁은 김치찌개 식당에서 제공된다고. 상주 직원이 500명이었으니 다 먹어도 2,000인분이 남았다. 일주일이 지나 직원들에게는 김치찌개 식당 자제령이 내려졌다. 열흘이 지나서는 김치찌개 식당 금지령이 내렸다. 일반인이 앉을 자리가 없었기 때문이다.

"사장님, 저는 긴가민가했어요. 사람들이 올까 하고요. 근데 이곳까지 정말 잘 오네요."

"길 편하고 주차장 넓으면 요새는 못 갈 곳이 없지. 자, 이제 준비해. 전국 김치찌개 가게에서 주문이 빗발칠 테니."

강산의 사업은 그렇게 번창해갔다. 김치가 정식출하하고 석 달쯤 지났다. 잠이 덜 깬 강산에게 비서실에서 전화가 왔다.

"은규 씨, 왜?"

"사장님, 빨리 와보세요, 어떤 여학생하고 부모가 와서 사장님을 가만 안 두겠다고 난리가 아니에요."

"부사장은 뭐하는데?"

"안 보여요, 빨리 와보세요."

강산이 사장실로 들어가자 학생의 아버지로 보이는 사람이 강산을 보며 화를 내려 하자 여학생은 "어!" 하고 외쳤다. 학생의 아버지가 강산의 멱살을 잡으려고 하는 찰나에 여학생이 소리쳤다.

"아버지 아니에요."

"뭐, 아니라고?"

강산은 여학생에게 자초지종을 다 들었다.

"그러니까 수능시험이 끝나고 친구들이랑 경포대 나이트를 갔는데, 삶터 김치공장 사장이라는 사람과 부킹을 했고, 그날 밤을 같이 보냈는데 애가 생겼다."

여학생 아버지가 역정을 냈다.

"에이 이년아, 그런 놈들이 다 뻥을 치지. 소위 유림 집안이란 데서 이런 일을 벌여. 앞으로 우리 향교에 한자 배우러 오는 애들 다 떨어지게 생겼어."

"은규 씨, 부사장한테 문자 쳐. 빨리 회사로 오라고. 안 그러면 경찰에 고소한다고."

진만과 강산이 나란히 앉고 여학생과 여학생 부모가 마주보며 앉았다. 강산이 부탁조로 여학생의 부모에게 얘기한다.

"학생 부모님! 저희 부사장이 사람은 건실하고 이 나이에 부사장이면 괜찮은 직업입니다. 아가씨와 나이 차이도 8살밖에 안 나고요. 결혼을 시키시지요. 그리고 유림 집안이라고 하셨는데 집이 한옥인가요?"

"그렇습니다."

"그러면 잘됐네요. 부사장집도 강원도이고 해서 처가에 왕래하는 데 어려움이 없으니 전통혼례를 치르는 것이 어떻겠습니까?"

강릉의 고택에서 진만의 결혼식이 열렸다. 뷔페는 강원도 전통음식보존회에 후원금을 주고 마련했다. 하객에게는 묵은 김치 한 포기씩 옹기에 담아 선물로 주었다. 각종 연예 관련 프로그램 현장 르포 프로그램에서 취재를 왔다. 이제 갓 스물이 된 신부 친구들이 말한다.

"야, 저 사람이 진짜 사장이래. 잘생겼다."

"야, 아직 총각이라면서."

"총각이면 뭐해. 나이가 서른셋이래."

"그럼 어때, 신랑보다 더 어려 보인다. 야."

지역 신문은 물론 중앙 일간지에서도 취재를 왔고, 강산의 김치는 직·간접적으로 광고가 되었다. 모든 것이 순조로웠다.

2004년 초, 강산은 준석에게서 한 통의 전화를 받았다.

"강산아, 잘하고 있다고 황 회장님이 기뻐하셔. 기특해."

"감사합니다, 형님. 다 형님 덕입니다."

"짜식, 무슨 겸손은? '다 제가 잘나서입니다.'라고 말하는 게 니 스타일 아니냐?"

안부 인사가 오가고 준석이 진짜 전화한 이유를 말한다.

"너, 청와대 비서실에서 근무해볼래?"

강산은 말이 없다.

"왜 그래? 싫어?"

"아뇨, 좋아 죽겠습니다. 좋아서 말이 안 나옵니다."

"그럼, 빨리 정리하고 와."

"하지만 형님 안 되겠습니다."

"아니 왜? 황 회장님한테는 잘 말씀드릴게. 자기 계열회사 출신이 청와대 비서실 간다고 하면 좋아하시지. 그리고 대통령이 널 기억하고 계셔. 널 언급하셨다구."

"형님, 그래도 안 되겠습니다."

"너 왜 그래? 그리고 꼭 대통령이 널 기억해서뿐만은 아냐."

"압니다. 형님에게도 도움이 된다는 거. 형님."

잠시 뜸을 들이더니 강산이 말을 이어간다.

"형님, 저는 이 사회의 비주류입니다. 대통령 옆에는 이 사회의 주류로 자라난 보수 출신의 충성을 다하는 사람이 있어야 합니다. 저는 어울리지 않습니다. 대통령께서 저를 찾았다면 대통령께서 아직 철이 덜 든 것입니다."

"뭐어? 하하하하~ 정말 어처구니가 없구나."

"그리고 형님."

"또 뭐?"

"청와대에 가기엔 제가 아직 어렵습니다."

2004년, TV에서는 대통령 탄핵 국회통과를 연일 보도하였다. 김준석과 최경호가 심각하게 대책을 논의하고 있다.

"경호야, 저 사람들 믿는 뭔가가 있다. 이제 헌재에서 3분의 2 이상만 통과되면 진짜 탄핵이야. 막아야 해."

"어떻게 막을 방법이 없잖아. 준석이 너 방법을 알고 있니?"

"있어. 저 사람들이 헌재만 쳐다보고 있을 때 우리는 더 확실한 것을 해야지. 오늘부터 탄핵 반대 시위를 하자."

전국에서 탄핵 반대 시위가 들끓었다. 그리고 민주당과 한나라당의 인기는 곤두박질쳤다. 2004년 말, 각종 여론조사에서 곧 열릴 총선에서 열린우리당이 3분의 2 이상을 차지할 것으로 예상했다. 열린우리당은 그것을 기정사실로 받아들이고 당내에서 노선싸움을 할 것이라는 등의 성급한 입방정을 떨었다. 강산은 문자 한 통을 이한수에게 보냈다.

'이한수 의원님, 3보1배 같은 이상한 짓거리 하지 마시고, 반성하는 마음으로 지역구를 내보내지 않고 비례대표만 내보내겠다고 공약하십시오. 그것이 더 많은 국회의원을 배출할 것입니다.'

"뭐? 또 어떤 놈이다냐? 별 미친놈 다 있네. 우린 호남에서만 건져도 돼."

2004년 총선에서 열린우리당은 과반수를 확보하였으나 원래 여론조사만큼 미치지 못했다. 민주당은 민주노동당보다 못한 의석을 갖게 되었다.

이한수는 동료 의원들과 당사에서 한숨을 쉬고 있었다.

"뭐시여, 이것이? 의원 숫자가 당사 청소 아줌마 수보다 적어."

"형님, 형님 말 믿다가 이게 뭡니까? 호남은 괜찮다고 했잖습니까?"

"괜찮어, 내가 꼬꾸라졌다가 한두 번 일어선 줄 알어? 우리의 할 일은 계속 물어뜯는 거여. 물리면 아프게 돼 있어."

김준석이 여러 당직자와 앉아서 아쉬움을 나타낸다.

"기대가 크면 실망도 큰가? 처음 분위기는 2/3 이상 얻을 것 같았는데."

"정말 죄송합니다. 제가 막판에 이상한 소리를 해서."

"아닙니다. 정 의원님. 그만큼 보수 세력도 견고하다는 것입니다. 어차피 나올 표였습니다."

"근데 저 야당들을 어떻게 하면 좋겠습니까?"

"언제부터 저 사람들이 저렇게 친했답니까? 같이 탄핵 일으켜서 쓴맛을 봤으면 됐지, 왜 또 저렇게 언론과 합세해서 노 대통령을 물어뜯는지 모르겠습니다."

어느 날 당 최고의원 몇 명이 김준석을 은밀하게 불렀다.

"김준석 의원, 저 두 야당을 떼어놓고 민주당의 손을 들게 하는 방법이 있습니다."

"그래요? 그러면 진작 말씀을 하지 그러셨습니까? 뭡니까?"

말을 꺼낸 최고의원이 다른 최고의원들과 얼굴을 마주보더니 조심스럽게 말을 이어간다.

새벽 3시에 준석의 휴대폰이 울렸다. 무시하려고 해도 계속 울렸다.

"너 강산이 아니냐? 이 시간에 전화할 만큼 경우 없는 놈이 아니잖냐? 아니면 그 정도로 급한 일이야?"

"예, 급한 일입니다. 형님 대북관계만은 건드리지 마십시오. 정말 후회하실 겁니다."

"니가 뭘 안다고 그러냐? 이놈아."

"그것만은 건드리지 마십시오. 다음에 대선에 나가셔야 하지 않겠습니까? 그것이 형님한테 독이 될 수도 있습니다. 형님은 국민의 정부의 대북 관련 음성거래를 어느 정도 알고 있습니다. 그렇죠?"

"민주당이 한나라당과 연합해서 우리를 괴롭히는 게 한두 가지가 아니야. 저 사람들 저렇게 설치게 둘 수 없어. 여기서 봐주면 또 어떻게 뒤통수칠지 몰라."

"그래도 대북송금 특검만은 안 됩니다. 정말 후회하실 겁니다. 대북송금 특검만은 막아주십시오."

"끊자."

준석은 전화를 끊고 생각한다.

'너는 아직 정치를 몰라. 상대를 밟을 땐 완전히 밟은 다음 손을 내미는 거야. 그전에 봐주면 또 물려고 달려들어.'

준석은 휴대전화가 울리자 번호를 확인하고는 전화를 받는다.

"어이구, 이한수 대표님. 웬일이십니까?"

"김 의원, 그동안 내가 잘못했소. 우리 대북송금 특검만은 하지 맙시다. 민족의 진운이 걸린 일이오."

"이미 결정됐습니다. 그동안 이 대표님이 노 대통령님을 얼마나 괴롭혔습니까? 얼마나 근거 없는 음해를 했냐고요? 이 대표님이 언론과 그렇게 친한 줄 몰랐습니다. 아주 죽이 잘 맞더군요. 탄핵으로 역풍을 맞았으면 자중했어야 하는 것 아닙니까?"

"그래서 내가 잘못했다고 안 허요? 그것만은 건드리지 맙시다. 그리고 15년 후쯤이면 북한의 지하자원이 다 우리 것이 될 수 있소.지금은 손해지만 말이요. 김 의원도 운동권 출신인께 친북 용공 딱지가 얼마나 무서운 줄 알 거 아니요? 김 전 대통령은 평생 용공조작에 시달렸으면서도 대통령이 돼서 일생의 과업으로 그 일을 추진하셨소. 그것만은 건드리지 맙시다."

"그렇게 민족의 미래가 걸린 일인 만큼 깨끗했어야죠. 중간에 돈들이 사라진 걸 내가 모를 줄 압니까?"

"잘못했소. 내가 정계은퇴라도 하겠소."

"이만 끊겠습니다."

준석이 끊는데 계속 '김 의원 김 의원' 하는 소리가 들린다. 준석은 비꼬듯이 혼잣말을 한다.

'당신이 정계은퇴를 해? 지나가는 개가……'

2007년 말, 강산은 몇 년의 젊은 시절을 보냈던 문화 공동체 건물에서 선배들을 만났다. 그동안 못 보던 사람들이 많이 나왔다. 활기에 찬 모습들이었다. 선배 하나가 말을 걸었다.

"강산아, 얘기 들었다. 강원도에서 김치공장 사장을 한다면서? 황웅 회장님도 잘 알지. 그래 거기는 노조 때문에 힘들지는 않냐?"

"아직은 괜찮습니다."

다른 선배가 말을 꺼냈다.

"노동운동은 이제 다른 방향을 모색해야 해. 북한의 현실은 외면한 채 김정일 노선만 추종하고 있어. 너도 우리랑 같이하자."

"뭘요?"

"이제 세상은 신자유주의 시대다. 시대가 변했으니 우리도 변해야해. 아직 민권당 내에서도 종북과 좌파 중심의 사고를 못 벗어나는 사람들이 많다."

"그래서요?"

"나 『삼천리 행군』을 쓴 이민호 선배랑 일한다. 너도 같이 들어와라. 어차피 기업하는 사람이니."

"북한의 민주화를 꿈꾸는 모임 말입니까? 정말 기가 막히네요. 정말, 이게 뭐하는 짓거리입니까?"

"뭐야? 이자식이 뭐라는 거야?"

"그놈의 운동권 사람만큼 이렇게까지 삶의 방식이 다양하게 변할 수 있을까요? 여전히 노동현장, 통일운동, 진보정당, 진보정당도 또 갈려 보수야당, 보수여당, 이제 하다하다 북한 민주화운동을 합니까? 그 선배가 우리 학교 다닐 때 어땠습니까? DJ나 YS 모두 전두환, 노태우랑 다를 바 없는 미제 앞잡이라고 했습니다. 그 선배 앞에서 경진이가 양담배 한번 피웠다고 얼마나 혼났습니까?"

선배들이 멍하니 듣고 있다. 강산은 가겠다고 하고 나와 버렸다. 강산과 친했던 최 선배가 뛰어나왔다.

"강산아, MB가 우리 쪽 사람들을 많이 껴안았다. 지금까지 얼마나 많은 운동권 사람이 자기 가치관을 버리고 유력 대선주자에게 붙었냐? 우리라고 다를 바 없다. 이제 세상 밖으로 나오게 됐어." "알겠습니다. 내가 뭐라고 다른 사람의 삶의 방식에 끼어들겠습니까?"

그리고 꾸물꾸물 최 선배가 말을 꺼낸다.

"강산아, 내 체면도 있고 해서 그러니 우리 단체에 후원금 좀 내주면 안 되겠니?"

"알겠습니다."

강산은 CD기에서 1,000만 원을 북한 민주화를 꿈꾸는 모임에 송금하고, 500만 원을 최 선배 앞으로 송금했다. 버스를 타는데 최 선배에게서 문자가 왔다.

'강산아 고맙다.'

2008년 초에 치러진 17대 대선에서 이명박 한나라당 후보가 압도적 지지로 대통령에 당선되었다. 한나라당 경선이 대선보다 더 어려웠다. 당내 비주류였던 이명박 후보는 박근혜라는 거물을 물리치고 경선에서 승리하였다. 이명박 대통령 취임 후 얼마 되지 않아 미국산 쇠고기 때문에 광우병 파동이 터졌다. 전국에서 촛불 시위가 들끓었다. 강산은 오랜만에 서울에서 태식을 만났다.

"강산아, 너 미국산 쇠고기에 대해서 어떻게 생각해?"

"일이 이상한 방향으로 가고 있어."

"어떻게?"

"미국산 쇠고기가 수입이 되면 과연 정부 말대로 가격이 싸질 수 있는가가 초점인데 전국이 광우병에 관심이 가 있어."

"너는 미국산 쇠고기가 안전하다고 생각하냐?"

"성장기 애들이 값싼 쇠고기 많이 먹어서 건강해지는 효과가 광우병의 위험을 덮고도 남아. 확률이란 것은 웃기는 것이다. 백만분의 1이나 0이나 매한가지야. 어떻게 백만분의 1은 공포를 느끼고 0에는 공포를 안 느끼냐? 미국에서 여기까지 오는 유통 과정에서의 문제점, 공장에서 물건 찍어내듯 소고기를 생산하는 미국 목축업의 문제점 이런 것을 따져야지 어떻게 광우병을 따져? 하기야 로또를 그래서 사는 거지. 확률 0은 아니니까. 나는 지금도 족발 대자 하나를 혼자서 다 먹어. 어려서부터 고기를 정말 좋아했어. 그렇지만 비싸서 잘 먹지 못했어. 어머님은 눈치 보여서 진영이네 남는 반찬도 우리 집에 가져오지를 못하셨고."

"그으래?"

"칠레산 와인은 지금 싸지지 않았어. 정부한테 따지려면 그것을 따져야 해. 진짜 미국산 소고기가 싸질 수 있냐고? 그리고 정말 싸졌을 때 국내 낙농업 다 무너지고 나면 그때 어떡할 거냐고. 그런 걸 따져야지?"

그리고 강산은 한 잔을 들이켜더니 말을 이어간다.

"광우병 촛불집회를 계속 해대면 대통령은 모욕감을 느낄 거야. 잘못된 인사를 반대하는 것하고 차원이 틀려. 대통령을 병 걸린 소나 수입해다 파는 사람 취급하면서 시위를 하고 있잖아. 대통령은 이 모욕을 잊지 않을 거야. 용서란 힘이 없는 사람이 하는 거야. 대통령에게 모욕감을 줘서는 안 돼. 옛날 제왕들은 모욕감을 느끼면 친아들도 죽였어. 대통령이 적을 없애는 데 힘을 쏟게 해서는 안 돼. 두고 봐라. 대통령의 측근들은 언론을 갈아엎으려고 할 거고, 노 전 대통령을 물어뜯을 거야. 그리고 노 전 대통령도 전과가 있어."

"무슨 전과?"

"검찰에게 모욕감을 줬어."

"노 전 대통령이 검찰에게 어떤 모욕감을 줬는데?"

"자존심을 건드렸어. 그 사람들의 자존심을 건드리지 말고 검찰 스스로 개혁할 수 있는 기회를 줬어야 해. 그리고 그 기대가 못 미쳤을 때 칼날을 휘둘렀어야지. 평검사들 불러놓고 뭔 짓거리야? 결국 아무것도 못하고 말았잖아. 그게 최고 권력자가 할 짓이냐구?"

"야, 그래도 그렇지. 기왕에 정권을 잡은 마당에 노 전 대통령을 건드릴라고? 설마."

"설마라구? 대통령은 운동권 출신으로 대기업 사장이 된 사람이야. 사업은 어정쩡해서는 성공을 못해. 적 아니면 동지의 사고를 가지고 움직여야 성공한다고. 내가 왜 강원도 김치공장 사장을 하면서 식품사업 경험이 풍부한 삶터 중역들을 마다하고 너랑 진만이를 데리고 갔겠냐? 무조건 내 뜻을 따르기 때문이었어. 박 대통령이 유신을 하고 나서 경제가 더 잘 돌아갔어. 절대 권력자의 관용과 포용은 자기의 권력에 아무도 도전하지 않을 때 나와. 과거의 훌륭한 제왕들도 무지하게들 사람을 죽였어. 자기 권력에 도전하는 모든 것을 개운하게 없앤 다음 태평성대가 오는 거야. 최고 권력자에게 복수심을 심어줘서는 안 돼. 그 복수심을 가장 크게 자극하는 것은 자기를 모욕하는 거야. 대통령에게 모욕감을 줘서는 절대 안 돼. 대통령은 서른아홉에 대기업 총수가 된 사람이야. 어떻게 해야 밑에 있는 사람이 움직이는가를 뼛속 깊이 알고 있는 사람이야. 지도자는 가혹한 면이 있어야 해. 그 가혹한 것을 자기 측근을 제거하는 데 쓰게 만들어야지 정적을 제거하는 데 쓰게 해서는 안 돼. 이렇게 되면 대통령은 자기 측근들만 감싸 안게 될 거야. 똑같이 쿠데타를 했지만 태종은 세종의 태평성대를 위해서 자기의 공신들을 싹 쓸어버렸어. 세조는 조정 안팎에서 자기한테 도전하는 세력이 많다 보니 그 공신들을 다 끌어안을 수밖에 없었다구. 대통령을 자극하면 안 돼. 촛불집회는 멈춰야만 해."

강산의 흥분이 가라앉고 난 후 태식이 조심스레 묻는다.

"난 니가 남들이 생각하지 못하는 것을 생각해내는 사람이란 걸 알아. 이런 니가 그때 준석이 형이 노 대통령 비서실에서 일해보라고 했을 때 왜 안 갔니?"

"난 어차피 이 사회의 주류로 성장할 운명을 타고나지 못했어. 그리고 그때 난 청와대로 들어갈 주제가 아니었고."

2009년, 강원도 김치공장에서 강산이 자다가 가위에 눌려 깼다. 김준석은
새벽에 노 전 대통령의 전화를 받는다.

"김 의원, 내요. 잘 있는교?"

"예, 대통령님도 잘 계시죠?"

"아따 오늘은 옛날처럼 김 의원이랑 마주앉아가 담배 한대 피고 잡네."

"요새, 고민이 많으시죠?"

"그때 김 의원의 말을 들었어야 했소."

"그러게 왜 국정원을 통해 들어오는 통치자금을 줄이셨습니까? 그 돈은
아무도 뭐라 하지 않습니다. 세상에 전직 대통령이 50억 때문에 검찰에 출
두하다니 이게 말이 됩니까?"

노대통령은 말이 없다.

"대통령님, 이제부터가 중요합니다. 검찰에 부친 때부터 아시는 분들이 많
으니 어떻하든 해결해보겠습니다."

"고맙소, 김 의원은 앞으로도 잘해낼 기요. 꼭 잘 지내시오."

준석은 전화를 끊고 노 대통령 취임 이후를 기억한다.

노 대통령의 평검사와의 대화가 있은 지 얼마 안 되어 준석에게 한 통의
전화가 온다.

"예, 고모부님."

"니 내 좀 보자."

어느 일식집에서 김준석은 고모부와 마주앉았다.

"니네 대통령 이랄 수 있노? 완전히 전 국민한테 대놓고 우리를 기득권밖

에 모리는 집단 취급했다 아이가?"

"노 대통령의 공약이 검찰개혁입니다. 저도 어쩔 수 없었습니다."

"지금 노 대통령은 검찰의 근간을 흔드는 기라."

준석의 고모부는 한잔을 벌컥 들이켜고 흥분하면서 말을 계속 이어갔다.

"준석아! 니 이 대한민국에 자기 조직을 위해 사는 인간이 얼매나 된따고 생각하노?"

"네?"

"대한민국에서는 학연, 지연, 혈연, 고상하게 이념, 모든 이해관계에 따라 움직인다. 우리는 그기 없다. 오로지 검찰조직, 상명하복 그기로 움직이는 대한민국의 유일한 조직이다. 대한민국이 그나마 깨끗한 것은 우리 때문이란 말이다. 우리를 건드리믄 안 된다." "저도 어느 정도는 설득하고 있습니다. 하지만 그분의 의지가 워낙 강경합니다."

"우리는 노 대통령에게 기대했다. 그래서 우리를 가만 놔두면 검찰 안팎에서 나오는 소리들을 경청해서 잘못된 점을 고치려고 말이다. 그런데 우리의 근간을 흔들었다. 검찰들의 인맥이 어떨 거라고 생각하노? 우리가 그걸 고려해서 수사했다면 대한민국이 어떻게 됐겠노? 우리도 다 잘했다는 것이 아니다. 그래도 그나마 대한민국이 깨끗한 것은 우리 때문이다. 우리는 그거 자신한다."

"생각해보세요. 고모부, 여느 대통령 같았으면 고모부께 맨 먼저 절 보내 리스트를 전달했을 겁니다. 그러나 대통령께서는 그러지 않으셨잖습니까?"

준석의 고모부는 잠시 생각하더니 말을 이었다.

"차라리 그래 하라캐라. 걸리적거리는 놈들 다 정리해 드릴 수도 있따꼬. 그기이 국민한테도 더 인기를 끌 수 있다. 정치를 쉽게 할 수 길이 있는데 와 자꾸 그러노? 이러면 퇴임 후 아주 안 좋을 수 있다. 괜히 하는 말이 아니데이."

노 대통령 자살소식이 전국을 흔들었다. 진만이 밤에 김치공장 사무실로 들어오면서 말한다.

"사장님 안 계셔? 오늘 사장님이 야간 당번인디?"

"그러게요. 이런 날도 있네요. 사장님이 안 계시니까 우리도 뭐 좀 시켜먹고 술도 한잔 하죠."

"참 내! 언제는 안 그랬는가? 사장님이 야간근무를 일이 많아서 시킨 것이 아니잖아? 회사는 365일 불이 꺼지믄 안 된다고 해서 지키고 있는 것이지. 사실 당신들 하는 일이 뭐가 있었냐고? 수당이나 타갔지. 똑같이 야간 당번 시켜놓고 간부들한테는 야간 수당도 안 주고."

강산의 서글픈 하모니카 소리가 들린다.

"워따, 사장님 하모니카 부는 것 오랜만에 들어보네. 거참 소리 한번 무지하게 슬프네."

그리고 TV에서 김 전 대통령의 장례소식을 전하는 마감뉴스가 들린다.

"오늘 김 전 대통령이 국립현충원에 안장되었습니다. 김 전 대통령은 평생을 민주화와 민족의 화해를 위해……."

강산은 회사 건물 뒤편의 구릉지 배추밭에 앉아 있었다. 이곳의 풍경은 사진 속 알프스보다 아름다웠다. 회사 건물 하나 지을 때, 창문 하나를 낼 때도 강원 지역의 건축학과, 산업디자인과에 의뢰하여 미관을 아름답게 하였다. 김치찌개 집 옆에 전통 한옥으로 아름다운 가게들을 지었다. 회사가 직접 운영하는 민속주점을 냈고, 강원도의 친환경 특산물을 판매하는 가게도 열었다. 그 가게들의 모든 직원은 삶터 정식 직원으로서 유니폼을 입고 순환 근무를 하게 했다. 친환경 특산물 가게를 열기 전 담당 과장과 회의를 하였다.

"우리는 개별 농가하고 접촉하지 않습니다. 농가연합회하고만 합니다. 제품을 소개해주는 수준으로만 하고 이윤을 남기지 않아야 합니다. 온라인 판매도 안 합니다. 과장님, 벌써 여기저기서 만나자는 사람 많죠? 술도 몇 번 얻어 드셨고."

"예에? 사장님 죄송합니다. 하도 간곡하게 부탁해서."

"뭐라고 하는 것이 아닙니다. 여기가 고향이시니 친척 되는 분들이 부탁을 하면 어쩔 수 없죠. 그런 것들이 다 나중에 나 과장님의 발목을 잡을 수도 있습니다. 회사는 계속 성장하고 있는데 중역까지 하셔야 하지 않겠습니까?"

나 과장은 몸을 움츠리면서 대답했다.

"예에, 잘 알겠습니다."

"그렇게 접촉해오는 개별 농가들에게도 방법이 있습니다. 회사 앞 운동장에 일주일마다 장터를 연다고 하십시오. 온 순서대로 자리 잡고 파시라고."

교통이 가장 한가한 수요일에 연 장터는 강원도의 명물이 됐다. 환경단체, 디자인 단체, 건축 업체, 지자체 등에서 상패와 감사패를 많이도 받았다. 방송에도 많이 나왔고, 관광객도 많이 왔다. 설악산 가기 전에 김치찌개를 먹는 것은 정규 코스가 됐다. 무엇보다 맘에 들었던 것은 사장 사택이었다. 사장실과 연결된 사택 2층 베란다에 나뭇가지들이 바람에 날려 들이쳤다. 강산은 이 소리가 너무 좋았다.

강산이 사장실에 김진만과 같이 앉아 있다.

"아마 이렇게 사장실을 꾸며놓은 것은 세계적으로 없을 거예요. 벌써 다른 대기업 비서실에서도 많이 찍어 갔잖습니까? 사장님, 참 자연적인 것 좋아하세요."

"아니, 자연과 인공이 아름답게 조화된 것을 좋아해. 어이 부사장, 이번에 마지막으로 감사 의뢰하자."

"또요? 몇 번 해서 완전 클린입니다. 사장님 너무 깨끗해도 고기가 안 산다는 말이 있잖습니까?"

"아직 부족해, 내가 없어도 완벽히 돌아가는 시스템을 만들어야해."

"사장님 그만두실 건가요?"

"그래, 마지막으로 히트 상품 한 개만 더 팔고."

"이번에는 간부들도 특별 보너스 주나요?"

"맨 처음 담가서 8년 된 김치 1000 항아리 남겨둔 것 있지? 우선 일본에 100 항아리만 팔자. 세계 각 국에 보내서 성분 분석한 자료랑 같이 일본어 사이트에 올려."

"가격은요?"

"100만 엔."

"예에?"

강산의 8년짜리 김치는 발매 3일 만에 일본에 100 항아리를 팔아 1억 엔의 수입을 냈다. 얼마 안 가 국내 판매는 왜 안 하느냐고 소비자들의 불만이 터져 나왔다. 묵은 김치들을 와인처럼 오래 보존해야 한다고 소비자들을 설득시키고 매년 100개씩만 한정 판매하겠다고 발표했다. 인터넷에 공고가 나간 지 이틀 만에 선불로 10억 결제가 완료되었다.

2010년 10월, 삶터 회장실에 황 회장과 이강산이 앉아 있었다.

"이 사장이 일한 지 대충 10년이 됐지요?"

"예."

"정말 그동안 큰일을 하셨소. 이 사장 덕분에 우리 회사랑 내가 감사패를 5개나 받았소. 거 건물 예쁘게 짓는 데 돈을 덜 들였으면 수익이 더 높았을 텐데 말이요. 허허, 지금도 사진 찍으러들 많이 온다면서요? 참 사진뿐만 아니지. 지금은 드라마 촬영 때문에 직원들이 애 많이 먹는다면서요?"

"예."

"그래서 말인데요. 서울서 근무를 한번 해보시겠소?"

"그것 때문에 드릴 말씀이 있습니다."

"해보시오."

"지금 일하는 김진만 부사장에 대해 인사평가를 부탁드립니다. 그리고 경영자 과정 연수도 부탁드리고요."

"그 친구를 사장으로 앉히자는 말이요?"

"제가 시스템은 다 갖추었습니다. 온갖 감사를 받아서 고칠 것 다 고쳤고, 간부들의 부정이 들어갈 만한 요소는 다 없애버렸습니다." "알겠소, 이제 뭐 할 생각이오?"

"국회의원에 출마할까 합니다."

"이보시오, 이 사장. 왜 정치 전 단계로 사업을 택하셨소? 바로 하지."

"정치를 하기에는 어렸습니다."

강산이 나가고 나서 황 회장은 혼자서 생각한다.

'도대체 뭐가 어리다는 거야?'

그러더니 흠칫 놀란다.

'그렇다면 이 친구가?'

그러면서 다시 혼잣말을 한다.

'못할 것도 없지 못할 것도 없어.'

강산은 강원도의 김치공장을 떠나고 있다. 직원들은 모두 눈물을 흘리고 외국인 노동자로 보이는 사람들도 눈물을 흘리고 있다. 진만이 감격하여 말한다.

"사장님은 제 은인이시며, 저희 집안의 은인이시며, 저희 처갓집의 은인이시며, 집사람과 아이들의 은인이십니다."

"그래, 그렇다면 나중에 내가 부탁할 때 도와줘야 해. 나중에 입 싹 씻지 말고."

강산은 큰 소리로 외친다.

"여러분! 김진만 사장이 사장 된 기념으로 오늘 회식 쏜답니다. 술 먹고 다 뒈질 때까지 사준다니까 죽지 말고 끝까지 드십시오."

직원들은 눈물을 더 쏟는다. 그렇게 강산은 아쉬워하는 직원들을 뒤로하고 서울로 떠났다.

대전에서의 첫 경선과
강산의 1980년대

2012년 가을 민권당 경선 시작 전, 아무도 모르는 술집에 이강산과 김태식, 조경덕 그리고 김준석, 최경호가 앉았다.

"강산아, 너 왜 이 경선에 뛰어들었냐?"

"형님, 대통령에 출마하려 합니다."

모두 다 웃는다. 잠시 시간이 흐른 후 최경호가 언짢다는 듯이 강산을 다그쳤다.

"내가 자네 속을 모르는 것은 아냐. 경선에서 어느 정도 선전만 하면 앞으로 몇 선을 하는 데는 문제가 없겠지. 하지만 동네 창피할 정도로 표가 나오면 어떡할 거야?"

"그 정도는 안 되게끔 하겠습니다. 그리고 제가 선전해서 가져가는 표는 당원들 표가 아닙니다. 일반 자유투표 참가자들 것입니다. 준석이 형님한테 나쁠 것은 없습니다."

준석이 약간 불만 섞인 목소리로 강산에게 묻는다.

"그러면 나한테 귀띔을 좀 해주지 그랬냐?"

"그 점은 죄송합니다, 형님."

준석이 말을 이어서 한다.

"너 때문에 당 지도부가 당혹해하고 있다. 야당은 바람으로 승부한다. 이번 경선이 흥행이 되길 바라고 있어. 흥행에 가장 좋은 것은 양자대결이야. 니가 이 흥행을 가로막았어."

강산이 의욕 차게 대답한다.

"형님, 다른 것은 몰라도 확실하게 흥행의 바람은 불어 넣겠습니다. 그거 하나는 내 장담합니다."

최경호가 퉁명스럽게 대답한다.

"알았어, 너의 개그 기질을 믿어볼게."

그리고 강산이 뜸을 들이다가 말한다.

"그리고 세상이 경천동지하여 제가 후보가 될지 또 어떻게 압니까?"

모두 기가 막혀 웃는다.

TV토론을 하루 앞둔 금요일 저녁, 김준석 서울사무실 캠프는 사람들로 분주하다. 최경호가 다그치듯 주변 사람들에게 말한다.

"자, 행정수도 보완 방향, 수도권과 충청권 교통망 확충, 청주공항 활용 방안. 모든 자료는 완벽하죠? 영수 씨, 낼 김준석 후보 뒤에 앉을 충청 출신 연예인 섭외는 다 됐겠지?"

"그럼요, 염려 마십시오."

최경호가 지친 김준석에게 다시 한 번 말한다.

"어이, 김 후보님. 리허설 한 번만 더 하자."

"아유, 또?"

"무슨 소리야? 첫인상이 얼마나 중요한데. 자, 모두 조용! 모두 발언 시이작
~"

장철희 캠프도 분주하기는 마찬가지이다.

"충청 출신 CEO모임에서 장 후보께 지지성명을 낸다는 것은 확실합니까?

장 후보자님 뒤에 앉을 분은 방송인 중에 귀화한 외국인으로 합시다."

강산은 대전에서의 첫 TV토론을 앞둔 날, 두산 베어즈가 게임을 하는 여느 때처럼 똑같이 잠실야구장을 찾았다. 두산과 한화의 주말 3연전 빅 경기가 예정돼 있었다. 스포츠 채널 아나운서가 이강산을 발견하고 멘트를 한다.

"어, 저기 카메라에 비친 분이 이강산 전 의원 아닌가요? 제가 알기로 낼 대전에서 TV토론이 있는 걸로 아는데요. 아시는 분은 다 아시겠지만 워낙 막강한 후보들이 있어서 어렵기는 할 텐데 그렇다고 경선을 포기한 것은 아닐 테죠?"

해설자가 이어서 말한다.

"며칠 전에 저랑 저녁 식사를 했는데요. 끝까지 할 거라고 하더군요. 사실 다른 걸 떠나서 이강산 후보가 정말 프로야구에 대해서만큼은 다른 어떤 정치인보다 신경을 많이 써줬거든요. 전용 구장 문제, 기존 구장 개·보수, 놀이공원과 결합된 야구장 부지 확충. 이런 것을 여야 의원 설득해가면서 많은 애를 써줬어요. 근데 뭐 야구인들한테 큰 소리만 쳤지 성과는 하나도 없었죠. (아나운서와 같이 하하하 웃는다.) 사실 선수들하고도 많이 친합니다. 저번에 이치규 선수 결혼할 때도 이강산 의원한테 먼저 주례 제의가 들어왔는데 무슨 총각이 주례냐고 해가지고 제가 대신 양복을 얻어 입었죠. 하하."

"그런데 항상 지정석에서 봤는데 오늘은 일반석에 있네요."

"그건 제가 알 것 같습니다. 그전에 야구 관람하던 모습이 자주 TV에 찍혔잖습니까? 오늘은 세 시간 전부터 매진된 빅게임입니다. 근데 자기만 탁자 지정석에서 보면 분명히 특권이다 뭐다 해서 경선에서 안 좋을 것 같으니까 저런 쇼를 한 걸 겁니다. 하하."

"그렇다면 이강산 후보는 자기가 경선에서 이길 수도 있다고 생각하는 모양이죠."

"다 그렇습니다. WBC에서도 뭐 남아프리카공화국, 중국 이런 나라도 목
표가 다 우승이라고 하니까요. 하하하."

같이 다시 한 번 웃는다. TV 화면에는 두산 팬들과 같이 맥주를 마시고
환호하는 이강산의 모습이 비친다.

강산은 토요일 오후, 서울역에서 기차를 타고 대전으로 향했다. 사람들은
이강산을 별로 알아보지 못하는 것 같았다. 대전역에 내려서 택시를 타고
방송사 합동토론회가 열리는 대전 NBC로 향했다. "대전 NBC로 가주세요."

택시기사가 백미러로 이강산을 한 번 보더니 고개를 한번 젓는다.

"어떻게 오셨습니까?"

"이강산입니다. 오늘 TV토론 때문에 왔습니다."

"예에?"

정문 경비가 깜짝 놀란다. 그리고 이리저리 전화를 하고 다른 경비들과 직
원들은 경비실 앞에 서 있는 강산을 보고 뭐라고 수군댄다. 택시기사도 가
지 않고 경비들과 "맞죠? 맞죠?" 하면서 이강산임을 확인한다. 방송국 직원
이 달려 나오더니 말한다.

"진짜 이강산 후보 맞으시네요. 여기까지 혼자 오셨습니까?"

"예, 의상은 택배로 보냈는데 받으셨습니까?"

"예? 예에, 들어가시죠."

그즈음 이강산의 모습은 인터넷, 트위터 등 SNS를 통해 빠르게 번져갔다.
서울역에서의 티케팅 하는 모습. 기차에서 조는 모습. 그리고 야구장에서의
모습. 그리고 잠실야구장 앞에서 암표를 끊는 모습 등등.

사회자: 안녕하십니까? 저는 김우현입니다. 이번 민권당의 대선 후보 경선 지방 TV토론의 사회자는 그 지방 출신 연예인으로 하기로 하여 제가 충청 지역 TV토론 사회를 맞게 됐습니다. 다소 딱딱할 수 있는 TV토론을 지양 하기로 했다고 해서 민권당에서 이런 결정을 내렸다고 합니다. 그러나 저는 일반 토론 진행자보다 더 딱딱하게 진행해보겠습니다. 나이든 개그맨이 설 자리가 없어서 이번 기회에 이쪽을 함 노려보겠습니다. 네에, 감정표현을 잘 안 하는 충청도 사람이라고 하지만 저기 계신 어르신께서 뭔 잡소리가 그렇 게 많으냐고 역정을 내시네요. 얼른 진행을 하도록 하겠습니다. 먼저 모두 발언을 듣겠습니다.

김준석이 먼저 스타트를 끊었다.

"수도 이전이 좌절되긴 했습니다만 전 수도이전과 행정수도의 기본 틀을 제공한 사람입니다. 그것은 제가 정계 입문 이후 계속 주장한 것입니다. 돌 아가신 분께는 죄송하지만 그분이 살짝 제 것을 베낀 것입니다. 구체적인 것 은 제가 작성한 '대한민국의 신동력 충청'이란 보고서에 잘 나와 있습니다. 토론을 진행하면서 계속 말씀 드리겠습니다."

장철희가 이었다.

"충청권에 행정수도를 건설하고 관공서를 이전하는 것은 충청을 위해서가 아닙니다. 대한민국을 위해서입니다. 가장 효율적이면서도 지방분권의 의미 를 잘 살릴 수 있습니다. 제가 설립한 미래 대한민국 연구소의 많은 학자분 과 관료 출신들이 완성한 '충청 보고서'에 잘 나와 있습니다. 그것은 행정수 도를 반대했던 한국당에서 조차 감탄한 보고서입니다."

이강산의 차례가 왔다.

"김준석 후보께서 수도 이전과 행정수도를 노 전 대통령께서 베꼈다고 했 는데 저는 이것을 고등학교 때부터 주장했습니다. PC통신이라는 것이 생기고 나서부터 저는 이것을 모든 정당, 청와대, 정부 부처의 게시판에 올렸습니다. 구체적인 것은 제가 대통령이 돼서 두 분의 보고서를 참고하여 잘 실행해 올리겠습니다."

방청객과 시청자들은 모두 웃는다. 어느 시청자가 말한다.

"야, 저 이강산이란 놈 사람 되게 웃긴다."

"아빠 웃긴 것만 아네요. 저 사람 우리 사이에서는 되게 유명해." 방청객의 질문 순서가 돌아왔다.

김우현: 아, 누구부터 할까요? 거기 텁수룩하고 좀 험상궂게 생기신 분! 아네, 뒤돌아보지 마시구요. 네 네, 본인 맞습니다. 해주세요.

방청객이 웃는다.

"안녕하십니까? 저는 대전에 사는 스무 살 대학생 김재우라고 합니다."

사회자: 네 20살이시라고요?

또 방청객이 웃는다.

"이게 지금 제 트위터에 막 올라온 이강산 의원 사진인데요. 어제 두산과 한화의 잠실 게임에서 암표를 사는 모습입니다. 모자를 깊이 쓰고 마스크를 썼지만 TV 화면에 잡힌 옷차림과 같습니다. 이것이 어떻게 된 것인지 해명을 해주시죠."

사회자: 두산 응원석에서 열심히 응원하셨죠? 그것도 같이 답변을 해주시죠.

방청객이 또 웃는다.

이강산: 한 시간 전에 도착했는데 다 매진이었습니다. 그래서 할 수 없이 두 배를 주고 샀습니다. 그러기에 진작 내 말대로 야구장 시설을 확충했으면 저 같은 피해자가 없었을 것 아닙니까?

사회자: 참 뻔뻔하시군요.

이강산: 어두운 경제도 경제의 일부분입니다. 암표가 꼭 부정적인 면만 있는 것이 아닙니다. 제가 쓴 『지하 경제학』이란 책에도 잘 나와 있습니다.

장철희: 제가 우리나라에서 나온 경제학 관련 도서는 다 읽었는데 그런 책을 본 적이 없는데요.

이강산: 아직 출판을 못했습니다.

방청객이 크게 웃는다. 강산이 말을 이어간다.

이강산: 그리고 저는 원래부터 두산 팬이었습니다. OB 어린이 회원 출신입니다. 혹시 오랜 팬들은 아실지 모르겠지만 두산은 원래 충청 지역에 있었습니다. 충청 지역을 연고로 프로야구 원년에 우승했습니다.

"맞아 맞아" 하는 소리와 함께 박수가 터져 나왔다. 두 시간여의 토론이 끝나가고 마무리 발언 차례가 왔다.

장철희: 현재 정치가 실종되고 경제가 어려워진 데는 한국당은 물론이고 민권당의 책임도 큽니다. 기존의 정치인에게 대한민국을 맡겨서는 안 됩니다. 저는 민권당에는 물론 정치권에 계보가 없는 사람입니다. 저는 빚진 사람이 없습니다. 오로지 국민만 쳐다볼 것입니다.

김준석: 저는 기존 정치인 중에 지지 계층이 가장 넓게 분포하는 사람입니다. 20대와 50대 이상의 편차가 가장 작은 사람입니다. 대통령은 그래야 합니다. 장철희 후보를 존경하지만 장철희 후보는 지지 계층이 너무 이삼십 대로 편중되어 있습니다. 그리고 아직 정치권에서 검증이 되지 않았습니다. 국회의원이나 장관은 모르겠습니다만, 대통령의 자리는 검증이 안 된 사람이 가기에는 너무 위험한 자리입니다. 이상입니다.

이강산: 수도 이전이 위헌 판결이 났습니다. 행정수도는 위헌이 아니고요.

사람들이 무슨 뜬금없는 소린가 하고 이강산을 쳐다본다.

이강산: 헌재에서 수도 이전이 불가하다는 근거는 관습에 의거한다는 것

이었습니다. 저는 성문 헌법이 있는 나라에서 관습을 근거로 판단을 내린 것이 과연 합헌인가를 이번 TV토론이 끝나고 헌법재판소에 제소하겠습니다.

사람들이 멍한 표정을 지었다.

이강산: 만약 그것이 위헌이라면 다시 더 본격적으로 수도 이전을 할 것이고 합헌이면……

사회자: 합헌이면요?

이강산: 밑져야 본전입니다.

이번 TV토론의 승자는 이강산이었다. 김준석과 장철희는 완전히 한 방 먹고 말았다. 가만히 있다가 맨 나중에 뜨거운 감자와 같은 이슈를 던졌다. 지명도가 떨어지는 이강산을 좋든 나쁘든 많은 사람이 관심을 가져주게 되었다.

인터넷은 다시 뜨겁게 달궈졌고, 한국당은 이강산 후보의 헌재 제소가 일고의 가치가 없다고 했지만, 헌법학자들 사이에서는 논란이 됐다. 방송토론이 끝나고 최경호와 김준석은 독한 술을 안 마실 수 없었다.

"준석아, 이강산 이놈 보통이 아니다."

"내가 뭐랬어. 너무 얕잡아보지 말랬지. 이강산은 이번 경선을 통해 정치적 입지를 확고히 할 거야. 그러려고 경선에 나온 거야." 그 순간 장철희 측의 명진수도 깊은 고민을 하고 있었다.

일요일 오후 4시 30분이 됐다. 30분 후면 대전지역 경선 결과가 발표된다. TV 아나운서의 멘트가 나온다.

"안녕하십니까? 잠시 후 5시면 민권당 충청지역 경선의 개표결과가 발표됩니다. 자유 투표를 통해서 대전 2곳, 충청지역 각 군에 한 곳과 각 시당 한 곳에 마련된 전자 투표소에 원하는 사람은 누구나 투표를 하였습니다. 정당

역사상 처음으로 실시된 이번 결과에 관심이 집중되고 있습니다. 그러면 중계차가 나가 있는 대전체육관을 불러보겠습니다.

대전체육관 리포터: 예, 지금 결과를 발표하려고 하고 있습니다.

1987년 봄, 진영이 별채로 내려와 월산댁에게 묻는다.

"있어요?"

"누구? 아, 우리 강산이 안에 있지. 오늘은 집에 좀 붙어 있구나. 왜?"

"아빠가 찾아요."

"그래, 강산아, 회장님이 부르신단다."

진영이 사라지고 약간은 투덜거리듯 월산댁은 남편에게 말한다.

"지가 직접 말할 것이지. 쟤가 어려서는 강산이랑 친하게 잘 지냈는데. 어휴 참, 내가 강산이 제쳐두고 지 먼저 맥여서 키웠건만."

그런 강산 모의 푸념을 이주태는 모른척하고 큰 기침을 한다. 장기준 회장이 강산을 앉혀놓고 물었다.

"그래, 학력고사 결과가 나왔다고?"

"예."

"시험을 아주 잘 봤다던데……. 학교는 어디로 갈 거냐?"

"방송통신대에 갈 겁니다."

"뭐? 그 점수면 서울대 상위권을 가고도 남을 텐데. 등록금이 걱정이면 내가 대주마."

"등록금 때문이 아닙니다. 전 방송통신대가 좋습니다. 여러 과를 다녀도 부담이 없어서요. 그리고 만날 학교에 안 가도 되고요."

"부모님이 실망하실 텐데."

"다 말씀드렸고 이해하셨습니다. 만약 저를 도와주시고 싶다면 한 학기 등록금은 제 용돈으로 잘 받겠습니다. 지금 배우고 있는 게 많아서요."

"그래, 뭘 배우는데?"

"하모니카도 배우고, 기타도 배우고, 피아노도 배우고, 미 문화원에서 영어도 배웁니다. 곧 분장도 배울 겁니다."

"알았다. 그래, 참 뭐든지 열심히 하는구나. 내 도와주도록 하마. 니가 태어날 때부터 내가 봐왔는데 그 정도를 못해주겠냐?"

"감사합니다."

태식은 서울대 사회체육학과에 갔다. 태식의 입학식 후 태식 아버지와 태식 그리고 강산이 고급 중식당에서 만났다. 태식 부가 기분 좋게 한잔하고 말한다.

"강산이 이제 술 해도 되제? 한잔 받아라."

"네. 아저씨."

"너도 나한테 아부지라고 해라. 이놈 사람 만든 게 너 아니니? 우리 집에서 같이 공부한 덕에 서울대도 가게 해줬고. 근데 왜 넌 정상적인 대학에 안 가고 방송통신대 같은 데를 가니?"

"나름 장점이 있습니다. 거기서 잘해보겠습니다."

"그래, 알았다. 너라면 뭐든지 잘할 기다."

"아버님께 태식이에 대해 부탁드릴 것이 있습니다."

태식은 입학도 하기 전에 서울대 총학생회를 찾아갔다. 덩치가 큰 태식을 보자 한 여학생이 존댓말을 한다.

"어떻게 오셨어요?"

"총학생회에서 일을 해보고 싶습니다."

태식이 큰소리로 말했다. 안쪽에서 일단의 남학생 무리들이 나왔다.

"너 누구 후배냐?"

"아는 선배 없습니다."

"그런데 그냥 해보고 싶다고?"

태식이 다시 한 번 우렁차게 말한다.

"예."

안에서 학생들이 키득거리며 그중 어느 학생이 말한다.

"야, 자생적 빨갱이로구만. 포섭되지 않은 오리지널이다. 와하하."

남학생들과 태식 그리고 강산이 모여앉아 이런저런 얘기를 나눈다. 한 남학생이 강산과 태식을 쳐다보며 물었다.

"총학 생활은 많이 힘들다. 그런데 입학도 하기 전에 일을 하겠다고 오는 놈은 첨 봤다. 근데 넌 누구냐?"

강산을 쳐다보며 묻는다.

"태식이 친굽니다."

"이 학교 학생이냐?"

"아닙니다. 방송통신대학교 신입생입니다. 제가 태식에게 권했습니다."

일순간 남학생들의 얼굴이 굳어지더니 수군거리기 시작했다. 강산이 수군거리는 사태를 해결할 생각으로 급히 제안한다.

"제 신분증 보여드릴까요?"

"그럽시다."

강산이 먼저 빨리 이어나갔다.

"제가 프락치 같아 보이십니까? 제 신원은 확실합니다. 정 그렇게 의심스러우시면 옆에 놓고 보시죠?"

총학생회의 학생들이 일제히 놀라 말한다.

"뭐어?"

"친구를 가까이, 원수를 더 가까이 그런 말이 있잖습니까? 옆에 두고 보면 금방 의심이 풀릴 것이고 그리고 의심이 가면 저를 이용하면 되는 것 아닙니까? 그 정도 역량이 안 된다면 서울대 총학생회가 아니잖습니까?"

일순간 좌중은 웃음을 터뜨린다. 그중 누가 강산에게 질문을 한다.

"그래 너 잘하는 거 뭐 있냐?"

"운전하고 피아노 조금 치고, 하모니카 불고, 기타 칩니다. 영어 회화는 미 문화원 다녀서 곧잘 하고 분장도 조금 합니다."

학생 일동이 '우와' 하는데 어째 빈정거리는 투다. 그중 한 학생이 외쳤다.

"야, 날도 따뜻하고 목도 칼칼한데 데리고 가서 같이 한잔하자." 그날 녹두 거린가 어디를 가서 막걸리를 왕창 처먹었다. 강산이 눈을 뜨고 일어나니 어디 여인숙 같은 곳이었다. 강산이 태식을 흔들어서 깨웠다.

"태식아 어떻게 된 거냐?"

"어떻게는. 니가 먼저 쓰러져서 그 선배들이 우리를 여기다 넣어놓고 갔어."

"너는?"

"나는 3시까지 비디오 봤어."

"뭐어?"

"볼래?"

태식이 TV를 틀자 미국산 포르노가 나오고 있었다. 강산과 태식의 따까리 인생은 계속됐다. 쓰라고 하면 쓰고, 붙이라고 하면 붙이고 그리고 정해진 시각에 민중서적 공부하고 그런 생활이 개학 때까지 계속됐다. 태식은 전공이 전공이니만큼 선후배 규율이 셌다.

"강산아, 3월이 되면 나 여기 그전처럼은 못 올 것 같아. 과 선배들하고 하는 게 많아."

"알았어, 내가 다 알아서 따까리를 할게."

밥은 선배들이 사주면 먹었고, 잠은 여기저기 선배 집, 거기서 만난 친구 집, 기숙사 등등 아무 데서나 잤다. 저녁에는 매일 술을 마셨다. 집에는 가끔 들어갔다. 집에 가끔 들어가서 목욕을 하고 옷을 갈아입고 어머니께 용돈을 탔다. 그런 생활이 3개월 내내 계속되었다.

어느 날 저녁, 여느 때와 마찬가지로 총학 사무실에서 담배를 피우며 소주를 마셨다. 그날은 묘하게도 한두 시간 세환 선배와 둘이서만 같이 있게 되었다.

"형은 어떻게 총학활동을 하게 됐어요?"

"휴우, 강산아, 사람이 말이다. 무슨 행동을 할 때 그 근거가 참 유치한 것이다."

"네에, 그렇죠. 뭐 그런 당연한 말씀을."

"하하, 그래그래. 당연하지. 처음 서울대학이란 곳을 입학해서 시골에 계시던 울 아부지하고 서울대학교 정문을 통해 씩씩하게 걸어오는데 시꺼먼 자가용들이 막 스쳐 가드라. 그때의 좌절감과 있는 자들에 대한 분노라고 하는 것은."

한참 말이 없는 세환 선배는 "강산아, 한잔 하자" 하고 죽 들이켰다.

"강산아, 내가 한심하지."

"아닙니다. 제가 방통대에서 심리학 강의도 듣는데 인간 행동의 기저에는 모두 시기심이 숨어 있대요. 그게 나쁜 것은 아니잖아요?"

"어쭈, 이강산! 이 형 앞에서 아는 척을? 또 한잔해."

잠시 후 세환 선배가 말을 이었다.

"강산아, 넌 괜찮냐? 너 이 학교 학생도 아니면서 우리랑 어울려 지내는 거 괜찮아? 그리고 누가 너를 야시하거나 무시하지는 않더냐?"

"차암 형도. 그래서 내가 방통대 간 거라니까요?"

"뭐, 뭐라고?"

"제가 좀 짜실한 대학 다니면서 서울대학교에 알짱거리면 그럴 수도 있겠죠. 하지만 내가 방통대생이라니까 '아, 쟤는 사연이 있나보다.' '곧 서울대 오려나보다.' 다 이렇게 생각한다니까요. 저도 잔 머리 엄청 잘 돌아가요."

"으하하 그러냐? 내가 너한테 졌다. 니가 내 선배 같다. 또 한잔 빨자. 마셔라 강산아!"

잠시 후 강산이 드디어 궁금한 것을 물었다.

"근데요, 그 전설의 김준석이란 사람은 어떻게 만나볼 수 있죠?"

"수배된 선배는 정해진 사람만 만날 수 있어. 누가 프락치인 줄 알 수 없으니까. 그리고 우리끼리도 경호원이 다 있어."

어느 날 어떤 선배가 찾아오고 선배들 몇이서 심각한 얘기를 하고 있었다.

"준석이 형이 한영대 집회에 올 수 있을까? 지금 명동성당에 있는데 전달하기도 힘들어."

"전달한다 해도 빠져나오면 바로 잡힐 텐데."

"전화는 역시 안 되겠지?"

고향이 광주인 선배가 역정을 내면서 말한다.

"아따, 웬수야. 그걸 말이라고 씹냐?"

"신부님들은?"

"그것도 안 돼. 블랙리스트 신부들은 다 짭새들한테 파악되어 있어."

"일반 신부 중에 설득할 사람 없어?"

"신부들도 사람이야. 우리를 이해는 해줘도 같이 손 담그는 주저하지."

강산은 그 근처를 맴돌다가 끼어들었다.

"제가 모시고 나올 수 있을 것 같은데요."

어떤 선배가 짜증을 내며 나무랐다.

"야 인마, 너 왜 끼어들어?"

"데리고만 나오면 되나요? 방법이나 얘기를 들어봐야 하지 않겠습니까? 제 짐만 그 안으로 전달해준다면요 가능합니다."

이틀 후 일요일. 강산은 염색을 하고 가방을 하나 메고 명동성당으로 들어간다. 성당 앞 입구 20여 미터 전에서 전경을 대동한 약간 계급 높은 경찰로 보이는 사람이 강산을 막아섰다.

"신분증 좀 봅시다."

"예에."

학생증을 꺼내주었다.

"가방도 좀 봅시다."

강산의 가방에는 공동번역 성서 한 권과 무스와 헤어드라이어가 들어 있었다.

"신자시오?"

"인제 되려고요. 엄마가 하도 성화라서."

"그 나이에 방통대를 다니요?"

"전문대보다 낫다고 해서요."

"들어가쇼."라고 말하고 들여 보내준다.

강산은 등 뒤에서 그 경찰이 하는 소리를 듣고 안심했다,

"데모하는 새끼들보다도 한심한 놈."

강산은 성당 안으로 들어갔고 어떤 사람이 다가오더니 큰 소리로 반겼다.

"강산아, 드디어 왔냐? 엄마 말씀대로 주일에는 앞으로 꼭 나오거라. 얼른 들어가자." 하더니 강산을 어디론가 데려갔다. 이리저리 꼬불꼬불 계단을 내려가고 나서 비상구 문을 여니 또 문이 하나 있었다. 그리고 나서 강산을

어떤 사람 앞으로 데려갔다. 방에서는 담배 냄새가 진동했다.

"너냐?"

"네?"

"날 데려가려고 파견된 사람이."

"네에."

"나를 어떻게 데리고 나갈래?"

"아주 구태의연한 방법으로요. 제 가방은 어디 있습니까?"

"여기 있다."

강산은 혀를 내둘렀다. 이걸 여기까지 전달하다니.

"분장을 배웠다면서. 어디 해봐라."

"아뇨, 분장 안 할 거예요."

"뭐어?"

"그냥 저랑 자연스럽게 예배를 보고 나가요. 경찰들이 분장한 모습을 못 알아볼까 봐요? 저 같은 아마추어들이 하면 더 그렇겠죠?"

"뭐어?"

"그리고 도처에 프락치가 있다면서요? 노인 분장하고 나가는지 정보가 샐 수도 있어요. 그래서 살짝 연막도 친 거구요."

"너어?"

"자연스럽게 사람들과 섞여 나가서 돈가스 집에서 돈가스 먹고 가요."

"만약 입구에서 경찰이 알아보고 잡으려고 하면? 그러면 어떡하냐? 대답 해봐라 엉? 그러면 어떡해?"

"그러면요 형, 좆나게 뛰세요."

"허허허. 어처구니가 없구나."

강산은 준석을 따라 예배당 안에 앉았다. 강산은 준석을 따라 미사 보는 시늉을 하였다. 둘은 미사가 끝나고 서두르지 않고 다른 사람과 섞여 나왔다. 강산은 일부러 아까 그 경찰의 눈앞으로 지나갔다. 그 경찰은 강산을 알아보는 것 같았다. 그리고 준석은 아예 쳐다보지도 않는 것 같았다. 성공했다. 그리고 돈가스 집에 앉아서 안심가스 두 개를 시켰다. 잠시 후 준석이 도착하였다.

"너 내가 못 오면 어떡하려고 그랬어?"

"두 개를 다 먹으려고 했습니다."

강산과 준석은 돈가스를 하나씩 먹고 4호선 명동역에서 지하철을 탔다. 준석은 한성대입구역에서 내리더니 누군가를 만났다. 그리고 모인 사람들은 강산을 데리고 무슨 찻집인지 술집인지 모르는 곳으로 들어갔다.

"교문 앞은 완전봉쇄야. 들어갈 수가 없어."

"지하철 입구로 한꺼번에 나와 밀고 들어가면 좋은데 그 많은 수가 어떻게 타고 내리고 하냐?"

화장실에서 강산이 준석에게 말한다.

"저, 형. 가능한 방법이 있을 것도 같아요."

한 무리의 학생들이 지하철선로를 뛰어서 지하철역 밖으로 쏟아져 나온다. 그리고 전경들을 밀고 교문 안으로 들어간다.

1987년 6월 25일 새벽 한 시쯤 강산의 집 전화벨이 울렸다. 이 시간에 다급히 온 전화라면 준석에게 온 것이 확실했다. 준석은 그 전화를 받고 한참을 서 있었다. 강산과 강산의 부모님이 준석을 쳐다보고 있다는 것을 안 준석은 그제야, "일어나셨어요? 죄송합니다." 하고 강산의 방으로 들어갔다.

"강산아, 6월 항쟁이 묘한 방향으로 끝날 것 같다. 우리 집에 청와대 쪽에 계신 분이 연락이 왔다. 얼마 안 있어 노태우가 시국 수습 선언을 할 거라는

구나."

"그게 꼭 좋지 않다는 것이죠?"

"그렇지, 두고 봐라. 강산아, 노태우는 이렇게 하고 대통령선거에 나올 것이다."

준석은 잠을 자지 못했다.

"형, 자요? 그럼 수배 중인 형들은 어떻게 되나요?"

"일부는 사면될 것이고 일부는 불구속, 구속되겠지만 곧 다 풀어줄 것이다."

"한마디로 맥이 풀리는 것이네요."

"그렇지."

둘이서 한동안 아무 말 없이 누워 있다가 강산이 묻는다.

"형, 앞으로 노태우란 사람이 중대 발표할 거라는 것을 아는 사람은 거의 없겠죠?"

"그렇지, 연락해준 분도 청와대 비서실에 계신 분이거든."

"형, 지금 수사기관에 어떻게 잡힐지 고민하고 계시죠?"

"그래, 잘 봤다."

"저한테 획기적인 방법이 떠올랐습니다. 제 말대로 하시죠. 일단 주무세요."

새벽 6시쯤 되어 강산이 전화를 걸더니 떠듬떠듬 영어로 누구랑 대화를 한다. 강산이 부모님 방에서 아버지 허리춤에 있는 자동차 키를 꺼내온다.

"형, 나가요."

강산은 준석과 차고로 내려가다가 잠깐 멈춰서 준석에게 나지막이 말한다.

"형, 저 잠깐만 기다리세요."

강산은 본 저택으로 간 뒤 5분 정도 있다가 내려왔다. 그리고 주인댁 차를 몰고 성북동 길을 내려왔다. 월산댁이 차 소리를 듣고 남편에게 말한다.

"어? 여보! 저거 차 나가는 소리 아녜요? 사장님 지금 미국에 계시고 당신이 여기 있는데 누가 몰고 나가죠?"

"여보, 그냥 있어. 강산이가 내 키를 훔쳐 갔어. 우린 모르는 거야."

"괜찮을까요?"

"우리 강산이가 뭐 대책 없이 일을 벌이지는 않았잖아."

강산은 광화문을 지나 안국동 미국 대사관 앞에서 차를 멈추었다.

"형님, 역시 이 차는 경찰들이 무사통과시켜 주는군요."

강산이 경비와 뭐라 대화를 하고 안으로 들어가자 파란 눈의 외국기자 몇 명이 미리 진을 치고 있었다.

"형님, 띠 두르십시오. 형님은 외신기자들하고 기자회견을 하고 종로경찰서에 잡혀가는 것입니다."

"뭐?"

강산과 준석이 차에서 내리는 순간부터 외신기자들은 사진을 찍어대기 시작했다. 준석이 외신기자들을 향해 부르짖으면 강산은 그 톤 그대로 통역했다. 그리고 낮은 소리로 '형, 길게 얘기하지 마요.'라고 부탁했다.

"나는 한국의 민주주의가 말살되는 상황을 세계에 알리러 왔다."

"I came here to inform to the all of the world that the democracy in Korea is dead."

"나는 한국의 전국대학생협의회 회장이다."

"I am the chairman of korea university student union"

"내가 체포되더라도 구속된 한국의 양심수는 석방돼야 한다. 그리고 DJ와 YS 등 야당인사들은 사면되어야 한다."

"Even if I must go to the prison, all the prisoners in conscience of korea must be free. and including DJ and YS all the opposition parties must be out of guilty legally"

강산은 단어가 맞는지 표현법이 맞는지 모르지만 생각나는 대로 막 통역했다. 질문을 받는 시간이 되었다. 영국기자가 장황하게 물었다. 강산은 통역을 할 수 없었다. 강산은 준석을 향해 물었다. "지금 심정이 어떠냐고 묻습니다."

"저는 곧 감옥으로 가겠지만 한편으로는 기쁘기도 합니다. 대부분의 한국인들이 군사정권을 거부하며 민주주의를 위해 싸우고 있다는 것을 전 세계가 알게 됐다고 생각하니 가슴이 벅차오릅니다. 저는 앞으로 어떤 육체적·정신적 고통이 오더라도 제 한 몸을 바쳐 한국의 민주 회복을 위해 희생하겠습니다."

강산이 대답했다.

"I'm fine. thank you."

외신기자들 사이에서 웃음이 터져 나왔다. 강산은 준석과 자동차 보닛 위에 걸터앉아 사진을 찍었다. 걸어서 대사관 밖으로 나오니 이미 경찰들이 진을 치고 있었다. 강산은 준석보다 천천히 걸어 나오면서 미 대사관 경비에게 말했다.

"Please send that car to Chang Young Kil, boss of Daehan Group. you know? and say to him that I am very sorry."

강산은 경찰로 보이는 사람 둘이 준석을 좌우에서 붙잡고 차에 태우는 것을 보았다. 강산도 경찰들이 붙잡아 경찰차에 태웠다. 경찰차는 종로경찰서로 들어갔고, 잠시 후 어떤 사람들이 승용차에 준석을 먼저 태우고 갔고, 강산은 다른 차에 태우고 어디론가 갔다. 강산이 승용차에 타자마자 양쪽의 남자들은 팔짱을 끼고 눈을 가렸다. 차가 멈추고 한참을 걸어 어디론가 들어갔다. 눈을 풀자 한 남자는 앉아 있고, 한 남자는 서서 강산을 노려보고 있었다.

"옷 갈아입어."

강산이 머뭇거리자 다른 남자가 또다시 소리쳤다.

"이 새끼가 귓구멍에 좆 박아 놨나? 갈아입으란 말이야, 새끼야."

강산은 주섬주섬 갈아입었다. 강산이 갈아입는 동안 다른 남자는 탁자를 한편으로 치우고 있었다. 그리고 느닷없이 몽둥이가 내려쳤다. 아픔이 아니었다. 숨을 쉴 수 없었다. 이 세상에 자기와 두들겨 패는 저 두 사람만 있는 느낌이었다. 이대로 죽어도 아무도 모르겠구나 하고 강산은 생각했다. 한참을 그렇게 정신없이 맞고 있는데 문이 열리고 갑자기 두 사내가 나갔다. 뭐라고 자기들끼리 수군거리는 것 같았다. 그리고 다시 들어와서 강산을 캄캄한 유치장 같은 데다 가두었다. 그러고는 며칠을 내버려 두었다. 식사는 시간이 되면 갖다 주었고 모포는 두툼하게 주어 춥지는 않았다. 그리고 어느 날 아침, 집에 데려다 주었다.

강산은 별채 대문의 초인종을 누르고 놀라서 묻는 부모님의 말에 대답하지 않고 그대로 잠이 들었다. 강산이 깨어났을 때 TV에서는 노태우의 6.29 선언이 보도되고 있었고 영웅이 되어버린 준석에 관한 방송도 내보냈다. 강산은 그 뒤로 일주일 동안 누워 잠만 잤다. 진영이 다시 별채로 찾아왔다.

"저기, 있어요?"

"강산이 아직 누워 있는데, 왜 사장님이 찾으셔?"

"아뇨, 할아버지가 오셨어요."

대한그룹 장 회장이 소파의 가운데에 앉고 강산은 장기준 사장과 마주보며 앉았다. 진영과 진영 모는 떨어져서 보고 있었다.

"그래, 어떻게 그런 간 큰 생각을 했드나?"

"두 가지 일을 한꺼번에 처리하고 싶었습니다."

"두 가지 일?"

"준석이 형을 영웅으로 만들고 회장님의 신차를 광고해 드리는 거요."

"우하하하, 그래?"

"왜 김준석이를 영웅으로 만들고 싶었는데?"

"그 사람은 큰 인물이 될 것 같았습니다. 그런 사람을 영웅으로 만들어놓으면 저한테 도움이 될까 해서."

"그리고 내 차는 왜?"

"그동안 지낸 것에 대해 사장님께 고마운 마음이 있었지만 그래도 회장님을 도와 드리는 게 저희 가족한테 나을 것 같아서요."

"도대체 니가 뭘로 날 도왔다는 것이냐?"

"회장님의 새 차가 전 세계로 홍보가 됐지 않았습니까? 회사 홍보팀 사람들도 바보가 아니니 그 효과에 대해서 제대로 회장님께 전달했을 겁니다."

"와하하~ 그래, 그렇다면 내가 너희 가족한테 뭘 해줄까?"

"저희 아버지께서 이제 나이가 드셔서 진영이 아버님 일 도와드리기가 힘겹고 사장님도 불편하실 겁니다. 88올림픽을 맞이해서 서울에 모범택시를 만든다고 하니 회장님이 프라임 한 대를 아버지께 주셨으면 합니다. 그리고 또……."

"뭐 또?"

"회장님께서 대기업은 중소 규모 아파트 입찰에 참가하지 못하게 하니까 계열사가 아닌 것처럼 만든 회사가 있잖습니까?"

"뭐?"

"대한개발의 아파트 한 채를 저희 부모님께 주셨으면 합니다."

"아 하하하, 그래 알았다. 주마, 줘! 그리고 아파트 안에 들어가는 것도 채워주마."

장 회장은 회사로 들어가는 차 안에서 연신 기분 좋게 웃고 있었다.

"회장님, 아주 기분이 좋으신가 봅니다."

기사가 조심스레 묻는다.

"그럼, 당연하지, 저런 인물을 보고 어떻게 기분이 안 좋을 수 있겠냐? 그런데 어디서 저놈을 많이 본 것 같다."

그러더니 장 회장은 고개를 갸웃거린다.

일요일 오후 5시, 민권당의 첫 경선 결과가 발표되었다.

사회자 김형주: 그럼 지금부터 민권당 대선 후보 충청지역 경선 개표결과를 말씀드리겠습니다. 기호 1번 김준석 후보 총 9만8천 6백3십 2표 중 3만9천 9백4십 3표(와아~ 김준석 김준석 김준석), 기호 2번 장철희 후보 총 9만 8천 6백3십 2표 중 3만8천 8백9십 4표(와아~ 장철희 장철희 장철희), 기호 3번 이강산 후보 총 9만8천 6백3십 2표 중 1만9천 7백9십 5표(우와~ 와아~ 이강산 이강산 이강산) 이강산의 예상 밖의 선전이었다.

장철희 캠프에서는 보좌관들이 경선 결과에 대해 분석하였다.

"이강산의 팬이 의외로 많았습니다."

"이강산이 우리 표를 가져간 것일까요?"

"아닙니다. 장철희 것을 가져갔다기보다는 이강산의 유머와 기발함에 관심을 가져주는 사람들이 나타났습니다. 이강산의 효과는 김준석에게나 우리에게 비슷한 효과를 줬습니다."

"그러면 패인이 뭘까요?"

"역시 김준석은 TV토론의 달인입니다. 우리 후보자님이 부족했던 것이 사실입니다. 앞으로 TV토론을 연습한다면 우리가 승리합니다."

명진수는 낙관하는 보좌관들 사이에 앉아 이틀 전 금요일 밤 조경덕과의 통화를 떠올린다.

"조 대변, 이강산은 낼 토론을 어떻게 준비하고 있소?"

"준비는 뭘 준비요? 야구 보러 갔습니다."

"뭐요? 야구요?"

"대책회의 한 번 안 했어요. 글고 낼 알아서 대전까지 갈 테니 우리더러 먼저 가 있으라고 했습니다.""뭐라고? 어처구니가 없구만. 혹시 조 대변과 내가 접촉하는 것을 눈치 채지는 않았소?"

"눈치 채고 말고가 없어요. 우리 캠프에 있는 사람들이 당연히 다른 사람 만날 거라는 거 다 알아요. 다른 사람과의 인간관계도 있는 거람서. 그래놓고 연막을 치는 것도 아닙니다. 하여간 그냥 자기가 평소 하던 대로 하고 다녀요. 그리고 어디 가서 자기가 한 얘기를 해도 된다고 하고요. 단, 자기가 하지 않은 소리는 하지 말라고 부탁을 합디다. 이렇게 은밀하게 전화 안 하셔도 됩니다. 담부터 편하게 하세요."

명진수는 이강산이 도무지 파악이 안 됐지만 그냥 무시해버리고 자기가 준비한 카드를 꺼내 들었다.

김준석 캠프에서는 전날과 달리 표정이 밝아졌다.

"후보자님! 이강산이 선전한 덕에 장철희 표를 많이 가져갔습니다."

"충청에서는 박빙의 2위로 예상했는데 잘된 거야."

"맞아, 우리 표는 뺏긴 게 없어. 이강산이 장철희 것을 훨씬 많이 가져갔어."

그날 밤 강산은 태식, 조경덕과 술을 마셨다.

"술, 담배를 안 하려야 안 할 수가 없네요. 앉으세요들. 오늘은 한 잔해야 하지 않겠습니까? 거, 조 대변은 성인병이 있으시니까 빠지시던지."

"뭔 소리, 나도 줘."

그러고 나서 강산은 조용히 말한다.

"장철희 측에서는 저를 신경도 안 쓰고 준석이 형을 물어뜯는 뭔가를 내어놓을 겁니다. 뭔가를."

태식과 조경덕은 강산이 한 말을 그대로 김준석과 장철희 캠프에 전달했다.

이틀 후 모 일간지를 필두로 김준석 후보의 부인에 관한 기사가 났다. '김준석 후보 부인 미국에서 출생'

'김준석 후보 부인은 장기준 회장의 무남독녀로서 출생지가 미국, 미국 시민권을 얻기 위한 꼼수인가?'

김준석 측에서 기자회견을 했다.

최경호: 김준석 후보의 부인인 장진영 여사, 즉 장기준 회장님의 따님은 미국에서 태어난 것이 맞습니다. 장진영 여사를 출산할 당시 장진영 여사의 어머니—즉, 김준석 후보의 장모—의 가족은 미국으로 이민을 간 상태였습니다. 친정에 가서 아이를 낳고 싶은 것은 옛날부터의 오랜 전통입니다. 이것을 가지고 미국 시민권 운운하는 것은······.

그러나 그 다음날 또 묘한 기사가 터졌다.

'41년 전 성북동 새벽의 업둥이 사건'

'41년 전 성북동 장기준 회장—당시는 사장—집으로 업둥이를 데리고 들어간 것을 본 주민이 있다고 한다. 그 사람 말로는 새벽 1시쯤 뒤늦은 귀가를 하던 도중에 웬 아이가 장기준 사장 집 앞에 있었다고 한다. 그리고 얼마

후 장진영 여사가 태어났다는 이야기를 들었다고 한다. 과연 장진영 여사는 업둥이인가?'

김준석이 처가에 왔다. 진영 모는 화가 나서 준석에게 따지듯 다그쳤다.

"김 서방, 이게 어찌된 일인가? 우리 진영이가 업둥이라니?"

"일고의 가치도 없지만 해명은 해야 합니다. 집사람을 미국에서 낳아서 데려왔다고 하셨죠? 그 당시 탑승기록이 남아 있을까요?" 장기준이 차분하게 대답한다.

"내 알아봤네. 신생아는 그냥 타서 기록이 없어. CCTV도 없을 때고."

"할 수 없습니다. 유전자 검사를 하시죠. 가능한 한 빨리 결과를 내달라고 하구요."

그때 진영 모가 기억을 되살리면서 말한다.

"근데 진영이 낳고 여기 왔을 때 그런 소문이 좀 있었어. 그래서 난 강산이가, 참 이강산 후보지. 그 사람이 첨에 업둥이가 아닌가 했지."

장기준 회장이 부인의 말을 이어서 계속 말한다.

"그런데 그것은 말이 안 되는 게 강산이 엄마가 젖이 너무 잘 나와서 진영이까지 먹여주지 않았는가? 그리고 내가 소개해준 6촌 장박사도 건강한 사내아이를 낳았다고 하고."

"여기는 그전에 업둥이를 많이 버렸던 동네예요. 그때는 빈부차가 더 심했을 때니까. 하지만 다들 입양기관에 보냈지."

강원지역 토론회와
1987년 대통령 선거

대전 토론회 일주일 후인 토요일, 강원지역 TV토론회가 열렸다.

사회자: 안녕하십니까? 김국현입니다. 이번 강원지역 민권당 후보 경선 TV 토론의 사회를 맡게 되어 무한한 영광으로 생각합니다. 우선 간단하지만 의미 있는 질문을 드려보겠습니다. 과거 대통령들은 임기를 상징하는 구호가 있었습니다. 보통사람의 시대, 문민정부, 국민의 정부, 참여정부 혹시 후보자분들은 어떤 구호가 있으십니까?

장철희: 저는 재도약의 시대라고 부르고 싶습니다. 그동안 대한민국 경제는 발전에 발전을 거듭해 왔지만 최근 많이 침체되었습니다. 그렇게 된 데는 정치가 한몫을 하였습니다. 저는 선진적인 정치, 안정된 정치를 이루어 대한민국의 성장 잠재력을 극대화하여 한 단계 도약하는 대한민국으로 만들겠습니다. 저를 국민이 지지해주신 가장 큰 이유는 IT기업으로 성공한 경력 때문이라고 믿고 있습니다. 저는 토목공사의 시대를 끝내고 IT 강국의 시대, 새로운 패러다임의 시대를 열어 한 단계 도약하는 선진한국을 만들겠습니다. 한마디로 지금보다 잘살게 만들어 드리겠습니다.

지지자들뿐만 아니라 방청석 전체에서 박수가 터져 나왔다.

김준석: 저는 살맛나는 대한민국으로 정했습니다. 이 이상 무슨 말이 필요합니까? 살맛나는 세상은 가능합니다. 어떻게 이 김준석이 살맛나게 해줄까

궁금하시죠? 저를 뽑아주시면 알게 됩니다. 저 김준석과 민권당이 해내겠습니다."

웃음과 함께 더 큰 박수가 터져 나왔다.

이강산: 저는 조용한 대통령의 시대라고 하겠습니다.

방청객이 웅성거린다.

이강산: 그동안 대한민국의 대통령들은 너무 시끄러웠습니다. 전 조용히 살겠습니다. 사실 그동안 대통령들은 뭔 짓을 하려다가 문제가 많았습니다.

방청객이 기가 막힌다는 듯 웃는다. 박수 소리도 터져 나온다.

이강산: 저는 총리의 전결 사항이 되는 것은 총리에게 다 넘겨버리고 청와대에서 애나 만들면서 조용히 살겠습니다.

방청객이 또 웃는다. 시청자들도 박수를 치면서 웃는다.

이강산: 개헌이 될지 안 될지 모르지만 그것과 상관없이 대통령의 권한이 많지 않은 상태의 정부를 만들어보고 싶습니다. 사실 우리나라의 정치가 사생결단이 된 데는 대통령의 권한이 너무 큰 탓도 있었습니다. 대통령이 바뀌면 너무 많이 바뀝니다. 이래서는 안 된다고 생각합니다. 그래서 저는 대통령이 되면 임기가 남은 관료를 교체하지 않을 것입니다. 그리고 장·차관도 1년 이내에 교체하지 않을 것입니다.

뜨거운 박수 소리가 나왔다. 집에서 시청하는 시청자도 연신 박수를 쳐댔다.

김국현: 그리고 말이죠. 가십거리이긴 하지만 김준석 후보님, 해명을 안 하실 수 없네요. 장진영 여사가 업둥이라는 소문은 어떻게 된 겁니까?

김준석: 뭐, 일고의 가치도 없는 소리입니다. 곧 유전자 검사 결과가 나올 테니 언론에 공개할 것입니다.

사회자: 기왕 말씀 나온 김에 사모님과의 인연을 말씀해보시죠.

방청석의 최경호가 마음속으로 '됐어!'를 외친다.

김준석: 제가 1987년, 경찰에 잡혀가기 전에 대한그룹 신차 프라임을 타고 미 대사관에서 외신기자를 상대로 기자회견을 했습니다. 그래서 그 차가 세계에 알려지게 됐고 그때부터 집사람의 할아버지 대한그룹 장영길 회장님과 인연이 됐고, 그러다가 집사람과도 알게 됐습니다.

사회자: 왠지 좀 정략결혼 같은 냄새가 풍기네요.

김준석: 당연히 정략결혼이죠. 그걸 말이라고 하십니까? 저와 제 집사람은 정략결혼의 산물인 저희 아들딸과 잘살고 있습니다.

방청석에서 재치 있는 준석의 발언에 다시 웃음이 터졌다. 강산은 아무 말도 하지 않았다. 태식이 혼자 중얼거린다.

'왜 강산이가 말이 없지? 그 차를 몰고 간 것은 강산이었는데.'

TV토론이 끝난 날 밤, 강산과 태식은 독한 위스키를 마셨다.

"강산아, 너 왜 그 이야기를 하지 않았니? 너희 집에 김준석 의원을 숨겨주고 니가 그 차를 몰고 갔잖냐?"

"됐어. 그리고 태식아, 우리 부모님이 장기준 회장 댁에서 운전사와 가정부로 살았다는 얘기는 하지 마. 절대로."

그날 밤 김태식이 김준석에게 몰래 전화를 건다.

"그래 강산이는 끝까지 하겠다더냐?"

"예, 형님."

"그리고 그 얘기는?"

"밝히고 싶지 않은가 봅니다. 제게도 얘기하지 말라고 했습니다."

다음날 일요일 5시, 강원도 원주체육관에서 지역경선 2차 대회인 강원지역 경선 결과 발표가 있었다.

사회자: 지금부터 강원지역 경선 결과를 발표하겠습니다. 그리고 누적 득표수도 말씀드리겠습니다.

1987년, 노태우의 6.29 선언 이후 민주화시위가 전국을 휩쓸었다. 특히 노동 현장에서 일하는 사람들의 직장 내 시위가 많았다. 그전에는 노동운동을 하는 사람들의 조직적·정치적 투쟁이 많았다면 직장 내 시위는 생존권과 결부된 시위가 잦았다. 강산의 아버지는 회사택시 파업 당시 영업을 할 수 없었다. 회사택시들이 영업을 하는 개인택시에 오물을 뿌리는 일이 종종 있었기 때문이다. 그리고 대학가 내에서는 어떻게 87년 말 대선을 어떻게 준비해야 하는지, 누구를 지지해야 하는지에 대해 정말 피 터지는 논쟁이 있었다. NL계가 다수를 차지하는 대학 내 운동권에서는 비판적 지지로서 DJ 지지가 대세였다. 기존 정치권을 불신하는 PD계열은 민중 독자 후보 노선이었다. 이 중 DJ와 YS 후보 단일화 파는 상대적으로 소수파였다. 밤마다 술을 마시면서 선배들은 격론을 벌였다.

"안 돼, YS는 플레이가 더티해."

"뭐 더티? 더티의 기준이 뭔데? 누가 보면 더티한 거고 누가 보면 정치력이다."

"민중 독자 후보 노선파에서는 백기완을 지지하지만 DJ나 YS로 후보 단일화가 되면 단일 후보를 지지할 것이다. 그리고 백기완 씨도 출마를 포기할 것이다."

그리고 선배들과 밤마다 술을 마셨다. 6.29선언 이후 이상하게도 선배들은 돈이 많아졌다. 강산에게 슬금슬금 몇 푼씩 돈을 꿔갔던 선배들도 다 갚아주었다.

"강산아, 밤마다 논쟁을 듣는 것은 좋은데, 이러다가 우리 폐하고 간이 어떻게 되는 거 아니냐?"

태식이 너스레를 떨었다.

"그나저나 선배들 논쟁할 때 준석이 형은 요새 안 나타나네."

"응, 정치권하고 상대한대. 강산이 니 덕택에 완전히 스타가 돼버렸잖아."

"내 덕택은 무슨."

"정치권에서 출마하라고 난리래. 학교에 복학해도 4학년으로 다시 다녀야하고 그래서 아예 정치권으로 빨리 가려나 봐."

"그래, 무슨 당이 제일 유력하대?"

"다들 원하는데 지금 YS랑 DJ랑 도저히 단일화가 안 될 분위기잖아. 준석이 형은 비판적 지지의 대표주자고."

"그러면 DJ 신당으로 가겠네."

강산은 그 무렵 서울대 내의 대선 후보 단일화파인 사회과 정제민과 법학과 기진철을 따라다니면서 행동을 같이하고 있었다. 한 사람은 서울사람, 한 사람은 부산사람이었다. 막걸리를 마시면서 먼저 정제민이 울분을 토해냈다.

"씨벌, 어디든 비주류는 힘들어."

"야, 무슨 뭐 말을 할라캐도 들을라고들 안 하니께네, 강산아, 니 억수로 고생이 많데이. 니도 한잔 받그라. 좆나 빡세제?"

"이제 비주류의 설움을 아시겠습니까?"

"뭐어?"

"저는 이 학교 학생은 아니지만 학생회 사람들하고 많이 어울렸습니다. 지금에야 많이 친해졌지만 아직도 저를 어색해하는 사람이 많습니다."

"무슨? 다들 말이 서울대생이지 제대로 다니고나 있는 사람이 있어? 제적생에 휴학생에 신경 쓰지 마라. 어이, 우리 강산이 동생 한잔해."

그 시각 최경호와 김준석은 또 다른 심각한 얘기를 하고 있었다. 최경호가 먼저 입을 뗀다.

"사실 DJ나 YS나 그놈이 그놈이다."

"모르는 바 아냐. 하지만 어쩌냐? 그래도 지지율이 백기완보다 높은 걸 현실을 인정해야지."

"그러게 말이다. 그러니 골수 PD인 나도 니 말을 따르는 것 아니냐? 나도 욕 많이 먹고 있다. 인마, 그거 알고나 있어?"

"그래 안다, 인마."

"근데 준석아, 그 속모를 놈 있잖냐? 이강산! 요새 뭐하고 다니는지 소식은 들었지?"

"그래."

"나도 첨에는 별것 아니겠지 했는데. 그놈 자보 쓰는 솜씨가 보통이 아니야. 주로 비운동권이 많은 단과대 중심으로 YS 지지 유도를 하고 있어. 니가 한번은 주의를 줘야 할 것 같아."

어느 날 밤, 오랜만에 준석과 태식, 강산이 어느 중국집에서 만났다.

"강산아, 태식아, 술 한잔씩 받아라."

태식이 너무 좋아하면서 준석의 술잔을 받았다.

"영광입니다. 형님."

강산도 공손히 준석의 술잔을 받았다.

"강산아!"

"네, 형님."

"너 왜 요새 후보 단일화 파 애들하고 같이 다니냐?"

"저는 엄밀히 후보 단일화에 찬성하는 것이 아닙니다."

"그럼 뭐야?"

"DJ가 대선에 나와서는 안 된다는 운동을 하고 있습니다."

"너의 논리는 다 알고 있다. 그건 우리끼리 다 정리한 문제야. 그런데 니가

다 정리된 문제를 후단파 애들하고 어울려 다니면서 떠들면 우리의 분열로
비쳐져. 이제 그만해."

"아닙니다. 이번엔 형님 말을 들을 수 없습니다."

태식이 끼어들었다.

"너 그렇게 DJ 출마를 반대하는 이유가 뭐냐?"

"이미 준석이 형이 말씀하셨어."

"아니 뭐라고 하셨는데?"

"전 세계에서 군사정부를 선거로 이긴 사례는 단 한 곳뿐이라고. 칠레였
지. 그리고 나서 미국의 지원을 받은 쿠데타가 일어났어. 지금 운동권은 다
음을 바라보고 있습니다. 재야와 운동권의 제도권화. 이것을 DJ한테 약속받
은 것 아닙니까? DJ는 호남을 잡고 그리고 나서 개혁세력을 결집한다면 확
실한 30% 득표가 있으니 4자 구도에서 자기가 이긴다는 착각을 하고 있고
요. 이 게임은 이길 수 없습니다. 무조건 노태우가 이기게 돼 있어요. 그런
준비도 없이 6.29선언을 했을라고요."

오히려 태식이 민망해서 강산을 다그친다.

"인마, 강산아."

"형님, 이번 대선은 극렬한 지역감정으로 치러질 것입니다. 그리고 내년 총
선에서 DJ 신당이 호남과 수도권에서 발판을 마련하겠지요. 그러나 DJ는 지
역감정의 피해자에서 지역감정의 선동자로 위치가 바뀔 겁니다. 그분의 목표
는 대권이 아닙니까? 그러면 눈앞의 이득은 버려야 합니다."

누가 따라주지도 않았는데 강산은 고량주를 따라 마시고 다시 말을 이어
갔다.

"DJ가 양보해서 이번 대선에 지면 DJ는 대의를 위해 사심을 버린 사람이
됩니다. 대선을 포기하고서 총선 때 신당을 만들어 나온다면 괜찮습니다.

형님, 이번 대선에 DJ는 나오면 안 됩니다."

워낙 강경한 강산에게 준석도 더 이상 말하지 않았다.

"알았다. 그러면 후단파 애들하고 활동은 하되 걔네들하고 우리하고 감정은 상하지 않게 그 선배들 잘 보필하거라."

87년 대선에서 극렬한 지역감정의 후유증을 남기고 민정당의 노태우 후보가 당선되었다. 이듬해 88년 4월에 치러진 총선에서 지역 분할 구도를 남긴 채 여소야대의 국회가 탄생하였다. 김준석은 DJ 신당으로 출마하여 서울에서 당선되었다. 강산이 준석의 소식을 들었을 때 강산은 송추에서 6개월 방위를 하고 있었다. 여름에 88올림픽이 열렸고 국회 청문회가 개최되었다. 5공 비리 청문회에서 노무현이 스타로 탄생하였다.

"기호 1번 김준석 후보 총 8만4천 8백6십 1표 중 3만2천 1백3십 2표."

와아~ 김준석 김준석 김준석.

"기호 2번 장철희 후보 총 8만4천 8백6십 1표 중 3만3천 2백1십 1표."

와아~ 장철희 장철희 장철희!

"기호 3번 이강산 후보 총 8만4천 8백6십 1표 중 1만9천 5백1십 8표."

와아~ 이강산 이강산!

"다음은 누적 득표수를 말씀 드리겠습니다. 총 18만3천 4백9십 3표 중 기호 1번 김준석 후보 7만2천 7십5표. 기호 2번 장철희 후보 7만2천 1백5표. 기호 3번 이강산 후보 3만9천 3백1십 2표."

다음날 온라인에서는 미 대사관에서 기자회견을 하는 김준석의 모습과 더불어 통역을 하는 이강산의 모습이 빠르게 번져 나갔다.

영남지역 경선과 1990년대

영남지역 TV토론을 앞두고 명진수가 장철희를 일대일로 만나 신신당부를 했다.

"영남지역은 장 박사의 지지가 높은 곳입니다. 이럴 때는 변수를 만들지 않는 것이 중요합니다. 무슨 말인지 아시겠습니까? 무덤덤하고 평범한 토론이 돼야 한다는 것입니다. 장진영 여사 업둥이 사건을 더 이상 이슈화하지 말자는 논평은 잘 내셨습니다."

김준석에게도 TV토론 전문가가 조언을 했다.

"후보님은 영남에서 장철희보다 지지도가 낮습니다. 그러니 장진영 여사님 유전자 검사 결과를 언급하시면서 근거 없는 음해의 진원지가 장철희 쪽인 것처럼 말씀을 잘하셔야 합니다. 토론에 변수가 있어야 후보님이 유리합니다."

영남지역 토론회를 앞두고 조경덕이 명진수에게 전화를 걸었다.

"명 선생님, 이번에도 이강산 후보는 연습 안하고 간답니다. 평소 생각했던 것을 얘기하면 된다면서."

최경호에게 김태식도 전화를 하였다.

"형님, 강산이는 이번에도 자기가 평소 하던 말을 하겠답니다. 특별한 준비는 없었습니다."

토요일 저녁 부산에서의 TV토론이 시작되었다.

사회자 이경수: 안녕하십니까? 민권당 대선 후보 경선 영남지역 TV토론 사회를 맡게 된 이경수입니다. 제가 이번 토론의 사회자로 나서게 된 것을 영광으로 생각합니다. 사실 부산에서 TV토론이 열리므로 사회는 대구경북 출신의 연예인이 맡는 것이 형평에 맞습니다만, 제가 막 우겨대고 윽박질러서 딴 사람들이 접근을 못하게 했습니다. 제가 언제 이런 자리에서 사회를 보겠습니까? 만날 이상한 사람들만 보다가 이렇게 정상인들 사이에서 사회를 보니 참 기분이 좋습니다.

와하하하 시청자와 방청객 모두 웃는다. 1시간여 TV토론이 진행돼 갈 때 즈음 강산의 결혼에 대한 말이 나왔다.

방청객 질문: 이강산 후보의 부인이 전 한국당 의원 김민갑 의원의 따님이라고 들었습니다. 사실 그분은 골수 TK에 보수의 원조 격이라고 할 수 있는데, 운동권 출신인 이강산 후보와 어떻게 인연이 됐습니까?

이강산: 보궐선거에 당선된 후 국회의원 회관을 가니 앞방에 김민갑 의원이 계셨습니다. 제 집사람이 김민갑 의원을 도와주러 왔고 오다가다 보니 대화를 하게 되고 술도 한잔하게 되고 손도 잡게 되고 머시기도 하게 되고 거시기도 하게 돼서 결혼했습니다.

TV를 보고 있던 식당에서 한 아줌마가 말한다.

"내 요새 저 이강사이 보는 재미로 산다. 진짜 재밌데이. 낼 가서 이강사이한테 투표할 꾸마."

어떤 남자가 따지듯 묻는다.

"아주마이는 한국당 이은혜 편 아인교?"

"하모, 당연하제. 칸데 지금에사 민권당 경서이고 이강사이가 경선 포기 해뿔믄 이 재미진 걸 못 보잖는교?"

사회자 이경수: 이혼녀란 걸 알았을 때 심정이 어쨌습니까?

이강산: 까악갑했습니다.

이경수: 그래서 어쨌습니까?

이강산: 머시기까지 할 때까지 고민이 많았지만 거시기를 하고 나서 그냥 결혼하기로 했습니다. 이제 보니 내가 집사람을 꼬신 것이 아니라 집사람이 저를 꼬신 것 같습니다.

이경수: 맞습니다. 싸모님 능력 대단하네요.

방청객이 질문한다.

"경북 영곡에서 당선되신 후 총선 불출마를 선언했는데 대권을 염두에 두고 불출마하신 겁니까?"

이강산: 아닙니다. 실은 총선에 나가려고 했습니다. 그런데…….

이경수: 그런데요?

이강산: 저를 도와주신 지구당 위원장이 그동안 너무 고생을 했습니다. 한국당 텃밭인 경북 영곡에서 민권당 선거 운동하느라 물벼락까지 맞았다고 했습니다. 그리고 보궐선거 기간 저를 많이 도와주셨습니다. 총선 당시 분위기가 한국당이 인기가 떨어져 누가 나가도 해볼 만한 상황이었습니다. 그래서 지구당 위원장 이재호에게 양보한 것입니다.

감탄의 박수가 터져 나왔다.

이경수: 아니, 그렇다고 국회의원 자리를 양보하셨다고요?

이강산: 무지하게 쓰라렸지만 어쩌겠습니까? 이재호 씨 사모님이 제가 당선돼도 그렇게 기뻐했는데 남편이 되면 얼마나 좋아할까 해서.

이경수: 혹시 말이죠. 그 사모님과 썸씽이 있으셨습니까?

방청객이 우우 하고 외친다.

이경수: 아니, 이 싸람들이. 이러라고 나한테 사회를 맡긴 거라니까?

이강산: 썸씽이 아니라 썸띵입니다. 발음을 제대로 하십쇼. 이재호 씨는 영곡에서 자라고 나신 토박이였습니다. 그런 분이 그 지역의 국회의원을 하면 저보다 더 잘할 것 같았습니다. 또 자격도 있구요. 그리고 그렇게 자기 몸 안 가리고 저한테 잘하는 걸 보니 지역 주민들한테도 잘할 것 같았습니다.

이경수: 그러면 이재호 씨한테 공천권을 준다고 했을 때 민권당에서는 어쨌습니까?

이강산: 난리가 아니었죠? 사실 김준석 의원님께서 많이 안타까워했습니다.

이경수: 그래서 뭐라고 했습니까?

이강산: 대통령이 돼야 하니 국회의원을 포기해야 한다고 했습니다.

방청객들은 기가 막히다는 듯이 웃는다.

이경수: 김준석 후보 진짭니까?

김준석: 예, 맞습니다.

이경수: 그러니까 이강산 후보는 대통령이 될 줄 알고 국회의원을 포기했단 말이죠? 저는 지금 〈화성인 바이러스〉 사회자로 나온 것 같은 착각이 듭니다. 이강산 의원은 내가 만나본 사람 중 가장 완벽한 화성인입니다.

방청객들은 무슨 개그 방청을 하는 듯 즐거워한다.

이경수: 그리고 이재호 씨가 당선이 되셨죠? 참.

박수가 터진다.

이강산: 저기 앉아 계시네요.

이경수: 이재호 씨 한마디 해주시죠.

이재호: 이강산 의원은 말이죠. 이강사이는 정말…… 내사마―눈물을 흘

191

린다—저노마는 사람한테 감동을 줍니다. 사실 이강사이는 이놈의 정치 풍토에서는 정말 안 어울립니데이. 내 뭐라 말을 하겠는교?

이경수: 지금 이재호 씨는 저 금배지 때문에 너무 감격해하고 있습니다. 얼른 화제를 돌리겠습니다. 사회자는 감정에 복받치게 해서는 안 된다고 PD가 신신당부 했거든요.

한 방청객이 소리친다.

"이강산 의원이 김준석 의원 부인 집에서 같이 자랐다고 하는데 그게 뭡니까? 어렸을 때 주소가 같았습니다."

갑자기 방청객이 웅성거린다. 장철희가 짜증난다는 듯 말을 끊었다.

"다음은 영남지역 관공서 배치에 관한 토론 아닌가요?"

계속 웅성거린다.

이경수: 이게 무슨 소립니까? 이강산 의원, 맞습니까?

이강산: 맞습니다.

김준석도 자제시키려 한다.

"토론이 이런 식으로 흘러가서는 안 될 것 같습니다."

방청객이 더 웅성거린다. "들어봅시다." 하는 말이 곳곳에서 터져 나온다.

이경수: 아, 좀 가만히 좀 있어들 봐요. 확 이러면 나 안 해 버릴 거야. 이강산 의원, 어떻게 된 겁니까? 내 한다니까? 좀 조용들 해요!

이강산: 저희 부모님은 김준석 의원 부인 댁에서 운전사와 가정부로 일했습니다.

이경수: 예에?

이강산: 사실입니다.

일순간 스튜디오가 얼어붙었다. TV를 보던 아까 식당아줌마가 탄식한다.

"음마야, 세상에 그기 어찌 된 기고?"

이강산: 모두 사실입니다.

방청객은 눈물을 흘린다. 한동안 아무도 말이 없다.

이경수: 다음은 한미 FTA에 관한 토론입니다 장철희 후보, 말씀해보십쇼.

장철희와 김준석의 틀에 박힌 얘기가 나왔다.

이강산: 저는 이미 통과된 한미 FTA를 다시 재협상하자고 할 겁니다.

이경수: 그게 말이 됩니까? 이미 통과됐는데.

이강산: 미국이 억지 쓴 게 한두 가지입니까? 뭐, 나는 억지 쓰면 안 됩니까? 국민이 저래 싫어하고, 저래 반대하는데 어쩌겠냐고. 확 엎어버릴 겁니다. 엎은 다음에 미국에서 다시 하자고 하면 빼는 척하다가 다시 해서 우리나라에 확실히 유리하게 하겠습니다. 와하하 어처구니없는 강산의 답변에 박수가 터진다. 잠시 시간이 흐른 후 부산 경제에 관한 얘기가 나왔다.

이강산: 부산이 살아야 영남이 살고 영남이 살아야 경북이 삽니다. 그리고 제가 늘 얘기하던 거지만 지하경제도 경제입니다. 부산 경남에 수출입에 관한 모든 규제를 몇 개만 놔두고 다 없애야 합니다. 규제가 많으면 공무원만 배불립니다.

와~ 함성과 함께 박수가 터진다.

이강산: 그래서 부산하믄 온갖 것이 다 있다. 그래서 니미럴 양성적인 것은 딴 데서 다 하라카고 부산은 돈만 벌믄 된다. 부산은 대한민국의 탈출구다. 불법 체류자도 부산 가믄 살길이 열리고 퇴폐업소도 부산 가믄 살길이 열리고 짝퉁도 부산 가믄 살길이 열리고 그래서 중국의 상하이나 마카오처럼 해야 합니다. 자식교육 제대로 시키고 싶으면 딴 데 보내이소. 부산서는 더럽게 돈 벌 꺼이니께네.

모두가 일어서서 박수를 쳤다. 김준석과 장철희는 당황한다. 최경호가 방청석에서 한탄한다.

"저거야. 저자식이 노리는 게, 말도 안 되는 소리지만 감성에 호소하고 있어. 방청객 분위기에 준석이도 장철희도 반박을 못하고 있어. 저 말도 안 돼는 소리를."

마지막으로 마스크를 동여맨 한 여자가 장철희와 김준석에게 질문한다.

"성매매 여성들을 어떻게 생각하십니까? 이강산 의원의 성매매 여성의 준공무원화에 대한 기고를 읽어보셨습니까?"

둘 다 아무 말 못한다. 마스크 여인이 계속해서 질문을 한다. 질문이 아니라 울부짖음 같은 것이다.

"이강산 의원은 성매매 여성들을 지자체에서 관리하자는 내용의 기고를 많이 하셨습니다. 이강산 의원은 저희들한테 희망입니다. 10년간의 예후를 두고 성매매를 지자체에서 담당하자는 것이었습니다. 제발 그 기고문을 한 번만 읽어보십시오. 존데 가서는 같이 데모도 많이 하시는 잘난 양반들. 저희들 흰 탈 쓰고 데모할 때 유일하게 같이 데모했던 사람이 이강산 의원이었습니다. 여러분이 저희들의 고통을 알기나 하십니까?"

TV를 보고 있던 명진수는 화가 나서 마시던 찻잔을 벽에 던져 버렸다. "도대체 왜 자꾸 이 강산이 때문에 예상하지 못한 일이 벌어지는 거야?" 다음날 일요일 5시 부산 체육관에서 세 번째 지방 경선인 부산 경선에 대한 결과 발표가 이어졌다.

1988년 봄 강산은 아버지의 모범택시를 타고 아버지 어머니와 함께 장기준 회장 댁을 찾았다. 진영은 대학입시 준비로 독서실에 일찍 공부하러 갔고 장기준 회장과 그 부인만이 강산의 가족들을 반갑게 맞아 주었다. 강산의 어머니는 정성스럽게 담근 배추김치와 물김치를 선물하였다.

"장 회장님, 회장님 덕택에 학교를 아주 빨리 갔습니다. 들어주신 김에 부탁 하나 더 들어 주십시오."

"그래, 강산아 뭐 들어줄까? 이제 데모는 그만하고 다녀야지. 데모에 도움이 되는 것 빼고 들어주마."

"저는 신체검사에 상관없이 6개월 방위입니다. 회장님께서 병무청에 힘을 써주셔서 빨리 입대를 하게 해주세요. 전 아직 군대를 갈 나이가 아니거든요."

"그래 그렇게 하마. 뭐 늦게 가겠다는 것도 아니고 그 정도야 내가 강 청장한테 부탁 할 수 있지."

장 회장이 잠시 화장실에 간 사이 강산은 대한건설 비서실에서 올린 자료를 보고 있었다.

장 회장이 다가오면서 얘기한다.

"강산아, 흔히 말하는 노가다 양성 방안이란다. 회사에서 정식으로 건설 노무자를 양성하는 것이지."

"아주 좋으신 생각 같습니다. 한 가지만 빼고요."

"허허허, 그래 어떤 거?"

"무료로 교육시킨다는 부분은 좋지 않은 것 같습니다."

"젊은 애들이 하도 힘든 일을 하지 않으려고 해서 그런 것이다."

"그럴수록 무료 교육을 하시면 안 됩니다. 지원자를 받아서 교육비를 본인이 내게 하십시오. 나중에 취직을 잘 시켜 주시고 월급을 넉넉하게 주시면 됩니다. 미리 교육을 무료로 시켜주면 그 가치를 모르고 때려치우는 사람도 많을 것입니다. 책임을 그 사람들에게 떠넘기셔야 합니다."

장기준은 말이 없이 차를 마신다. 이때 진영모가 끼어들었다.

"진영이 아빠가 대한건설을 맡으셔서 그룹 내 위상이 높아진 건 좋은데 강산이 너 같은 사람들 때문에 아주 힘 드시단다. 건설회사에 오죽 데모가 많니? 너 좀 아주 좋은 방법 없니? 그 사람들 데모 좀 안하는 방법 말이다. 데모는 해도 좋은데 자꾸 시위 장면이 TV에 나오고 머리에 띠 두르고 협상하러 오니까 우리 장 회장님이 고민이 많으셔."

강산이 차를 한잔 마시고 뜬금없는 해답을 내놓았다.

"회장님, 노조에게 노조담당 변호사 임금을 회사에서 지급할 테니 노조에서 변호사는 알아서 뽑고 회사는 그 사람하고만 애기하겠다고 하십시오."

장기준은 마시던 차를 흘리면서 놀란다.

"뭐, 뭣이라고?"

"사실 회장님께서도 그 사람들 임금 좀 올려주는 것이 문제가 아닐 것입니다. 하지만 하나를 들어주면 자꾸 들어줘야 하니 못 올려 주시는 것 아닙니까? 그리고 노조에게 밀린다는 느낌을 노조에게도 주지 않으려고 하시구요. 만약 노조 전담 변호사가 생기면 세상에 시끄럽지 않게 그 변호사와 여러 가지를 타협할 수 있을 것입니다. 그리고 노조도 그리 마다할 일이 아닙니다. 그렇게 되면 외부세력 개입이라는 것 자체가 의미가 없어지고 노동자들에게 북 치고 시위하는 것도 의미가 없어지게 됩니다."

대한건설은 노조 측에 연봉 1억 원짜리 변호사 비용을 대줄 테니 변호사는 알아서 선임하라고 통보하였다. 그후 대한건설의 시위는 눈에 띄게 줄었고 사측과 노조 측이 마주보며 앉아 협상하는 모습도 더 이상 TV에 나오지 않게 되었다. 그리고 얼마 후부터는 돈이 되는 노조 전담 변호사가 되기 위해서 변호사들이 대한건설 노조 간부 앞에서 면접을 보는 진풍경도 연출하였다.

강산의 6개월 방위병 생활이 끝나고 1989년 봄이 왔다. 강산은 서울대학교 도서관에 거의 매일 출근하였다. 이때 강산을 사로잡은 것은 중국의 고

전과 정치 처세학이었다. 강산은 방위병을 마치고 나서 근 6개월 이상 머리도 깎지 않고 수염도 자르지 않았다. 처음에는 방위병 생활 동안의 짧은 머리에 대한 반감도 있었지만 기르다 보니 그럭저럭 멋있는 것 같아서 아예 자르지 않았다. 서울대학교 도서관에 사서가 있었지만 입구에서 신분증 검사를 하지 않았다. 워낙에 휴학이나 자퇴생도 많았고 졸업생도 많아서 그냥 포기하는 것 같았다. 그러나 책은 빌릴 수 없었다. 도서관 통로에 앉아 책을 보다가 누가 잡아놓은 것 같은 자리에서 책을 보았다. 주인이 오면 비켜주려 했으나 나타나질 않아서 강산은 그 자리가 제자리인양 앉아서 고전들을 읽어 내려갔다.

그러던 어느 날 『정관정요』를 읽고 있는데 어떤 여학생이 검지로 책상을 두들겼다.

"저기요, 잠깐 할 말이 있는데요."

선배로 보이는 여학생을 강산은 따라 나왔고, 후배로 보이는 수줍어하는 여학생이 뒤따라 왔다. 선배 여학생으로 보이는 사람이 따져 물었다.

"저기요, 이 학교 학생 아니시죠?"

"예, 아닙니다."

"그러면 그러시면 안 되죠. 서연이랑 제가 거기 만날 앉아서 공부했는데 떡 하니 그렇게 차지하고 계시니까 저희가 갈 데가 없잖아요."

"예, 도서관에 자리가 부족하긴 하죠. 근데 저는 주인이 오면 자리를 비켜드리려고 했는데 아직까지 아무도 안 오셨는데요?"

"그거야 서연이가 착해서 그냥 저한테 딴 데 가서 하자고 해서 그런 거구요. 인제 도저히 못 참겠어요. 이리저리 돌아다니는 것도 지쳤다구요. 그러니 낼부터 비켜주세요."

"알았습니다. 진작 말씀을 하시지. 죄송했습니다."

강산은 그날로 집에 오자마자 머리를 자르고 면도를 깨끗이 하였다. 그리고 백화점에 가서 새 옷도 한 벌 사서 깔끔하게 차려 입고 다음날 도서관에 출근하였다.

강산이 도서 통로에 앉아서 책을 보고 있는데 어제 봤던 여학생 둘이 번갈아 왔다 갔다 하면서 수군거린다. 그러더니 선배처럼 보였던 여학생이 강산의 책을 스윽 내리더니 큰 소리로 소리쳤다.

"그래, 어째 낯이 익다 했더니 이강산! 너 맞구만. 이 웬수! 나다, 나! 박지은이야."

강산도 다시 그 여학생을 보더니 외쳤다.

"어어, 지은이? 그 박지은? 근데 왜 이렇게 인상이 바뀌었지?"

"거야 쌍꺼풀 수술을 했으니까 그렇지."

강산은 소리를 낮춰 말했다.

"야야, 이게 어떻게 된 거냐? 나가자!"

그길로 녹두거리로 나가 대낮부터 술을 마셨다.

"야, 이강산! 학교는 방통대 다니면서 데모는 서울대에서 하고 다닌다고 소문 다 났어. 이야, 너를 이렇게 만나네."

"야, 너는 어떻게 된 거야? 계속 이 학교 다녔니? 태식이가 웬만한 동기들은 얘기 다 했는데?"

"어으 쓰바, 삼수 아녀? 언니, 오빠뿐 아니라 사촌들 모두 서울대 동문이라고 나도 꼭 가야 한다고 해가지고. 온갖 과외 다해서 인제 들어왔다."

"그래, 알았어. 마셔라 마셔."

"아참, 이애 너 몰라? 형석필 동생이야. 형서연. 우리 고등학교 3년 후배여. 대학교 학번은 나보다 하나 아래고." "뭐어? 석필이 동생! 반가워요. 근데 석필이하고 좀 다르시네. 가늘가늘하신 게."

"후배보고 뭔 놈의 존대여. 말 까."

"아무리 그래도 초면에 어떻게 반말을 해? 그지 서연아? 너도 한 잔 해부 러라."

"오메 전라도 사투리를 다 써부라야 잉? 너 서울 태생 아녀?"

"말 마라. 빨갱이들하고 같이 다니다 본께 전라도 사투리가 붙어 부렀다. 운동권 쪽에서는 전라도 사투리가 표준어랑께."

"오메 그래부러 잉?"

"지은아, 그러지 말고 석필이도 부르자. 어학연수 끝내고 한국에 있다고 하던데."

박지은이 "좋제." 하더니 "서연아, 니네 오빠한테 쳐봐라." 하고 말한다. 강 산이 "뭘 쳐?" 하고 신기한 듯 말하자 서연이 무슨 기계를 꺼내어 신호를 보 낸다. 강산이 신기한 듯 다시 물었다.

"그것이 뭐시다요?"

지은이 웃으면서 대답한다.

"삐삐란다. 무식헌 놈."

"지은아 가만 있어봐. 그라믄 태식이도 부르자. 총학사무실에 전화하고 오 께."

"야, 그걸 이제 얘기해? 옛 님이 그리우면 빨리 오라고 해라."

30여 분쯤 후 태식이 막걸리집 문을 열자마자 우렁찬 소리를 지르면서 뛰 어온다.

"어어, 박지은! 오 나의 옛 사랑의 그림자."라고 하더니 지은을 번쩍 들었다 놓는다. 서연은 재미나다는 듯 깔깔대면서 웃는다. 박지은이 몇 잔을 연거 푸 마시고 나서 서연에게 소개한다.

"서연아, 내가 니 오빠하고 고등학교 때 러닝메이트로 학생회장 선거 나가서 만빵으로 깨졌다고 했지? 이놈들이 그놈들이야."

"아, 그럼 오빠 졸업 앨범에 발레복 입고 춤 췄던 사람들이 이 오빠들이에요?"

"그래 바로 그 변태들이다."

잠시 후 형석필도 들어왔다. 서로들 반갑게 인사하고 코가 삐뚤어지게 술을 마셨다. 그 다음날부터 다섯은 어울려 다니면서 밤이면 계속 술을 마셨다. 석필은 차를 가지고 있었다. 술을 잘 마시지 않는 서연은 석필의 차를 운전하여 지은과 태식 그리고 강산을 내려다 주고 둘은 집으로 갔다. 그런 생활이 한 달 여 반복됐다. 어느 날 지은과 태식이 술에 뻗어 있고 서연이 화장실에 간 사이 강산이 석필에게 질문을 하였다.

"석필아, 넌 대학에 와서는 럭비를 안 하고 미식축구를 하나봐?"

"응, 어학연수 가서 미국 애들하고 어울리고 나서부터이기도 하고 또 럭비보다 미식축구가 훨씬 더 까우다시도 있고."

"거럼 까우다시가 중요하지. 거 까우다시 좋지 좋아, 하하하."

둘이서 기분 좋게 한잔을 마시고 나서 강산이 물었다.

"거, 너 말이다. 이 자리에 끼고 싶어 하는 미식축구 동아리 후배들을 왜 그렇게 정색을 하고 쫓아버리니?"

"그 자식들 안 돼. 내 동생한테 너무 집적거려."

강산은 서연이 화장실에서 돌아온 이유도 있었지만 분위기가 이상해서 더 이상 묻지를 않았다. 그리고 그 다음날 술을 또 같이 마시는데 뭔가 분위기가 이상했다. 태식이 지은을 좋아하는 것 같았다. 일찌감치 태식은 술을 먹고 뻗었고 지은이 술주정을 해댔다. 그리고 서연이 훌쩍거리면서 울기 시작했고 그런 서연을 데리고 석필은 미한하다면서 먼저 집으로 갔다. 지은이 혀 꼬부라지는 소리로 말했다.

"강산아, 저 둘 남매 아니야."

"뭐어?"

"궁금하지? 궁금해 죽겠지?"

"아니 안 궁금해. 얘기하지 마."

"저 둘은 완전히 남남이야. 석필이 아버지가 석필이 엄마랑 어려서 이혼하고 서연이 엄마랑 재혼했어. 그러니까 저 둘은 완전히 남남이라구."

"그만해. 더 안 듣겠어. 그만해."

강산은 집에서 쉬고 있는 아버지에게 연락해서 지은을 태워 보내고 태식과는 여관방에서 잠을 잤다. 그리고 얼마간 서연과 석필은 학교에 나타나지 않았다. 그리고 덩달아 지은도 며칠간 모습이 보이지 않았다.

얼마 후 도서관으로 석필이 찾아왔다. 벌써 몇 잔을 마신 것 같았다. 강산은 석필을 데리고 나와서 늘 가던 술집으로 가지 않고 차와 술을 파는 민속주점으로 갔다. 그리고 구석자리에 앉았다.

"강산아, 서연이가 손목을 그었다."

"뭐야? 그래 어떻게 됐는데?"

"다행히 빨리 발견해서 생명에 문제는 없었다."

"그래? 정말 다행이다."

"서연이는 유학을 떠날 거다. 한국에 다시 돌아오지 않겠다고 했어."

둘이는 멍하니 한참 동안 말이 없이 앉았다. 강산이 막걸리를 들이켜고 말했다.

"석필아, 뭐가 어렵니? 제도라는 거 별거 아니다. 널 포기하지 마라."

"좆 까고 있네. 야, 이강산! 너 왜 나를 이렇게 비참하게 만드냐?" "뭐어? 왜 그래? 내가 뭐 잘못했냐?"

"그래, 그래, 니가 잘못한 거 없지. 없어. 서연이가 왜 저렇게 괴로워했는지 아니?"

"그만해라 듣지 않겠다. 그만."

"강산아, 서연이가 괴로워한 것은 말이다."

"안 돼, 석필아! 그러면 안 돼. 스톱. 그만해. 너 지금 입 열면 평생 후회해."

강산은 울부짖는 석필을 뒤로하고 얼른 주점을 빠져나왔다. 그날 밤 집에 있는 강산에게 지은에게서 전화가 왔다.

"강산아, 나 너네 집 앞이야. 야, 여기도 술집 좆나 많네. 나와라. 한잔하게."

지은은 술을 오지게도 쳐마셨다.

"어이, 이강산! 고등학교 때도 여자애들한테 인기가 많더니 지금도 여전해."

강산은 말이 없다.

"처음에는 서연이 옆에 어떤 놈이 생겼으면 했어. 그러면 그 남매의 가슴 아픈 사랑도 물거품처럼 사라질 줄 알았지."

강산이 조용히 말했다.

"지은아, 인연이 될 사람들은 인연이 돼. 나중에 어떻게 될지는 몰라도 지금 이런 추억이 아름다울 수 있어. 아니지. 아름다운 것이야."

"너 언제 알았어?"

"뭘 말이야? 난 몰라."

"서연이가 널."

"그만해! 지은아, 그만하는 거야. 그리고 너도 유학을 떠나. 너네집도 부자라면서 아버지께 유학 보내달라고 해. 글고 우리는 저 두 사람이 잘되길 빌자. 난 제도와 껍데기 때문에 인간의 감정이 손상당하는 게 너무 싫어."

"그럼 내 감정은? 서연이 감정은? 그건 어떡하고. 그 감정이 오래 가면 어떡해?"

"그러면 그때 너는 석필이가 꼴 보기 싫고, 서연이도 내가 꼴 보기 싫을 거야."

"뭔 그런 말도 안 돼는 소리가 있어?"

"인간은 약한 거야, 지은아. 처음에는 자기감정이 우선이지만 나이가 들면서 우리는 약해져. 그러다 보면 자기를 좋아해주는 사람이 좋아져. 그건 남녀를 떠나 다 마찬가지야."

"지랄하고 있네."

"그리고 세월이 지나면 깨닫지. 옆에 있는 별 감동 없는 사람이 귀한 사람이라는 거. 공기 같은 사람이 좋다는 거. 지금의 애달픈 감정은 세월과 같이 사라져버려."

"에라이, 이 영감탱이 같은 놈아."

강산은 택시를 타고 지은을 집에까지 데려다 주었다. 지은이 들어가려다 말고 강산을 불렀다.

"강산아, 니 나랑 사귈래?"

강산은 아무 말 없이 지은에게 다가가서 한 번 꼭 껴안았다.

"잘 자, 인내하고 기다려 봐. 외롭다고 딴 데 가지 말고."

90년 초 민정당과 통일민주당 그리고 신민주공화당이 합당하여 민자당이 탄생하였다. 김준석은 TV토론에 많이 나왔다. 1991년, 강산은 방송통신대학교 수학과와 독문학과를 복수전공으로 졸업하였다. 졸업 후 장기준 회장을 찾아갔다.

"그래 강산아, 이제 뭐할 거냐?"

"이벤트회사를 차려 레크리에이션 사회자를 배출할 겁니다. 회장님도 회사 모임에 돈 비싼 개그맨들 쓰지 마시고 저를 한번 이용해주십시오."

"그래 허허, 알았다. 니가 회사에서 일하고 싶다면 너 정도는 내가 넣어줘도 된다. 낙하산으로 간다고 아무도 뭐라 하지 않아. 그냥 회사에 나와 일을 하지 그러니?"

"말씀 감사드립니다. 저는 지금 하는 일이 좋습니다. 저, 회장님! 저 왕회장님 한번 만나 뵐 수 있게 해주세요."

대한그룹 회장실에 강산과 장 회장이 앉아 있었다.

"회장님! 저 비서실장님을 배석시켜서 같이 말씀을 드렸으면 합니다."

강산이 천천히 운을 뗐다.

"운동권에서 데모했던 사람들이 요새 문화운동을 많이 합니다."

"어쨌든 빨갱이 활동 아니냐?"

"두말할 것 없이 그렇습니다. 회장님께서 그 사람들을 위한 공간을 좀 마련해주셨으면 합니다."

"뭐, 뭐라고?"

"회장님! 운동권과 재벌이 아무리 안 어울려도 그 사람들에게도 간접적으로 세금 내시는 거 알고 있습니다. 이번에 차라리 건물 하나 던져주고 입을 싹 씻어버리십시오. 대학로에 쓸 만한 건물이 있습니다. 지하에는 연극 공연을 할 수 있는 공간도 있습니다. 거기에 사무실도 내고 가게를 낼 수 있도록 회장님이 도와주십시오. 회장님이 그 건물을 사서 문화 공동체 사람들에게 기증하시면 건물 앞에다가 회장님 흉상을 제작해줄 겁니다. 기꺼이 해줄 겁니다."

"허어."

"제가 비서실장님과 같이 동석을 부탁드린 것은 비서실장님께서는 그리

나쁜 생각이 아니라고 생각하실 거라고 예상해서입니다. 회장님 그룹 이미지 홍보비로 얼마나 많이 지출하십니까? 만날 재벌 까부수자고 데모하는 사람들에게 건물을 흔쾌히 기부하시면 이미지가 얼마나 좋아지겠습니까? 정 껄끄러우시면 기부하지 마시고 20년 정도 무료 대여를 하십시오. 그러면 다른 그룹은 몰라도 대한그룹을 함부로 못 깔 겁니다."

강산이 물러나고 비서실장과 홍보이사, 장 회장이 앉아 있다.

"홍보이사 생각은 어떻소?"

"회장님, 아주 좋은 생각이십니다. 그리고 정치권에 교두보도 되고요."

"그럼 해봅시다. 그 사람들 만나서 계약하는 것은 비서실장이 해주시오."

문을 나서며 홍보이사가 비서실장에게 묻는다.

"어이 최 부장, 아까 그놈이 누구라고?"

"이강산이라고 합디다. 장기준 회장 댁의 운전사 아들이라네요."

"뭐어 운전사? 그놈 언제 나 한번 보자고 하쇼."

장영길 회장의 흉상 개막식이 성대하게 열리고 흉상 뒤편 건물에 문화 공동체 사람들의 공간이 생겼다. 강산은 조그만 사무실을 차리고 그동안 운동권 집회에서 많이 만났던 개그 끼가 충만한 선후배들에게 레크리에이션 사회를 연결해주는 매파 역할을 하였다. 그리고 1992년 말, 14대 대통령 선거가 열렸다. 이때 김준석은 운동권 선후배 사이에서 왕따가 되었다. 재야 좌파 단체가 통합하여 출범한 국민연합과의 연대를 극렬히 반대했기 때문이었다. 김준석은 DJ와 DJ 측근들을 설득하고 다녔다.

"지금까지 대통령 못 된 것은 좌파 이미지 때문이었습니다. 이것은 표를 깎아먹는 것입니다. 국민연합과 연대하면 거의 모든 언론은 DJ가 대통령이 되면 공산국가가 될 것처럼 떠들 것입니다."

선거 막판에 이선실 간첩단 사건이 터지고, 부산의 초원복집 사건이 터졌다. 강산은 김준석의 보좌관이 된 김태식과 대통령선거 이틀 전에 만나 술을 마셨다.

"태식아, 이번 선거에서도 DJ는 이길 수가 없다."

"아니 왜? 어느 때보다 가능성이 높아. 여당에게 불리한 초원복집 사건도 터졌고."

"아니, 초원복집 사건으로 오히려 영남 표는 더 결집할 것이다. 그리고 또."

"그리고 또 뭐?"

"국민당 정주영 후보의 선전은 오히려 YS 표를 더 결집시킬 것이다. 어차피 DJ 표는 충성도가 높은 사람의 표다. 결집하고 말고가 없다. 겉으로 봐서 DJ가 유리할 것 같은 상황들은 그 반대의 상황을 연출할 것이다. 준석이 형이 재야와의 연대를 극렬히 반대한 것은 참으로 현명한 것이었다. 재야와의 연대로 색깔론은 다시 등장했다. 이번 선거를 DJ는 절대 이길 수 없다."

"그러냐, 강산아? 후유, 그래도 언론만 최소한 중립을 지켜주었으면 좋겠는데."

"태식아. 그것은 의미 없는 소리다. 인류 역사에서 공정한 게임은 별로 없었다. 지도자가 되려는 사람은 불리한 것을 딛고 일어서야 한다."

그리고 말을 멈추었던 강산이 술을 한잔하고 비장하게 얘기한다.

"그리고 난 개인적으로 DJ보다는 YS에게 기대하는 것이 많다."

"뭐? 뭐라구? 그게 무슨 말이냐?"

"운동권 사람들은 YS의 자질에 대해서 말이 많지만 대통령의 자질은 일반인의 자질로 평가해서는 안 된다. 대통령은 역사의 고비가 되는 큰 사건만 잘 처리해서 국민한테 그 성과를 던져주면 돼. 나머지는 다른 사람들이 하는 것이야."

"역사적 큰 사건? 예를 들면 어떤 것?"

"DJ는 못해도 YS는 군사 정부의 잔재를 싹 쓸어버릴 수도 있어. 그리고 반 공주의자긴 해도."

"해도 뭐?"

"북한 김일성 주석과 남북 직접 대화를 해서 미국과 북한의 평화 회담을 이끈다든지."

1992년 말에 치러진 대선에서 YS가 승리하였다. DJ는 정계를 은퇴하였다. 1993년 초, 아주 오랜만에 준석은 강산에게서 전화를 받았다.

"형님, 저 한 1년 동안 어학연수 갑니다."

"그으래. 어디로 가니?"

"스코틀랜듭니다."

1994년, 북한의 김일성 주석이 사망했다. 남북정상회담 가능성에 관한 소문이 흘러나올 때 즈음이었다. 1994년, 강산이 한국에 돌아오기 한 달 전, 준석은 장기준 회장의 딸 진영과 결혼했다. 어느 날 처가에서 TV를 보고 있던 준석이 기겁을 하였다.

"저거 강산이 아닙니까?"

진영엄마가 끼어들었다.

"저거 탤런트 뽑는 거 아녜요? 쟤가 왜 저기 있대?"

끼와 재치가 넘쳐나는 후보들 사이에서 강산은 어설픈 연기를 선보였고 입상을 하지 못했다. 그 뒤 강산은 오랜만에 부모님과 머물면서 자고 일어나면 영어 입시 교재를 쓰는 데 매달렸다. 그리고 그 책을 들고서 서울 시내 유명 입시학원에 이력서를 들고 직접 원장들을 만나러 다녔다. 젊은 나이,

어학연수 경험, 탤런트 시험 본선까지 갔던 끼와 외모도 학력 앞에서는 무기력하였다. 겨우 합격한 입시학원은 예능계 학생들을 대상으로 한 초등학교에서부터 고등학교 학생까지 가르치는 재학생 학원이었다.

1995년 한 해 동안 강산은 그 학원에서 일했다. 그 학원에서 강산은 미스터 만능이었다. 오후 6시부터 새벽 1시까지 계속 수업을 하고, 시험이 있는 학생들을 과목에 상관없이 미리 예습해서 시험문제를 뽑아주었다. 그리고 외국에서 살다가 온 우리말이 아직 어눌한 학생들에게 영어로 수학을 가르쳐주었다. 학부모들은 강산에게 개인과외를 부탁했지만 집에는 절대 방문하지 않고 학원에서 가르쳤다. 그렇게 해서 학원에서 받는 돈이 얼마인지는 몰랐지만 김 원장은 월급을 백만 원 올려주었다. 어느 날 김 원장이 기분 좋게 들어와서 강산을 불렀다.

"아니, 도대체 이 선생은 얼마를 버는 거야? 영어에, 틈틈이 독일어에 그리고 수학. 요새는 중학교 물상도 가르친다면서? 햐아, 이 선생은 날 너무 잘 만난 거야."

"예, 감사하게 생각하고 있습니다."

"하, 말이지. 얼굴 잘생겨, 실력 좋아. 이렇게 능력 있는 선생도 독한 원장 만나면 쌔빠지게 고생만 하고 돈을 못 벌지. 참, 오늘도 끝나고 한판 치자고."

김 원장은 고스톱을 너무 좋아했다. 자기가 잃으면 딸 때까지 끝까지 치자고 했다. 그리고 돈을 따면 몇만 원만 남기고 돌려주었다. 어느 날은 이런 적이 있었다. 강산이 회였고 선을 잡은 김 원장이 투고를 불렀다. 강산은 비광과 비 띠 그리고 똥 쌍피를 들고 있었다. 김 원장이 투고를 불렀건만 앞에 앉은 정 선생은 비도 똥도 던져줄 줄 몰랐다. 강산이 비 띠를 던지자 김 원장이 비 열 끗으로 비 띠를 먹고 쓰리고를 불렀다. 여전히 정 선생은 똥 하나 던져 줄 생각을 안 했다. 강산은 고민 끝에 똥 쌍피를 던지고 쪽을 하여 한꺼번에 피 다섯 장을 보태 3점이 났다. 김 원장이 놀라서 물었다.

"아니 이 선생! 왜 비를 안 던지고 똥을 던졌지?"

"원장님이 비 쌍피와 열 곳짜리를 들고 일부러 열 곳짜리로 먹은 것 같았습니다. 그래야 내가 원장님이 비 한 장 더 든 것을 의심하지 않고 한 장을 더 던져줄 테니까요. 제가 이런 것에 한두 번 당한 것이 아니었거든요."

정말 그랬다. 김 원장은 비 쌍피를 들고 있었고 똥은 없었다. 김 원장이 탄식하면서 외쳤다.

"우와 이 선생. 이제 나보다 더 잘 치네."

강산은 이런 고스톱을 왜 치자고 하는지 이해가 안 갔지만 거의 매일 선생들이나 김 원장과 어울려서 고스톱을 쳤다.

1995년 여름, 김 원장과 이강산은 어느 여고 이사장실을 방문하였다.

"아, 이분이 그 이강산 선생님이세요? 아직 총각이시라고 그랬죠? 총각인데다 잘생기기까지. 우리 학생들이 참 좋아하겠네요."

김 원장은 등에서 뭐가 기어가는 느낌이 들 정도로 그 이사장에게 굽실거렸다.

"그럼요. 이 선생은 잘해낼 겁니다."

이사장이 부드럽지만 단호한 톤으로 얘기했다.

"우리 학교는 아직 전교조 선생이 없지만 암암리에 활동하는 사람들이 있어요. 그 사람들이 혹시 이 선생님한테 접근하면 꼭 내게 연락을 주셔야 합니다."

이강산은 그 여학교에서 한 번도 공부한 적이 없는 생물을 강의하였다. 어려울 것은 없었다. 미리 예습을 하고 그 당시 학교에서 거의 없어져버린 교과서 읽기를 시켰다. 가끔씩 룰라 노래를 하모니카로 연주해주기도 하였다. 수업시간이 10분 여쯤 남으면 암기를 시켜주었다.

"자, 세포의 발전소는 무슨 콘드리아?"

학생들이 까르르 웃으면서 대답했다.

"미토콘드리아요"

이런 식으로 하여 대번에 강산은 여학생들의 인기를 한 몸에 받게 되었다. 그리고 한 달이 지나자 서무과장이 불러서 교사 자격증이 없으니 곤란하다고 하여 그만두었다. 여학교를 그만둔 일주일 후 김 원장이 그 여학교 근처의 으슥한 건물로 강산을 데려갔다. 거기에는 강의실이 마련돼 있었고 강산이 강의했던 여학교 학생 30여 명이 앉아 있었다. 김 원장은 그 특유의 느물느물한 말투로 여학생들에게 말했다.

"여러분 말이죠. 하도 여러분이 이강산 선생을 찾는다고 해서 이렇게 강의실을 마련했습니다. 그리고 여러분! 이강산 선생이 생물 강의도 참 잘하지만 원래 지구과학 강의를 합니다. 그래서 여러분들에게는 지구과학 강의를 할 거예요."

그동안에 김 원장이 어떤 공작을 했는지 강산은 짐작이 갔다. 강산은 한 번도 강의를 해본 적이 없는 지구과학을 강의하였다. 그런 김 원장이 강산은 믿지 않았다. 그 후 김 원장은 자기 집 지하방에 강산을 살게 해주었다. 그리고 1996년이 되었다. 이미 거물이 되어버린 준석을 강산은 만나기가 어려웠다. 태식에게 사정사정을 하여 준석의 국회의원 사무실로 찾아갔다.

"그래 마시거라. 그동안 한번 찾아오지도 않더니 웬일로?"

"절 좀 살려주십시오."

그러면서 강산은 자기가 직접 쓴 영어 수능교재를 내밀었다.

"저는 짧은 기간이지만 스코틀랜드에서 영어 연수도 하였고, 제 책도 냈습니다. 하지만 방송통신대 출신이란 이유로 대형 학원에서는 저한테 아예 기회를 주지 않습니다. 형님이 제게 특혜를 베풀어 달라는 얘기가 아니라 공개 강의를 할 수 있는 기회만 한번 만들어주십시오. 학원가에 그럭저럭 아시는 분도 계시잖습니까?"

"세상에! 니가 먹고사는 문제로 나한테 부탁할 때도 있구나. 그래 내 함 알아보마."

태식과 강산은 그날 저녁 술을 한잔 하였다.

"강산아, 별일이 없으면 준석이 형은 나이만 차면 대선에 나갈 거 같아."

"원래 그런 인물로 타고난 사람이잖냐?"

"학원은 지성학원에 부탁했어. 가서 공개강의를 함 해봐라. 넌 잘해내겠지."

강산은 공개 강의를 한 후 합격하였다. 3월부터 지성학원의 단과반에서는 영어 강의를, 종합반에서는 독일어 강의를 하기로 하였다. 그리고 최고급 소갈비 한 세트를 사들고 김 원장을 찾아갔다. "죄송합니다. 원장님."

"세상에! 나는 이 선생이 김준석 의원을 알고 지내는지 몰랐네. 이야! 정말 대단해."

"많이 아는 것은 아닙니다."

"그래 지성학원 가서도 잘하시오. 이제 누구랑 고스톱을 치나, 허허."

강산은 3월이 가지 않아서 대박선생의 대열에 합류하였다. 입시학원에는 묘하게도 전라도 출신의 선생들이 많았다. 그 사회에서는 호남이 주류였다. 타이거즈 팬이 아니면 역적이었고, DJ를 비난하면 역적이었다. 전라도 사투리를 안 쓰는 이강산은 그 사회에서 비주류였다. 어느 날 비호남 선생들과 술을 마시게 되었다.

"힘드시죠? 이강산 선생님. 학원가는 완전히 전라도 사람 판입니다."

"힘들 것은 없습니다. 근데 누구 줄 누구 줄 하고 패가 갈리는 것이 이해는 되면서도 답답합니다."

"이강산 선생은 최양호 원장 줄이라고 소문난 것을 본인은 아십니까?"

"하하, 제가 이 학원 와서 제일 첨 만난 분이 최 원장님이니까 그렇게 보면 그분 줄이겠네요."

강산의 강의가 잘나갈수록 야시와 질투는 많아졌다. 문법 강의를 할 때 그런 표현은 요새 안 쓴다는 말 한마디를 해서 교무실이 뒤집어지기도 했다.

"야이 새끼야! 니가 뭔데 남의 강의를 뭐라 하고 지랄이야?"

그날 밤 곽 선생과 화해주를 마셨다.

"곽 선생님, 사실 관계만은 확인하고 가겠습니다. 저는 그런 표현은 요새 안 쓴다고 한 것뿐입니다. 저는 수업 중에 다른 선생님을 까고 안 까고에 관심이 없습니다."

"알았소. 내가 성급했구마이. 그란디 이 선생은 최양호 원장하고 어떻게 아는 사이요?"

"최 원장님이 김준석 의원과 좀 아시는 사이라고 들었습니다."

"그라믄 이 선생이 김준석 의원을 아시오?"

강산은 작심하고 얘기했다.

"예, 대학 다닐 때 수배 중인 준석이 형을 숨겨주고 그 뒤로부터 친하게 지냅니다."

곽 선생이 옆에서 식사를 하고 있던 다른 선생들을 큰 소리로 부른다.

"아야, 느그들 이리 와봐라 잉. 이강산 선생이 김준석 의원하고 형 동생 하는 사이락한다야."

선생들은 이강산 주변으로 몰려들어 강산이 들려주는 준석과의 인연을 경청하였다. 그 뒤로부터 강산은 지내기가 아주 편해졌다.

1997년 말, 대통령 선거를 앞두고 강산은 태식을 만났다.

"태식아, 이번에는 DJ가 대선에서 이길 것 같다.""그래? 그동안 준비된 대통령이란 이미지를 계속 줬으니까."

"그것 때문만은 아니야, 여러 변수가 같이 작용했어. 92년 정주영의 출현은 YS 표를 결집시키는 역효과를 낳았지만, 지금 이인제의 출현은 이회창의 표를 깎아먹을 거야. 아마 이번 대선에서 DJ가 이기면 다음 대선에서 DJ 측은 이인제를 밀어줄 거야. 그리고 이회창 후보의 병풍, 그리고 금융위기로 인한 현 정부에 대한 불신 그리고 자민련과 손을 잡음으로써 그동안 항상 DJ의 발목을 잡았던 좌파 이미지가 많이 희석이 됐어."

"그러면 너는 기분이 어때?"

"준석이 형이 잘돼서 좋아. 그러나 아쉬움이 남아."

"무슨 아쉬움?"

"정말 우리나라는 웃기는 나라야. 2류, 3류 대학 출신이라고 무시하고, 지방대 출신이라고 무시하고, 지방 출신이라고 무시하고, 못산다고 무시하고. 그러면서 정작 대통령은 서울에서 난 서울대 출신의 유복한 가정 출신이 하나도 없어."

"어? 정말 그러네."

"결핍된 것이 없이 살아본 사람이 대통령이 되는 것이 지금 이 시기에 국민에게는 좋아. 결핍된 것이 있는 사람은 결핍된 것을 채우려고 하는 데다 힘을 쏟게 돼. 옛날에는 그것이 맞았을지 모르겠어. 배가 고팠던 경험이 있었던 대통령들은 국민이 잘살게 하는 데는 좋아. 바다를 막아서라도 농토를 만들려고 했지. 21세기는 문화의 시대야. 환경의 시대고. 지금 이 시점에서 이회창 후보가 되는 것도 대한민국을 위해서는 괜찮아."

1997년 말, 강산은 교무실에서 소주를 마시면서 15대 대통령 선거 개표방송을 보고 있었다. 선생들은 긴장한 모습이 역력하였고 아무 말 없이 소주를 마시고 담배를 피웠다. 평소 보수적 색채가 다분했던 선생들도 DJ의 당선을 고대하였다. 그리고 DJ의 당선이 확정된 새벽, 선생들은 눈물을 흘렸다. 무슨 한 맺힌 사람들 같았다. 1998년, 국민의 정부가 탄생하였다. TV에 간간히 김준석 의원의 모습이 비춰졌다. 김준석 의원이 뉴스에 나오는 다음날이면 선생들은 강산의 주변에 모여들었다. 강산은 어젯밤에 이런 통화를 했노라고 하면서 뉴스에 나온 그대로를 얘기해주었다. 그리고 그 당시 강산은 한국 고대사에 푹 빠져 있었다.

"국사 선생님. 나주의 옹관묘 있잖습니까? 이것을 한반도 내의 왜국이라고 주장하는 사람이 있습니다. 왕인 박사도 한반도 왜인이라는 얘기가 있구요. 제 생각에는 신라 충신 박재상이 왕자를 구하러 간 왜국이 일본이 아니라 한반도 왜국 같습니다."

"아따, 이 선생 으째 이라까이. 입시학원에서 비주류 국사 얘기를 하믄 어떡한다요. 그런 논문이 있기는 있습니다. 그래서 한반도 왜의 왕이 일본으로 건너가서 일본의 천황이 됐다고."

"진짜요? 그 말씀 좀 더해 주시죠."

그리고 며칠 후 또 국사 선생님을 붙잡고 늘어졌다.

"그러니까 국사 선생님. 신라 내물왕 때 내물왕이 고구려의 광개토대왕한테 왜구를 없애 달라고 원군을 요청하는 내용이 있잖습니까? 제가 봐서는 광개토대왕이 한반도 남쪽의 왜국을 쳐부숴가지고 낭인이 발생하게 되자 '니가 벌인 일 니가 책임져라'고 내물왕이 원군을 요청한 것 아닐까요?"

"아따, 그만하랑게. 입시학원에서 이것이 뭔 짓거리요. 내가 해당되는 논문 몇 개 가르쳐줄 텡게 읽어보쇼. 근디 한자가 너무 많으껏이다."

"그럼 중국어 선생님을 괴롭히면 됩니다."

그 뒤로도 강산은 국사 선생님을 계속 괴롭혔다.

"국사 선생님. 제가 왜 일본 애들이 독도에 저렇게 집착하는지 역사적 연원을 찾았습니다. 독도의 독은 홀로 독이 아니라 전라도 방언의 돌이랍니다. 그러니까 한반도 남부 사람들의 방언인 셈입니다. 왜국인들, 즉 해상 무역으로 먹고살았던 그 사람들에게 독도는 배를 잠시 정박하기 좋은 장소였을 것입니다. 그러니까 저 독도에 근원적인 애착을 갖는 것입니다."

그렇게 강산은 1998년 내내 국사 선생님을 졸졸 따라 다녔다.

1998년 말 수능이 끝나고 김준석 의원의 출판회가 열리던 날, 강산은 김준석의 자서전 100만 원 어치를 샀다. 그리고 그날 밤 김준석, 최경호와 김태식 그리고 강산은 저녁식사를 같이하였다.

"강산아, 그레 한잔해라. 먹고사는 문제는 이제 걱정 없지? 최 원장 말로는 아주 잘한다고 하던데."

"형님 덕택입니다. 그런데 출판회 말고 다른 양성적인 정치자금 후원방법은 없나요?"

"그러게 말이다. 정치자금의 양성화를 아무도 쉽게 얘기 못한단다. 언론에 두들겨 맞으니까. 미국은 로비도 합법화돼 있는 판인데."

최경호가 끼어들었다.

"강산아, 요새 김 의원은 다른 문제 가지고 골치 아프단다. 공동 정부의 또 다른 여당이 교섭단체도 못 만들 형편이 돼버렸어."

강산이 답을 내놓았다.

"별로 어려운 문제도 아닌데요."

그 다음날, 모든 언론으로부터 코미디란 소리를 들으면서 국민회의 소속 국회의원 3명이 당적을 바꾸어 자민련에 입당하였다. 여름방학특수가 진행되던 1999년 7월에 강산은 지성학원 원장을 면담하였다.

"그래 뭔 일이쇼? 이 선생 뭘 부탁하러 왔소? 내가 웬만하면 다 들어 드려야지. 앉으쇼."

"원장님, 제 세금은 어떻게 내십니까?"

"세금이요? 알아서 합니다. 적당히."

"제가 받은 만큼 세금을 내겠다면 어떻게 됩니까?"

"안 돼요, 안 돼. 뭔 그런 짓을. 선생님 거만 낸다고 해결될 일이 아니요. 잘못했다간 학원 전체가 세무조사를 받아요. 그리고 다른 선생님들한테도 피해를 줍니다. 더 많이 내겠다고 하는 것도 이상한 짓이요. 그러니 학원에서 해준 대로 가만히 계쇼."

여름방학 특수가 끝나고 난 얼마 후 강산은 수능까지만 있어 달라는 지성학원 원장의 제의를 뿌리치고 학원을 그만두었다. 그리고 10여 일쯤 후에 준석은 강산과 태식을 정치인들이 운영한다는 주점으로 초대하였다. 그리고 골방에서 몇 안 되는 꼬마 민주당 사람들과 합석하게 되었다. TV에서만 보았던 사람들을 직접 보면서 술을 마시니 강산은 신기하였다. 노 전 의원은 격이 없었다. 마주보면서 담배를 피우라고 했다. 조심해서 피우면 자기가 불편하다고 했다. 술이 많이 들어가고 의기소침에 있는 노 전 의원에게 강산이 한마디 하였다.

"노 의원님!"

"와? 무시기 의원인교? 내는 지금 아무것도 아인데."

"노 의원님은 세상이 이대로 나간다면 대통령이 되실 겁니다."

옆에 앉은 다른 모든 사람이 이강산을 쳐다보았다.

"노 의원님은 미디어의 힘으로 스타가 되셨습니다. 앞으로 음지의 정치는 퇴보하고 양성적인 정치가 올 겁니다. TV토론이 당락을 결정할 것입니다. 물론 계보라든지 제왕적 총재의 입김은 작용하겠지만 당내 민주화가 이루어지고 대선 후보가 당원들의 자유투표에 의해서 뽑힌다면 노 의원님은 대통령이 후보가 되실 겁니다."

그중 민주당 의원 한 명이 일부러 심각한 척하면서 묻는다.

"그럼요, 재야의 정치평론가님. 노 의원이 당내 경선을 통과했다고 합시다. 그럼 저쪽 거물은 어떻게 이깁니까?"

다른 의원들이 키득키득 웃는다.

"대한민국에서 병풍은 위력이 큽니다. 저번에 DJ가 당선된 여러 요인 중 가장 큰 것은 뭐니 뭐니 해도 병풍입니다. 아마 다음번에도 누가 병풍을 꺼내들면 이 후보는 대통령이 되기 어려울 겁니다."

누가 또 장난스레 질문한다.

"그러면 노 의원이 어떤 대통령이 되면 좋겠소?"

"좌절하지 않는 대통령이 되십시오. 저는 어렵게 자란 사람입니다. 그래서 지위가 높아지고 돈이 많아지는 것이 귀한 거라는 것을 압니다. 그래서 지위가 높아지고 돈이 많아졌을 때 누가 날 괴롭혀도 참을 수 있습니다. 노 의원님은 옆에서 봐서는 고생하면서 정치를 한 사람 같지만 고생스럽지 않았습니다. 출발이 청문회 스타로 시작했으니까요. 그렇게 고생하지 않고 성공한 사람의 가장 큰 문제는 쉽게 좌절한다는 것입니다. 노 의원님은 지금 언론에 불만이 많지만 사실 언론이 키워준 스타입니다. 세상에는 양면이 있습니다. 대통령이 되신다면 국민의 힘으로야 되겠지만 소위 말하는 이 사회의 주류들 때문에 많이 괴로우실 겁니다. 그리고 자기들 부류하고 다른 대통령을 다른 잣대로 진단하고 괴롭힐 것입니다. 그러나 대한민국의 최고 지도자라는 까우다시를 가지고 버티셔야합니다."

일순간 모두 침묵하였다.

사회자: 지금부터 민권당 대선 후보 경선 영남지역 개표 결과를 말씀드리겠습니다. 기호 1번 김준석 후보 14만7천 3백2십 4표 중 5만4천 8백8십 6표.

와아~ 김준석, 김준석, 김준석!

"기호 2번 장철희 후보 6만1천 2백1십 1표."

와아~ 장철희, 장철희, 장철희!

"기호 3번 이강산 후보 3만1천 2백2십 7표."

와아~ 이강산, 이강산, 이강산!

"다음은 누적 득표수를 말씀드리겠습니다. 33만8백 1십7표 중 기호 1번 김준석 후보 12만6천 9백6십 1표. 기호 2번 장철희 후보 13만3천 3백1십 6표. 기호 3번 이강산 후보 7만 5백40표."

이강산은 선전을 계속했다. 온라인에서 이강산에 관한 갑론을박은 사라질 줄 몰랐다.

호남·제주 경선

영남에서의 선전 후 태식과 조경덕 그리고 강산이 회를 시켜다 여관방에서 한잔하였다. 태식과 경덕은 기분이 아주 좋았다.

"어이, 이강산 후보 대단해, 정말 대단해. 내가 사람 하나는 잘 봤다니까. 하여간 이 후보는 앞으로도 여의도 생활을 계속 할 수 있을 거요. 아무도 무시하지 못하는 거물이 됐어. 덕분에 나도 그렇고 태식 씨도 그렇고 말이야. 한잔 기분 좋게 마셔."

"그래 강산아, 너무 수고가 많았다."

"그래 태식이 너도."

조경덕이 술을 마시다 묻는다.

"이번에 변수가 두 개 생겼잖아. 이강산 후보 과거하고 탈 쓴 여자. 어쨌든 그 변수가 득표에 좋게 작용한 것은 맞는 것 같은데 이 후보는 예상을 했나?"

"그걸 어떻게 예상합니까? 단, 변수가 생길 것이라는 건 예상할 수 있었습니다."

"아니 어떻게?"

"변수가 안 생기는 게 이상한 것 아닙니까? 그것이 우리의 인생 아닙니까? 세상일을 너무 머리 쓰고 분석하다 보면 평범한 진실을 망각하게 됩니다. 아마 장철희 쪽에서는 이런 변수가 안 생기기를 원했겠지만 그게 노력한다고 됩니까?"

조경덕은 이강산의 말을 그대로 명진수에게 전달했다.

그 다음날 오전, 강산은 태식과 조경덕을 두고 광주에서의 TV토론 대책회의를 했다.

"지금까지 언론들은 내게 호의적이었습니다. 왜 그랬다고 생각하세요. 조 대변?"

"그야 이 후보가 매력이 있어서지."

"왜 그러십니까? 정치판에서 20여 년을 구르신 분이. 제대로 얘기해보세요."

"사실 상대가 아니었지. 그러니까 귀엽게 봐준 거고."

"맞습니다. 하지만 이제부터는 상황이 다릅니다. 두 명의 서울대 출신 거물과 싸우는 것이 무엇인지 이제부터 알게 될 것입니다. 작심하고 누구를 두들겨 패는 것보다 패지 않는 듯 패는 집단 이지메가 얼마나 고통스러운지 이제부터 느끼게 되실 겁니다."

젊어 보이는 언론계 사람들이 술을 마시면서 얘기를 나눈다.

"야, 우리 관악 출신들도 이제 대통령 한번 내보자. 만날 촌 출신 놈들, 대학도 못 나온 놈들, 어중간하게 나온 놈들 뒤치다꺼리 이제 그만하자고."

"그래, 너랑 나랑 함 해보자고. 너는 진보지에서, 나는 보수지에서 양쪽에서 함 갈겨 보자구."

나이 들어 보이는 사람들도 모여 술잔을 나눈다.

"장철희를 밀어봅시다. 그러려면 이강산이를 쳐내야 합니다. 내가 눈만 치켜떠도 우리 기자들이 어떻게 써야 할지 압니다. 그쪽도 수고를 좀 해주쇼."

"나중에 문제 삼지 않겠습니까?"

"한 번 지나가면 그만입니다. 조그맣게 사과 성명 하나 내면 될 것을 뭘 그리 두려워하십니까?"

호남·제주 경선을 나흘 앞두고 일간지들은 이강산의 비리에 대해 터뜨리기 시작했다.

'2년 동안 학원 강사로 벌어들인 돈인 무려 2억이 넘어, 세금은 고작 400만 원'

'이강산 삶터 사장 재임 동안 크고 작은 감사만 12번, 회사 땅에 무허가 술집 허가하고 월세까지 챙겨 이들을 위해서 회사 식당까지 폐지하라고 지시'

'규정을 어기고 술집 주인들은 회사직원으로 채용'

'동남아 불법 체류자 고용, 온갖 탈법으로 얼룩진 삶터 강원 김치공장'

'서민 이미지 내세우며 명문사립 세주고 입학, 아버지는 대한그룹 장기준 회장 운전기사'

'아버지는 박봉 고생, 아들은 아버지 월급의 3배나 되는 등록금 내는 학교 다녀'

보수 진보 언론은 막론하고 강산의 부정부패, 세주고등학교 입학사실을 까대기 시작했다. 그리고 결정타가 터졌다.

다음날 **일보 특종으로 이강산의 과거가 대문짝만하게 실렸다.

'과거 이강산 후보의 부모가 김준석 후보의 사돈댁인 장기준 회장 댁에서 운전수와 가정부로 일한 것은 주지의 사실, 김준석 후보 부인인 장진영 씨와 이강산 의원 출생 일시 일치'

'이러한 사실을 감안해볼 때 장진영 씨가 업둥이가 아니고 이강산 의원이 업둥이일 가능성'

'충격 이강산 후보 장기준 회장댁의 업둥이 확실'

'과연 그의 아버지는 누구인가? 세주고등학교 입학 의문 해결'

'누가 그를 학생회장으로 밀었는가? 그의 보이지 않는 손은?'

'과연 이강산의 친부모는 누구인가?'

드디어 원색적인 기사가 등장했다.

그 기사는 김준석도 당혹스럽게 만들었다.

'이강산 어머니는 장기준 회장의 가정부. 과연 둘의 관계는?'

태식과 강산이 대책회의를 하고 있다. 강산은 무표정하지만 태식은 얼굴이 반쪽이 되었다.

"보도 자료는 다 돌렸지?"

"그래, 이것 같고 되겠냐? 잘 실어주지도 않잖아."

"우리 할 것만 하자. 항변해봤자 소용없다."

강산은 삶터 강원지사 사장 진만에게 전화를 한다.

"진만아."

"형님, 이럴 수가 있습니까? 여기 있는 회사 사람들 자청해서 기자회견 하겠다고 난리입니다. 정말 해도 해도 너무 합니다."

"내가 너한테 언젠가 내 신세를 함 갚으라 했지?"

"그럼요, 형님 똑똑히 기억합니다. 제가 어떻게 해드릴까요?"

"가만히 있어라. 언론과 접촉하지 말고 회사 사람들도 그냥 가만히 있으라고 해라."

"예에?"

"그것이 내 신세를 갚는 것이다."

"근데 형님 그 업둥이라는 기사요."

"진만아, 지금의 부모님이 나의 부모님이다."

광주 토론회가 시작되었다.

사회 정호석: 안녕하십니까? 이번 민권당 대선 후보 경선 호남 제주지역 토론회 사회를 맡은 정호석입니다. 오늘 제가 사회를 맡게 되어 무한한 영광으로 생각합니다.

그동안 나왔던 정치 현안에 대한 질문이 오갔지만 그동안의 강산과 다르게 평범하게 대답만 하였다. 강산은 타 후보에게 질문도 하지 않았다. 토론회가 재미가 없어졌다. 올 것이 왔다. 후보들의 과거 경력으로 초점이 맞춰졌다. 말할 수 없이 화려한 김준석 후보의 프로필이 사회자와 주거니 받거니 하면서 소개가 됐다. 공화당 의장이었던 아버지. 그러나 삼선개헌을 반대하고 유신을 반대했던 아버지. 그러나 박 대통령도 존경했던 아버지. 신군부도 못 건드렸던 강직했던 작은아버지. 특전사 병장 출신의 군대생활 이야기. 특전사 병장시절 고시 합격 이야기. 예비역으로 운동권 학생회장이 된 얘기. 그리고 김 전 대통령을 지지했던 과거 얘기가 이어져다. 그러나 장기준 회장의 딸을 부인으로 둔 부분에서는 움찔하면서 말한다.

김준석: 이 시점에서 말씀드리고 싶은 것은 이강산 의원의 가슴 아픈 과거를 소설 쓰듯 상상력을 발휘해서 이강산 후보에게 상처를 준 언론들은 정말 반성해야 한다는 것입니다. 아시다시피 저희 집사람의 아버지, 즉 장인어른이 장기준 회장님이십니다. 입에 담기도 싫지만 장기준 회장님의 혈액형은 AB형이고 이강산 의원의 혈액형은 O형이니 일부 언론에서 제기한 근거 없는 의혹들은 이제 사라져야 합니다.

그리고 멈춰버렸다. 장철희 후보도 강산의 의혹을 언급만 할 뿐 해명할 기회를 주지 않았다.

장철희: 사실 과거 우리나라의 기업문화는 어쩔 수 없는 부분이 있었습니다. 약간의 탈법과 탈세는 어느 기업에나 있었습니다. 이 일로 너무 이강산

후보를 공격해서는 안 될 것입니다. 저는 이런 관용적으로 묵인되는 기업 행태를 바로잡고자 노력했고 바로잡아서 성공한 사람입니다.

이렇게 언급하고 넘어갔다. 강산은 해명 기회를 달라고 하지도 않았다. 토론회가 정말 재미없어졌다. 김준석이 장철희의 핸디캡을 건드렸다.

김준석: 서울대학교에서 장철희 후보와 부인을 교수로 채용한 것은 서류상 미비점이 많았습니다. 알고 계셨는지요?

장철희: 저는 서울대에 지원하지 않았습니다. 서울대에서 알아서 저를 임명한 것이나 마찬가지였습니다. 그러니 서류가 미비하고 말고가 없습니다.

김준석: 그건 좋은데 부인까지 특혜 채용은 장철희 후보의 입김이 들어간 것 아닙니까?

장철희: 만약에 아내를 특혜 채용해준다고 했으면 저는 반대했을 겁니다. 전 나름대로 잘난 사람입니다. 제가 뭐가 아쉽습니까? 그런 제가 제 인생에 오점을 남기고 싶겠습니까? 여러분 아시겠습니까? 저의 대통령 후보로서의 유일한 오점이 저와 제 아내의 특혜 채용이라고 합니다. 그것도 근거가 미약한. 제가 오죽 오점이 없었으면 찾다 찾다 그런 것을 찾았겠습니까?

장철희가 반격한다.

장철희: 김준석 후보는 열린당의 창당 핵심 멤버였습니다. 이는 평소 김 전 대통령을 정치적 아버지로 모신다는 말과 배치되는 것 아닌가요?

김준석: 저는 김 전 대통령을 떠난 적이 없습니다. 다만 진교동계와 잠시 결별했을 뿐입니다. 아버지는 좋은데 형제들이 맘에 안 맞아 잠시 가출했습니다. 장철희 후보는 그 정도 방황도 안 하셨나요? 정치 초보생이라 그러신가 본데 그 정도 가출은 가출도 아닙니다. 저는 김 전 대통령의 말씀처럼 전술은 다양하되 전략은 확고한 정치 인생을 살았습니다.

과연 달변가였다. 방청객이 감탄한다.

장철희: 그리고 열린당에서 김 전 대통령 시기의 대북 송금에 관해 특검을 실시하지 않으셨나요? 이는 전술을 바꾼 것이 아니라 전략을 통째로 바꿔 김 전 대통령께 칼을 꽂은 게 아닌가요?

김준석: 저는 대북 지원은 잘한 일이라고 지금도 생각합니다. 다만 현금을 송금하는 부분에 있어서는 다릅니다. 그것을 일부 보수언론에서는 그 돈이 핵 개발에 쓰인 것이 아니냐고 의혹을 제기했습니다. 저는 그 돈이 순수하게 북한동포를 돕는 데 쓰였는지 확실하게 짚고 넘어가자고 했습니다. 그래서 그 돈이 투명하게 쓰였다면 다시는 보수언론들이 김 전 대통령을 물고 늘어지지 않겠다는 뜻도 있었습니다. 그래서 결국 의혹이 없는 것으로 결론 나지 않았습니까?

시청자들은 또다시 감탄을 자아냈다. 식당에서 TV를 시청하는 광주 사람들이 말한다.

"와따, 김준석이 참 말 잘하네이."

"저놈이 인물은 인물이여. 그라고 항상 김 전 대통령 편이었다카드만."

"즈그 아부지는 공화당 사람이었슴서도 김 전 대통령을 많이 도와 줬다카 대."

사회자가 조심스럽게 이강산의 과거 의혹에 대해 질문을 한다.

사회자: 1980년대 당시 한 학기 등록금이 100만 원이었다는데, 맞습니까?

이강산: 맞습니다만, 입학금 빼고 한 푼도 안 냈습니다.

강산이 다른 말이 나오기 전에 빠르게 답변을 이어간다.

이강산: 전교 5등까지는 전액 장학금을 주어서 안 내고 다녔습니다.

언론에서는 이것을 빼뒀습니다. 그리고 처음에는 아버지가 부자라는 황당한 기사를 싣더니 나중에는 운전사하는 아버지의 등골을 빼먹었다고 했습니다. 주인댁의 사생아라는 추악한 불륜설도 장기준 회장님과 혈액형이 안 맞았으니 허구로 증명이 된 셈이지요. 만약 혈액형이 맞았으면 저는 장기준 회장님과 저희 어머님을 대동하고 유전자 검사를 하러 가는 참절한 상황이 벌어졌을 것입니다. 이 모든 것은 제가 몇 차례 해명했습니다. 그러나 언론이 한번 뒤집어씌운 이미지는 어쩔 수 없었습니다. 그리고 이 사회의 소위 말하는 주류들은 저 같은 사람이 대통령이 되는 것을 얼마나 싫어하는지 느낄 수 있었습니다. 어떻게 보수, 진보 언론 할 것 없이 똑같은 소리들을 쏟아냅니까?

방청객에서는 박수가 살살 터져 나오고 눈물을 짓는 아주머니도 보인다.

사회자: 그러면 그 세주고등학교는 왜 가셨나요?

이강산: 제가 사는 동네에서 항상 학교를 걸어 다닌 학생은 저밖에 없었을 겁니다. 저도 어린 나이에 오기가 생겼습니다. '그래, 니들이 가면 나도 한번 가보자.'라고요. 그래서 간 겁니다.

사회자: 그래서 공부도 오기로 하셔서 잘하셨군요.

이강산: 오기로요? 아닙니다. 생존을 위해서 했습니다. 지고이기는 것도 배부를 때 얘기입니다. 장학금을 받지 못하면 학교를 못 다니는데 어떡합니까? 생존의 문제로 사는 사람은 지고이기는 것도 행복한 소리입니다.

방청석에서 탄식이 흘러 나왔다.

사회자: 그런데 말이죠. 그 학교에서 학생회장을 했다는 말이죠. 이것이 어떻게 된 것이죠?

이강산: 그 당시 저희 교장 선생님이 깨어 있는 분이셔서 학생장이라는 애매한 직위를 없애고 학생회장이란 직함을 걸고 직선제를 실시하셨는데, 제가 지금 IK그룹 대표로 있는 형석필을 누르고 당선이 됐습니다.

우와 하는 소리와 함께 박수가 터져 나온다.

사회자: 비결이 무엇이었나요?

이강산: 비결이랄 것도 없었습니다. 2학년 때 수학여행을 해외와 제주도로 나누어서 갔는데 국내파가 40% 정도 됐습니다. 저도 제주도로 수학여행을 갔습니다. 제주도로 간 애들도 물론 부잣집 자제들이지만 그나마 저와 좀 계층이 가까운 애들이었습니다. 그래서 불만 계층을 선전선동해서 당선됐습니다.

이번에는 함성과 함께 우레와 같은 박수가 터졌다.

사회자: 그러면 이번에는 한국당 후보로는 누가 될 것이고, 어떻게 대처하실지 한 번 여쭤보겠습니다.

김준석: 한국당은 현재의 대한민국을 만든 당입니다. 제가 대통령이 되면 그분들을 국정 파트너로서 존중하고 배울 것은 배우겠습니다. 아직 한국당 후보가 결정되지 않은 상황에서 인물에 대해서 말씀드리기는 그렇습니다만, 제가 상대하기 좀 쉬운 분이 한국당 경선을 통과했으면 좋겠습니다.

방청석에서 재치 있는 준석의 답변에 감탄이 터졌다.

장철희: 저도 그분들의 경륜과 국정 운영 경험에 대해서는 존경을 표합니다. 다만 복지와 남북관계에 대한 경직된 태도는 고쳐야 한다고 생각합니다. 그리고 경제 성장이 마치 한국당의 전유물인 걸로 생각하시는데, 제가 대통령이 되면 한국당 시절보다 더 큰 경제 성장을 이룰 것입니다.

이강산: 저는 대통령 선거에서 반드시 한국당 후보를 이기고 대통령에 당선되겠습니다. 보아하니 민권당 경선도 간당간당한 주제에 그것이 뭔 말이냐고 지금 많이들 생각하시는 것 같네요.

방청석에서 웃음이 터진다.

이강산: 만약 제가 대통령이 되면 한국당 후보를 총리로 추대할 생각입니다.

방청객이 웅성거린다.

이강산: 그래서 집권 초반기에는 그분과 같이 이념이 개입할 필요가 없는 문제를 주로 해결하겠습니다. 예를 들어서 교육 문제, 주택 문제, 대학 등록금 문제, 출산율 저하 문제 그리고 국회에 잘 출석하지 않는 국회의원들을 조지는 문제 등등 말입니다. 그래서 총리의 의견을 충분히 반영해서 추진한 다음 결과가 안 좋으면 '총리 말 들어가지고 이게 뭔 꼴이요? 완전히 배래 불렀구만.'이라고 따지겠습니다.

웃음과 함께 다시 우레와 같은 박수가 터져 나왔다. 마지막 10분을 남겨 두고 호남 소외에 관한 질문이 나왔다.

김준석: 1988년 정계 입문 후 저는 항상 김 전 대통령과 정치 역정을 같이 했습니다. 오죽했으면 저더러 젊은 진교동계라고 했겠습니까?

장철희: 김 전 대통령의 혜안으로 IT에 대한 지원을 많이 해주어 오늘날의 제가 있었습니다. 동서 화합을 평생의 과업으로 생각하셨던 김 전 대통령의 뜻을 이어받아 지역감정 없는 세상을 만들겠습니다. 그러기 위해서는 인사 편중을 과감히 시정하겠습니다.

강산의 차례가 왔다.

이강산: 저는 평소 대통령이 되면 임기 초 1년은 기존의 각료를 그대로 쓰겠다고 했습니다. 그러니 인사 편중은 바로 해소되지는 않을 것입니다.

약간 웅성거리기 시작한다.

이강산: 김 전 대통령은 지역감정의 최대 피해자이셨지만 호남에 대해 보상을 말씀하지 않으셨습니다. 다만 공평한 인사를 하겠다고 하셨습니다. 저도 마찬가지입니다. 제 임기가 끝날 때쯤이면 수학 공식처럼 호남인의 인구 비율대로 각료가 차 있을 것입니다.

저는 김 전 대통령님과 개인적인 인연은 없지만 제가 그분의 삶에 가장 가까운 점 하나를 꼽으라면 동서 화합에 일조했다는 것입니다. 저는 한국당세가 가장 강하다는 영곡에서 국회의원에 당선됐습니다. 그리고 지금 민권당 대선 후보로 나서고 있습니다. 또 하나 닮은 점은 김 전 대통령과 저는 언론의 피해자라는 것입니다. 김 전 대통령은 평생을 언론이 씌워놓은 용공, 과격 이미지와 싸웠습니다. 제가 일주일 당한 것이 이럴진대 그분은 평생 얼마나 고통스러우셨는지 이제야 그 마음을 헤아릴 뿐입니다.

박수는 별로 터지지 않고 약간 무거운 분위기가 흘렀다. 사회자가 마지막 멘트를 하려고 하자 방청객에서 20대로 보이는 한 남자가 갑자기 마이크도 없이 강산의 사진이 실려 있는 피켓을 들고 뭐라고 큰 소리로 떠든다.

사회자: 끝나갈 시간이 됐는데(PD를 보면서 얘기한다), 예, 알겠습니다. 마지막 질문을 받아보겠습니다. 짧게 해주세요.

방청객이 흥분해서 질문한다.

"이 사진은 1987년 대통령 선거 때 이강산 후보가 김 전 대통령 불출마 촉구 결의대회에서 연설하고 있는 사진입니다. 이것이 어떻게 된 것입니까?"

모두 이강산을 쳐다보았다.

"이미 제 미니홈피나 블로그에 다 나와 있는 것인데요. 저는 1987년 대통령 선거에 김 전 대통령께서 나오면 절대 안 된다고 주장했고 지금도 그 생각에는 변함이 없습니다. 제 블로그와 미니홈피 트위터는 늘 열려 있으니 그것을 참조해주시기 바랍니다." 그렇게 말하고 답변을 중지해버렸다. 태식과 조경덕은 사색이 되었다.

"아니 태식 씨, 지금 이 후보 뭐하는 것이오?"

"그러게 말입니다. 답변시간을 더 달라고 해도 모자랄 판에. 미치겠습니다."

사회자의 멘트로 토론회는 마감된다.

"내일 광주체육관에서 지방의 마지막 경선이 치러집니다. 다른 곳에서 투표하지 않은 누구든 투표에 참여하실 수 있습니다. 투표소는 제주 두 곳, 전주 두 곳, 광주 세 곳, 전남·북 지역 각 군에 한 곳씩 있습니다. 장소는 아래로 나가고 있고, 민권당 홈페이지를 참조하십시오. 아무쪼록 여러분의 높은 관심과 참여를 부탁드립니다."

그날 밤 TV토론을 지켜봤던 사람들은 이강산의 블로그나 미니홈피에 안들어가 볼 수 없었다. 나이든 세대들은 아들이나 손자손녀를 재촉하여 들어가서 확인을 했다.

"아야, 뭐라고 써졌냐? 그놈이 으째 그랬다냐?"

"여기 나와 있어라우 아부지."

그리고 그날 밤 온라인상에서는 이강산에 관한 뜨거운 논쟁이 펼쳐졌다. 온라인 세상을 모르는 사람들은 그러한 상황을 알 길이 없었다.

일요일 투표 시작 전에 점심을 먹는 이한수 의원과 박길선 의원 사이에 술 몇 잔이 오간다.

"이강산이 그놈 말이여. 나는 초장에 나가떨어질 줄 알았는데 대단하지 않은가?"

"그러재라우. 오늘 아침 남도일보는 이강산에 대해 잘 써줬구만. 그동안 모든 의혹도 해소시켜줬고. 그래봤자 멋 허겄소. 이미 사람들한테 부정부패 탕아 이미지가 씌워져 부렀는디. 그리고 아무리 정치 초년병이라고 해도 그라제. 막판에 그렇게 멍청하니 답변을 해야 쓰것소? 한심한 놈이요. 어찌케 경천동지해갖고 그놈이 경선에서 이겼닥 합시다. 그렇게 모질게 짓거리를 하는 놈을 어떻게 믿겄소? 형님도 정치판에서 몇십 년을 굴렀응께 잘 알것제만은, 정치판에서는 멍청한 놈보다 야비한 놈이 훨씬 나서라우. 우리는 무조건 김준석이를 밀어야 쓰것습디다. 이번에 광주서 얼른 끝장을 봅시다. 나도 당원들한테 단단히 일러뒀소."

"그래야제. 그리고 장철희는 안 돼제. PK 아닌가? 나도 여기서 얼른 끝내 불고 서울 경선은 그냥 놀자 판으로 치렀음 좋것다."

오후 1시부터 4시까지 현장 전자투표로만 시작되는 투표가 시작됐다. 충청, 강원, 영남을 할 때까지만 해도 전자투표의 미숙함과 장철희와 김준석 지지자들의 신경전이 있었다.

풍물이 있기도 하고 구호들이 울려 퍼졌다. 그러나 오늘은 광주 체육관 주변이 조용하다. 투표하는 사람들의 표정이 얼어붙어 있었다. 무슨 사형수 번호표 뽑는 것처럼 아무 말 없이 투표를 하고 삼삼오오 모여 소주를 마시고 담배를 피운다.

5시가 넘어 광주체육관에 당직자들이 단상에 위치한 자리에 앉기 시작한다. 이한수는 옆의 의원에게 말을 건넨다.

"나, 정치를 40년 가까이 했어도 이렇게 분위기 안 뜨는 경선은 첨보요. 아, 야당은 바람인디 이렇게 썰렁할 수가 있다요? 뭐 구호하나도 없구만이."

정말 그랬다. 머리에 띠를 두른 사람 하나 없고 플래카드 하나 없었다. 마치 동원된 사람들처럼 잔뜩 찌푸리거나 긴장한 채 앉아들 있었다. 사회자가 마이크를 들어 외친다.

1971년 대선이 끝난 다음날, 강산을 안고 이주태가 아내에게 반갑게 말한다.

"여보, 이놈은 하늘이 내려준 선물이여. 우리 아기는 죽지 않았네. 야가 개여."

231

"맞아요, 여보. 이놈 우리 아들 강산이, 우리 아들이에요."

말을 못 끝내고 눈물을 터뜨린다.

"그라고 말여, 좀 있다 그 산부인과를 좀 다녀와야겠어."

"왜요?"

"그 원장님을 좀 만나야겠어."

"뭐라 하려구요? 그러지 말아요. 애써주셨잖아요. 그리고 주인댁이 소개시 켜주신 분이고. 주인댁에서 출산비도 다 내주신댔는데 그러지 말아요."

"그것이 아녀, 원장님께 부탁드릴 것이 있어서 그래."

거리에서는 사람들이 박정희 당선 소식을 알리는 호외를 읽고 있었다. 장 원장이 차를 한잔 마시고 내려놓으면서 이주태에게 말한다.

"그러니까 기준이한테는 아이가 사산한 걸 알리지 말아달라는 거죠? 업둥 이를 완벽하게 아저씨 친아들로 알게 말예요? 알겠습니다. 당연히 그렇게 해 드리죠."

"감사합니다, 원장님."

"그리고 이거, 사모님 미역이나 사다 드리세요."

"아닙니다. 아닙니다."

"괜찮습니다. 기준이가 치료비 넉넉히 주고 갔습니다. 이건 제가 드리는 겁 니다. 아이 잘 키우세요. 그놈은 큰 복덩이가 될 거예요."

이주태는 차를 장기준 사장 댁 차고에 다시 넣고 5분여를 걸어 내려와 가 게에 들렀다.

"이 씨? 아직 주인댁은 미국에서 안 오셨수? 아유, 아이도 건강하고 산모 도 건강해야 할 텐데."

"아주머니 나 미역 좀 주세요. 그리고 설탕하고."

"아참, 이 씨네도 이번에 애 낳죠? 낳았어요? 뭐예요?"

"고춥니다. 어제 순산해서 집사람이랑 집에 왔어요."

"어머, 잘됐네. 그래서 미역이랑 설탕을 사시는구나. 기력 떨어졌을 땐 설탕물이 최고죠."

아주머니는 주섬주섬 정성스레 싸주면서 이 씨의 등이 오싹하는 얘기를 한다.

"근데 말예요. 오늘 새벽에 이 씨 주인댁 근처에서 애 울음소리가 들렸대. 뭐 또 업둥이를 놓고 간 거 같다고 사람들이 그러더만. 아저씨는 못 들으셨어요?"

"아뇨, 잘."

"하긴 뭐 이 동네 업둥이가 한두 번 있었나? 있는 사람들이 씨 집착이 더 센지 사람들은 모르나 봐? 애가 없어도 그런 애들 오면 다 입양기관에 보내 버린다고 하드만."

가게를 나서는 이 씨에게 아줌마가 다시 수다를 떤다.

"진짜 석유 값 때문에 큰일이에요. 그래도 박 대통령이 돼서 그나마 다행이지. 이 씨도 알죠? 박 대통령이 김대중인가 그 빨갱이를 이겼다는 거."

"예, 잘됐습니다."

그로부터 한 달쯤 후 장기준 사장 댁 내외가 신생아 딸을 데리고 귀국했다. 장기준 사장의 부인이 힘없는 목소리로 말한다.

"축하해요 아줌마. 아줌마는 아들이라면서요?"

"네에, 사모님도요. 축하드립니다."

"저는 애가 너무 약해서 어떻게 살 수 있을지나 모르겠어요. 너무 작게도 태어났고. 그리고 저는 젖이 잘 안 나와요. 애가 분유도 잘 못 먹고요."

"저기요 사모님, 제가 함 먹여볼까요?"

사장 부인은 약간 불쾌했지만 아이를 맡겼다.

"어머, 애가 아줌마 젖은 잘 먹네. 여보 애 좀 봐요."

그날 오후 장기준 사장은 강산에게 필요한 온갖 용품을 다 사다 주었다. 특히 부잣집 자제만 먹는다는 미국산 분유를 많이 가져다주었다. 이주태가 나지막이 아내한테 말한다.

"이게 말여, 다 당신 젖 주란 소리여."

"괜찮아요, 여보. 모유는 먹어야 하지만 많이 먹을 필요는 없대요. 진영이 집에 애 봐주는 아줌마도 왔고 청소하는 아줌마도 한 명 더 불렀대요. 저는 정해진 시간에 가서 젖만 주면 돼요. 오히려 편해졌어요."

"알았소, 여보."

장기준 사장은 거실로 들어오는 이주태를 반갑게 맞이한다.

"수고하셨습니다. 출생 신고는 잘하셨습니까?"

"사장님께서 미리 구청장님께 미리 전화를 주셨다더군요. 저는 도장만 전달했을 뿐입니다. 그리고 간 김에 지 아들놈도 출생신고를 했습니다."

"그래요. 우리 진영이랑 강산이는 생일이 같네. 충무공 탄신일 4월 28일입니다."

1972년에 유신 헌법이 선포가 되었고 1973년에는 김대중 납치사건이 터졌다. 그리고 1974년에는 육영수 여사 시해 사건이 터졌다. 1975년 3월에는 김윤환의 3연타석 홈런으로 광주일고가 대통령배 고교야구에서 우승하였다.

그리고 민청학련사건이 터졌다.

1976년 5월 박기두의 뜰에서 박기두의 자매가 영숙을 엄마라고 부르면서 놀고 있다.

"여보 잠시 들어와 보겠소?"

영숙이 시원한 맥주를 들고 와 박기두에게 건넨다.

"여보, 우리 미국 가서 삽시다. 준비는 다 됐소. 가기만 하면 돼."

"알았어요. 그러면 그전에 딱 한 번만 보고 싶습니다."

박기두가 담배를 한 대 피워 물고 조심스럽게 얘기한다.

"그런데 그전에 당신이 알아야 할 것이 있소."

박기두의 얘기를 듣는 동안 영숙은 계속 눈물을 흘린다.

"여보, 영숙씨 그래도 잘 된 일이요. 그때 장기준 사장 댁도 애가 태어났는데 그 집으로 갔으면 입양을 보냈을지 몰라."

영숙은 안방으로 들어가 다시 통곡을 하였다.

강산은 가방을 메고 성북동 언덕길을 씩씩하게도 걸어가고 있었다. 비둘기가 있으면 비둘기 옆에 가만히 서 있다 신기한 꽃을 보면 또 서 있다 걸어다니는 사람이 거의 없는 성북동 부자동네를 혼자를 계속 걸어갔다.

"아줌마, 아줌마 아까부터 왜 나를 계속 따라와요?"

영숙은 전봇대 뒤에 있다가 나올 수밖에 없었다.

"아줌마, 아줌마 내 친엄마 맞죠?"

영숙은 깜짝 놀란다.

"엄마가 그랬어? 지금 엄마가 친엄마가 아니라고?"

"아니요. 절대 안 그랬어요."

"그런데 왜 그런 말을 하니?"

"진영이 엄마는 진영이를 때리는데 우리 엄마는 절대로 나를 안 때려요."

영숙은 강산을 껴안고 눈물을 펑펑 쏟는다.

영숙과 강산은 놀이터 벤치에 앉아서 얘기를 하고 있고 박기두는 멀찍이서 차 옆에 기대어 담배를 피우고 있다

"벌써 국민학교를 다녀?"

"2학년이에요. 작년에 진영이가 유치원에 가게 됐는데 나는 학교에 갔어요."

"왜 넌 유치원에 안 갔는데?"

"진영이 아빠가 같이 보내 준다고 했는데 내가 가기 싫다고 했어요."

"왜 가기 싫었는데?"

"엄마 아빠는 진영이 엄마 아빠한테 꼼짝을 못해요. 근데 진영이 아빠가 유치원에 보내주면 엄마 아빠가 더 꼼짝을 못할 것 같아서요."

영숙은 다시 눈물을 쏟는다.

"원래 나이가 너무 어려서 국민학교 못가는 건데 진영이 아빠가 교장 선생님한테 부탁을 해서 가게 해줬어요. 진영이 아빠는 큰 회사 사장이에요. 진영이 아빠가 뭐 하라고 하면 사람들이 다 그 말을 들어요. 나는 혼자서도 잘 노는데 엄마 아빠가 걱정을 많이 했어요. 엄마 아빠는 진영이네 일을 많이 해줘야 해서 나랑 같이 많이 못 있어요."

영숙은 잠시 참았던 눈물을 다시 흘린다.

"내가 나이가 어려도 애들이 내 말에 꼼짝을 못해요. 내가 반장이 돼서 경태를 부반장 시켜줬더니 경태가 내 말 안 듣는 애들을 다 혼내줘요."

영숙은 벤치에서 내려와 앉아 강산을 다시 꼭 껴안았다. 강산이 멀리 보이는 박기두를 가리키며 영숙에게 조용히 물었다.

"아줌마, 저기 저 아저씨 누구예요?"

영숙은 아무 말을 할 수가 없었다.

강산이 영숙의 목을 꼭 껴안고 귀에 대고 얘기한다.

"아줌마, 이제 나를 찾아오지 마세요. 절대로."

영숙이 눈물을 흘리며 뒤돌아서 가려 하자 강산이 뭐가 생각났는지 영숙을 불렀다.

"그런데 아줌마?"

그날 강산은 집에 도착한 후 엄마 아빠가 없는 방에 누워서 계속 잠을 잤다. 밤늦게 도착한 강산 모는 깜짝 놀랐다. 강산이 가위에 눌린 듯 온몸이 땀에 젖어서 끙끙대고 있었기 때문이다.

"어유, 내 새끼, 강산아."

월산 댁이 강산을 껴안자 강산은 울음을 터뜨렸다.

"어유, 땀 좀 봐. 옷도 다 젖었고 베게도 젖었네."

월산 댁은 강산의 베게가 눈물로 젖어 있었음을 알지 못했다.

그 다음날 강산은 언제 그랬냐는 듯이 씩씩하게 아침을 먹고 예전처럼 학교에 갔다.

영숙은 집에 도착하여 아이들이 다 잠든 후 박기두에게 조용히 말을 했다.

"가능한 빨리 정리하고 갔으면 해요. 이제부터 진짜 당신의 아내로 애들의 엄마로 살아갈게요."

"그래. 고마워 여보. 그런데 말이요?"

잠시 침묵하다가 영숙이 말한다.

"압니다. 미국에 도착하면 말씀드릴게요."

1979년 10월 26일 박대통령이 시해를 당했다. 1980년에는 광주 사태가 일어나고 1981년 전두환 대통령 취임을 했다. 전두환 대통령 취임 후 통행금지가 해제되었다.

1982년 일본의 교과서 왜곡사건이 터져 한국민이 분노할 때쯤 세계야구선수권대회에서 한국이 일본을 누르고 우승하였다.

이때 일본황실이 백제의 후손이라는 한 재야 사학자의 논문 〈비류백제와 일본의 국가 기원〉이라는 책이 출간되었다.

1983년부터는 교복자율화가 되어 학생들은 까만 색 교복을 입지 않아도 됐다. 1983년 말 강산이 장기준 사장 앞에 앉았다.

"그래 연합고사를 아주 잘 봤다고 들었다. 고등학교는 요새 뺑뺑이라서 이 근처로 가겠구나."

진영 모가 참견을 한다.

"아유, 강산이 그전 같으면 경기 고등학교도 문제없었을 텐데."

"아저씨, 저 세주고등학교를 가고 싶습니다."

"뭐라고?"

진영 모가 또 참견을 한다.

"뭐어, 그 비싼 사립 고등학교를? 거긴 뺑뺑이도 아니고 아무나 못 들어가는데."

강산이 조용히 대답한다.

"그래서 아저씨가 추천서를 써주셨으면 합니다."

"강산아, 그 학교에 가면 니가 위화감을 느끼지 않겠니?"

"괜찮습니다."

진영 모가 또 끼어든다.

"한 학기 등록금이 100만 원이 넘는다던데 부모님 생각을 해야지."

"저 대학 보내려고 모아둔 돈이 있다고 하셨습니다. 그리고 나머지는 제가 장학금을 타서 다니겠습니다. 전교 5등까지는 전액 장학금을 준다고 들었습니다."

"그래 알았다. 써주마. 그래, 너라고 못 다닐 건 아니지. 그럼."

"부모님한테는 허락을 받았느냐?"

"네."

"누가 세주고등학교를 추천한 사람이 있었느냐?"

"예, 딱 한 사람 있었습니다."

"그래, 알았다. 거긴 내가 아는 학부모들도 많으니 공부 잘해야 한다."

"알겠습니다. 아저씨. 아니 회장님."

사회자: 호남, 제주지역의 높은 열기를 반영하듯 오늘 총 유효투표는 12만 명이 넘었습니다. 전자투표 덕택에 30분 후면 결과가 집계가 될 것입니다. 다시 한 번 지금까지의 강원, 충청, 영남지역의 누적 집계를 말씀드리겠습니다. 33만8백 1십7표 중 기호 1번 김준석 후보 12만6천 9백 6십 1표.

사회자가 잠시 말을 멈춘다. 지지자들에게 환호할 시간을 주기 위해서다. 그러나 조용하다. 다시 읽어 내려간다.

"기호 2번 장철희 후보 13만3천 3백1십 6표."

여전히 조용하다.

"기호 3번 이강산 후보 7만 5백40표."

링 아나운서처럼 손짓을 해도 관중은 반응이 없다. 비싼 돈 주고 사회를 맡긴 김형주도 재미없다는 듯 입맛을 다시면서 자기 자리에 앉는다. 다시 이한수 의원이 중얼거린다.

'높은 열기 좋아하네. 지미럴, 하기사 호남지역에서 후보 하나 배출 못했으니 썰렁할 수밖에.'

이 의원은 자조하면서 한숨을 한 번 내쉬었다. 10월 막바지이지만 실내공기는 더웠다. 하지만 썰렁한 분위기로 인해 사람들은 더운 줄도 모르고 있다. 열기라고는 찾아볼 수가 없었다. 다시 한 번 김형주가 외친다.

사회자: 지금 거의 집계가 끝나가고 있다고 합니다. 밖에 계신 분들은 착석해주시기 바랍니다. 정확히 5시 30분에 발표하도록 하겠습니다.

각 방송사의 기자들의 멘트도 이어진다.

"저는 지금 호남지역 민권당 대선 후보 경선 발표장인 광주체육관에 나와 있습니다. 앞서 말씀드린 대로 호남, 제주지역의 유효 투표수는 12만1천 3백 4십 5명으로 집계됐습니다. 호남지역이 민권당의 텃밭임을 감안할 때 예상할 수 있는 득표수인데요. 그래도 기대에 못 미치는 수치라 할 수 있는데, 이는 김 전 대통령 이후로 호남지역의 대선 후보가 없는 데 따른 무관심이 아닌가 하고 전문가들은 분석하고 있습니다. 경선 초반에는 예상대로 김준석 후보와 장철희 후보의 2파전으로 전개되고 있습니다. 의외로 선전한 이강산 후보는 과거 경력과 출신에 대한 악소문 그리고 호남과 거의 인연이 없는 관계로 광주에서 다소 고전하리라고 예상됩니다. 그러나 이 후보 측은 끝까지 포기하지 않고 경선에 참여한다고 밝혔습니다. 지금까지 광주에서 NBC뉴스 원기형이었습니다. 아, 지금 발표를 한다고 합니다."

김형주가 당황한 모습이 역력하다. 결과지를 건네준 당직자를 다시 불러 확실하냐고 묻는다. 당직자는 고개를 끄덕인다.

김형주: 그럼 민권당 대선 후보 호남, 제주지역의 결과를 발표하겠습니다. 기호 1번 김준석 후보 총 12만1천 3백4십 5표 중 3만7천 6백4십 4표.

관중은 조용한데 단상의 당직자들만 웅성거린다.

김형주: 기호 2번 장철희 후보 총 12만1천 3백4십 5표 중 1만4천 6백5십 2표.

드디어 관중석이 웅성거리기 시작한다.

사회자: 기호 3번 이강산 후보 총 12만1천 3백4십 5표 중 6만9천 4십9표.

갑자기 울부짖는 소리가 들린다. 이것은 환호가 아니었다. 체육관 전체가 무슨 모터소리처럼 웅웅거렸다. 관중 모두 흐느끼고 울부짖기 시작했다. 숨 죽이고 있던 체육관이, 초상집 같았던 광주도심이 일제히 경적을 울리듯 울부짖기 시작했다. 이어서 총 득표수를 말하는 김형주의 목소리가 들리지 않을 정도로 계속 윙윙거렸다. 환호가 시작되었다.

처음 영곡에서 이강산이 유세하면서 외쳤던 그 구호를 체육관의 군중들이 울부짖었다.

"절망밖에" "없다" "절망뿐이" "없다" "희망이" "없다" "희망이" "없다" "이강산을" "살리자" "이강산을" "살리자" "이강산을" "청와대로" "이강산을" "청와대로"

이것은 숫제 소리가 아니라 울부짖음이다. 호남인의 가슴속에 맺혀 있는 무엇인가가 흘러내리고 있었다.

"지금까지의 누적 득표수를 말씀드리겠습니다. 총 45만2천 1백6십 2표 중 기호 1번 김준석 후보 16만4천 6백5표. 기호 2번 장철희 후보 14만7천 9백6십 8표. 기호3번 이강산후보 13만 9천 5백8십 9표."

우와~ 이강산 이강산 이강산!

광주 시내 곳곳에서 사람들이 환호한다. 시내에서 길거리 대형 TV로 광주 체육관을 보고 있던 사람들이 소리친다.

"절망밖에" "없다" "절망뿐이" "없다" "희망이" "없다" "이강산을" "살리자" "이강산을" "청와대로" "이강산을" "청와대로"

함성 소리가 전국을 뒤덮었다.

준석의 정치 역정

1984년, 준석은 특전사의 특별 휴가를 받아서 집으로 왔다. 집에는 이미 작은아버지 둘과 고모부가 와 있었다.

"오셨습니까? 고모부."

"와하하, 준석이 니 어서 오그래이. 내 열몇 살 때 고시 합격한 놈 얘기는 들어봤어도 군대에서 고시 합격했단 놈 얘기 첨 들어봤데이."

고모부와 작은아버지 둘은 건넌방에서 술을 마시고, 준석은 병석에 누워 있는 아버지 옆에 앉았다. 세 분이 기분 좋아서 웃는 소리가 안방까지 들렸다.

"준석아, 수고 많았다."

기침을 한두 번 하더니 아버지가 말을 이었다.

"니한테 어려서부터 부담을 준 건 아니었냐?"

"아닙니다, 아버지."

"너는 제왕의 기질을 타고났다. 이건 아비의 욕심으로 된 것이 아니다. 니가 다섯 살 때 죽은 니 엄마랑 대공원에 놀러 갔을 때였다. 너를 잃어버리고 돌아오는데 니 엄마는 질질 짰어도 나는 걱정을 안 했다. 아나나 다를까 너는 택시를 타고 집에 먼저 와서 우리를 기다리고 있었다. 택시기사에게 기다린 값까지 쳐달라고 내게 말했다."

아버지가 일어나 앉아서 말을 이었다.

"그때 니 왜 운전기사에게 아버지가 김명수라고 하지 않았느냐고 내가 물었다. 기억나니?"

"예, 그건 좀 천천히 쓰려고 했다고 그랬죠. 미리 써버리면 쓸 수 있는 카드가 줄어드니까요."

"그래그래, 준석아. 너는 내 아들이지만 하늘을 대신해서 키운다는 기분으로 난 널 키웠다."

그리고 잠시 쉬었다가 말을 이어간다.

"담배 한 대 다오."

"아버지, 안 됩니다."

"내 살 날 얼마 안 남았다."

준석은 바지 주머니에서 거북선을 꺼내어 아버지께 불을 붙여 드린다.

"준석아, 너 제대하거든 서울대 총학생회 선거에 나가거라. 그리고 가능한 한 뭐냐? 대학 운동권들 최고 수장이 돼."

"예에?"

"내 말대로 해."

"알겠습니다."

"그리고 내가 나름대로 JP, YS, DJ에 관해 정리해둔 자료가 있으니 니가 나중에 활용하도록 하여라."

준석의 아버지는 준석의 사법고시 3차 합격을 보지 못하고 운명하였다. 1986년, 준석은 고모부의 집 옆 포장마차에서 모자를 눌러쓰고 고모부를 만났다.

"준석아, 이번에 신한민주당 인천대회에 음모가 있다카이."

"네에?"

"니 와 지금까지 원천봉쇄란 말이 없겠노? 이번 기회에 운동권뿐 만 아니라 야당까지 전부 국보법으로 엮까 넣끄락 한다. 니 자중해야 한데이."

"야당 쪽에서는 어떻습니까?"

"그 인간들도 다 정보라인이 있다. 그래서 급진 재야와 운동권하고 선을 긋겠다고 선언을 한 기 아이가? 근데 막상 대회가 치라지믄 그게 되나? 군중들을 흥분시키는 프락치들이 도처에서 공작을 할 낀데, 진짜 조심해야 한데이."

준석은 노선이 몇 개로 갈라진 학생 운동권 각 수장들이 모인 가운데 온건론을 피력하였다. 최경호가 김준석에 극렬히 반대하였다. "김준석! 니 말도 당연히 일리가 있다. 그러나 민중의 힘이 한계 이상의 힘을 발휘하면 저들도 어쩌지 못해. 그리고 지금 외신 때문에 강력하게 우리를 제압 못해. 이런 기회는 자주 오지 않아."

인천 사태는 319명의 연행자, 129명의 구속자를 낳았다. 그리고 전국에 공안 정국이 휘몰아쳤고 준석도 수배자가 되었다.

1987년 6.29선언 후 준석은 수배에서 해제되었고 준석이 지지한 DJ는 대선에서 패했다. 1988년 초, 준석은 부장검사인 고모부의 소개로 민정당의 경민구를 만났다.

"이 친구가 김준석 군인가요? 하 검사님?"

"그렇습니다. 제 처조카입니다. 뭐 경력은 다 아실 테니끼네 더 이상 말을 않겠습니다."

술이 몇 잔 오가고 여민구는 직설적으로 말했다.

"나는 말을 돌려 하는 성격이 못 됩니다. 이번에 빈성낭 시억구 공천을 주겠소. 김준석 씨, 우리 새 시대를 열어봅시다. 6공은 5공과 달라요."

"말씀 정말 감사합니다. 저도 많이 생각해보겠습니다. 오늘은 저를 보셨으니 저는 이만 물러가겠습니다. 두 분서서 얘기 많이 나누십시오."

준석이 물러가고 경민구와 고모부는 구체적인 얘기를 나누고 있었다.

"하 검사님, 6공에는 저런 친구들이 필요합니다. 보수주의자들은 넘쳐나요."

"경 총장은 공안검사 출신 아이요? 그리고 좌파들을 극히 경계하는 기고도 많이 하셨고? 칸데 우리 준석이가 괜찮겠소?"

"이거 왜 이러십니까? 하 검사님. 다 알만한 분이. 정치란 게 그런 것입니다. 저런 친구가 6공에 들어와야 군사 정부의 이미지를 벗는 데 도움이 됩니다. 그리고요, 저런 출신들이 우리 쪽으로 오면 훨씬 더 잘합니다."

준석은 계속해서 운동권 친구들과 술을 마시면서 격론을 벌였다.

"니미럴, 지금이라도 DJ랑 YS가 통합하면 오죽 좋아."

"YS 쪽에서는 DJ의 이선 퇴진을 압박하고 있어. DJ는 물러날 사람이 아니고."

운동권의 주류는 87 대선과 마찬가지로 DJ를 지지하기로 했다. 그리고 재야도 DJ당인 평화민주당에 많이 입당하였다. 준석은 고모부를 만나서 양해를 구했다.

"고모부 죄송합니다. 저는 DJ 쪽으로 가겠습니다."

"그래, 니 뜻이 그러하다면 할 수 없제."

"이해해주셔서 감사합니다."

"준석아, 돌아가신 니 아버지 뜻 알제? 느그 아부지는 내게 항상 너를 제왕이 될 사람으로 키웠다고 하셨다. 그리고 제왕이 될 아들을 위해서 살았다고 하셨다카이. 어느 길을 가더라도 꼭 목표를 이루거라. 내는 니가 그리된다코만 한다믄 내 개인적인 욕심도 버릴 수 있다카이."

"감사합니다."

1988년 13대 총선은 소선구제로 치러졌다. DJ가 그렇게 주장했던 소선거구제는 또다시 지역분할 구도를 남겼다. 그래도 DJ의 평화민주당은 호남과 수도권을 발판으로 제1야당이 되었다. 준석도 서울에서 지역구로 당선되었다. 1988년 여름에 5공화국의 전반적 비리와 광주민주화운동에 관한 청문회가 열렸다. 청문회의 최고 스타는 노무현이었다. 노무현은 스스로 스타가 됐을 뿐 아니라 YS의 통일민주당이 똑똑한 사람이 많은 당이라는 이미지를 국민에게 심어주었다. DJ의 평화민주당 국회의원들은 증인을 심문할 때 과거의 고생 때문인지 지나치게 흥분하였다. 그리고 운동권 선배 중 평화민주당 국회의원 한 명은 공비 토벌 사진을 광주 학살 사진으로 잘못 가지고 나와서 큰 곤욕을 치렀다.

1989년이 되자 집권당 여기저기서 김준석을 만나보자는 제의가 들어왔다. 김준석은 면담 결과를 DJ의 최측근 이한수에게 통보하였다.

"이한수 의원님, 저쪽에서 가장 원하는 것은 모든 정당을 하나로 합하는 것입니다. 진보와 보수가 아우르는 당 말입니다. 그래서 일본의 자민당처럼 당내에서 계파정치가 이루어지는 내각제를 하기를 원합니다."

"차선은 뭐라고 합디까?"

"우리가 원한다면 우리 쪽하고만 통합 협상을 하겠답니다."

"허어, 기가 막히네이, 우리가 군사 정부와 손을 잡는다. 정치가 이런 것인가?"

"어쨌거나 어른의 뜻이 중요하지 않습니까?"

"그러긴 한디, 과연 그분이 할라고 하까 모르겠소."

DJ는 집권당의 제의를 거부했고 민정당과 통일민주당 그리고 신 민주공화당이 합당하여 거대 여당인 민자당이 탄생하였다. 통합 제의를 거부한 통일민주당의 몇몇 의원이 모인 당을 사람들은 '꼬마 민주당'이라고 불렀다. 준석은 꼬마 민주당 사람들과 어울리면서 술을 많이 마셨다.

1992년에 치러진 14대 총선에서 평화민주당은 서울과 호남에서 선전하여 원내 제1야당은 유지하였으나 '호남당＝DJ당'이라는 이미지가 고착되었다. 그리고 준석도 낙선하였다. 14대 총선에서는 대기업 회장 출신인 정주영의 국민당 돌풍이 불었다.

그리고 1992년 말, 14대 대선이 치러졌다. 1991년 평화민주당은 꼬마 민주당의 몇몇 의원 그리고 시민단체가 연합하여 신민주연합당을 출범시키고 대선을 맞이하였다. 14대 대선에서 준석은 재야단체가 통합하여 출범한 국민연합과의 연대를 극렬히 반대하였다. 결국 신민주연합당은 다시 색깔론에 휘말리게 되었고 DJ는 선거에서 패배하였다. DJ는 영국으로 유학을 떠났다. 얼마 후 준석도 머리도 식힐 겸 영국으로 유학을 갔다. 1년여를 머무는 동안 정치를 잊고 편안히 살았다. 가끔 DJ를 만나기도 했지만 한국의 정치 상황과 연관될 일이 별로 없었다. DJ도 정치 이야기는 거의 하지 않았다.

그러던 어느 날 재영 한국 유학생 모임에서 준석을 초청하였다. "안녕하십니까? 저는 이번에 재영 유학생 모임 회장으로 선출된 김용문입니다. 오늘은 특별히 김준석 전 의원을 모셨습니다."

곳곳에서 '우후' 하며 환영의 박수 소리가 들린다.

"정치 관련 질문은 일체 안 받았으면 한다고 제게 특별히 말씀하셨습니다. 김준석 전 의원께서도 저희와 똑같이 회원자격으로 오셨습니다. 회비도 똑같이 내고요. 10파운드 이상이 회비인데 쫀쫀하게 딱 10파운드 내셨습니다. 정치인은 함부로 기부해서는 안 된다고 그러셨는데 제가 악착같이 더 받아낼 겁니다. 소시지 스테이크 물리시죠? 한국 음식 먹고 싶으면 김준석 전 의원 회비 많이 냈다고 한국에 찌르지 마십쇼. 그건 우리의 적입니다. 좀 이따 김준석 회원께서도 다른 사람들처럼 자기소개를 할 겁니다. 그리고 노래도 할 겁니다."

준석은 맥주를 들이켜면서 자기 차례가 오기를 기다렸다. 그런데 어디서 들어본 이름이 들렸다.

"안녕하세요? 저는 장진영이라고 합니다. 1년 코스로 어학연수를 와서 석 달 후면 떠납니다. 있는 동안 잘 부탁드립니다."

소개가 다 끝나고 대학생들과 즐겁게 맥주를 마시고 있을 때 진영이 준석에게 와서 인사했다.

"안녕하세요? 의원님."

"혹시 말입니다. 제가 알고 있는 그분의 손녀가 맞으신가요?"

"예, 맞아요. 우리 집 별채에서도 숨어 사셨잖아요?"

"그렇군요. 가만…… 강산이는 뭐 하고 지내는지 아시나요? 얼마 전에 스코틀랜드로 어학연수를 왔다던데."

"전 잘 모릅니다."

진영이 준석과 대화를 나누는 동안 학생들은 슬금슬금 자리를 피해주었다. 준석이 진영을 만나 차 한잔을 마시자 진영의 아버지 장기준 회장으로부터 준석에게 전화가 왔다. 밥 한 끼를 같이 먹자 당 총재에게서 전화가 왔다. 그렇게 준석과 진영이 다섯 번인가를 만나자 한국에서는 준석과 진영의 결혼 준비가 다 돼 있었다.

1996년 15대 총선에서 준석은 DJ 신당에 합류하여 다시 국회의원이 되었다. 15대 총선에서는 김종필 총재의 자민련의 돌풍이 불었다. 1997년이 되자 사람들의 관심은 15대 대선으로 쏠렸다. 이때의 화두는 DJP 연합이었다. 이 일로 DJ에게 호의를 보였던 많은 민주 인사들과 재야인사들이 DJ와 등을 지게 됐다. 준석은 15대 대선에서 DJ의 당선을 위해서 온몸으로 뛰었다. 특히 TV토론에서 준석의 달변은 위력을 발휘하였다.

"DJ는 한나라당보다 보수 색채가 강한 자민련과 연합을 했습니다. 이것은 집권을 위해서라면 당의 정체성도 바꿀 수 있다는 뜻 아닌가요?"

"정부의 정책은 진보적인 정책과 보수적인 정책이 섞여 있습니다. 우리는 자민련의 보수 정책을 받아들여 정책 연합을 한 것입니다. 당 정체성을 바꾼 것이 아닙니다."

"저희들 진보 진영에서는 DJ의 개혁정신이 모두 없어졌다고 봅니다. 이래 가지고서는 국민의 신망을 얻을 수 없다고 보는데요."

"DJ가 지금까지 대통령이 되지 못했던 가장 큰 걸림돌은 너무 개혁적이라는 것입니다. 국민은 DJ가 좀 더 보수적이 되기를 원했습니다. 그래서 그렇게 하겠다는 것입니다. 그게 뭐 잘못됐습니까?"

"DJ의 북한에 대한 태도가 너무 유화적입니다."

"미국의 지극히 보수적인 단체인 해리티지 재단에서조차 DJ의 햇볕정책이 이 시점에서 북한의 핵개발을 막는 가장 효율적인 방법이라고 했습니다."

"DJ는 자민련에게 내각제를 약속했습니다. 과연 그것이 가능할까요?"

"그것이 궁금하시면 진짜 좋은 방법이 있습니다. DJ를 대통령으로 뽑아주십시오."

"DJ의 사상이 의심됩니다."

"DJ는 한민통 활동 당시에도 조총련과의 연합을 단호히 거부했습니다. DJ가 광주민주화운동 후 사형선고를 받았을 때 미국 공화당의원들이 구명운동을 많이 했습니다. 미국 공화당은 반공주의자들입니다. 그 공화당이 DJ 구명운동을 했습니다. 미국의 정보력을 과소평가하시는군요. 그 사람들이 사상이 의심스러운 사람의 구명 운동을 했겠습니까?"

1997년 말, 드디어 DJ는 대통령에 당선되었다. 선거 뒤풀이가 끝나고 준석은 서재에 혼자 앉아서 골똘히 선거를 돌아보았다.

'만약 이인제가 선거에 나오지 않았다면, 만약 IMF가 오지 않았다면, 만약 병풍이 없었더라면, 만약 보수 세력이 아닌 진보 세력과 손을 잡았더라면, 그 많은 변수가 없었더라면 이번에도 DJ는 당선되지 못했을 거야. 정말 대권은 하늘이 내려줘야만 하는가 보다.'

장철희의 과거

　1972년 장 박사는 철희의 초등학교 3학년 담임교사와 식사를 하고 있었다.

　"박사님, 철희는 천재입니다. 가우스가 계산한 방법과 똑같이 1부터 1000까지를 더했습니다. 철희가 산수 시간을 하도 따분해해서 맨 뒷자리에 앉히고 혼자서 산수 공부를 하게 한지 석 달 만인데 벌써 초등학교 6학년 산수를 다 풉니다."

　"허허 그캅니까? 고 선생님이 잘 가르쳐줘서 그카는 것은 아니고예?"

　"아닙니다. 철희는 범인의 범주를 벗어난 아이입니다. 제 생각은 아예 학교를 그만두게 하고 앞으로 고등학교 과정까지 검정고시 공부를 시키는 것이 더 나을 것 같습니다."

　"그카믄 쓰요? 정상적으로 살아야제."

　"무엇보다 철희가 이 교과 과정을 못 견딥니다. 천재는 천재답게 키워야 합니다. 그리고 아버님."

　"와요? 고 선생님."

　"철희는 아버님의 자식으로만 키워서는 안 됩니다."

　"어허, 그게 무슨?"

　"철희는 큰 인물이 될 사람입니다. 아버님은 철희를 국가에 양보해야 합니다."

　"하하하, 그랍니까? 내 듣기 좋으라고 빈말 하시는 거는 아이요?" 장 박사

251

는 기분이 좋아 집에 들어왔다. 장 박사의 부인은 장 박사의 외투를 받아주면서 근심스럽게 묻는다.

"여보, 고 선생님 말이에요."

"와? 고 선생이 와?"

"그 사람 형이."

"거 다 아는 소리 아이가? 이 송현읍에서 월북한 사람이 한둘이가? 지 형이 월북한 거하고 아들 가르치는 기 뭔 상관이 있다고 그라노?"

장 박사는 아들이 머리가 뛰어나다는 것은 빨리 간파했지만 한편으로는 걱정이 많이 되었다. 아들은 아주 어려서부터 호기심이 너무 많았고 모순이 되는 현실을 발견하면 아주 작은 것이라도 장 박사에게 꼬치꼬치 캐물었기 때문이다. 나중에 데모꾼이라도 되면 어쩌나 걱정이 많았다.

"아빠, 왜 경찰 아저씨가 사람을 때려?"

"희숙이 아빠는 공무원이래요. 근데 공무원은 무조건 박 대통령을 찍어야 된데 왜 그래?"

"왜 추운데 우리를 세워놓고 교장 선생님은 저렇게 말을 많이 해?"

"왜 부두에서 일을 많이 하는 사람들이 더 가난해? 노력하면 부자가 된다고 했잖아?"

그런 아들이 초등학교에 들어가자 견디지를 못했다. 장 박사는 이유를 몰랐다. 시험을 봤다 하면 전 과목에서 몇 개만 틀려 왔다. 그러나 학교를 가기 싫어하였다. 그러다가 초등학교 3학년이 되어서 고 선생이 부임한 이후로 철희는 활기를 찾았다. 장 박사가 철희에게 물어보았다.

"철희야, 니 와 고 선생님이랑 공부하면 재밌노?"

"고 선생님은 항상 '이것이 맞아'라고 하지 않아요. 내가 어떻게 생각하는지 물어봐. 그런 다음 이것도 맞고 저것도 맞고 내 말도 맞고 다른 사람 말도 맞다고 해. 그래서 좋아."

고 선생은 월북한 고계원의 막내동생이었다. 경남 송현읍은 육지, 해상 모두 경남 남부와 여수-순천을 잇는 교통의 요지인데다 해산물도 풍부해 일찍부터 경제가 발전하고 근대화의 모습을 빨리 갖추었다. 선거에서는 지방이라고 하기 무색할 만큼 야당세도 강했다. 부유한 사람이 많아서 장 박사 친구 중에 중학교를 졸업하지 못한 사람은 손으로 꼽을 정도였다. 엘리트들이 많은 만큼 사회주의와 공산주의 사상에 빠진 사람도 많았다. 해방 후 남로당 지구당이 전국에서 몇 번째 안 가서 생길 정도였다. 당시 혈기가 왕성한 10대 후반의 장 박사 또래들은 남로당 행사에 많이들 참가했다. 장 박사는 지금도 그때를 생각하면 아찔하였다. 남로당 지구당 출범식에 설사가 나서 가지 못했다. 그 설사가 자기를 살린 것이나 마찬가지였다. 장 박사보다 다섯 살이 많았던 고계원은 일제 말엽 동경제대 법학부를 유학하고 나서 공산주의자가 되었다. 6.25때 장 박사의 가족이 부산으로 피난 갔을 때 고계원의 얘기를 들을 수 있었다. 월북을 미리 했던 고계원은 북한이 밀고 내려와 송현을 장악했을 때 임시 송현 읍장을 맡았다고 했다. 피난을 가지 않고 송현에 남아 있던 친구 중에 고계원과 식사 한 번, 술 한 번 먹은 것까지도 곤욕을 치른 친구들이 많았다. 유엔군의 인천 상륙작전 후 고계원은 간신히 해로로 월북했다는 소식은 들었다. 그러나 송현에 남아 있던 고계원의 가족은 풍비박산이 났다. 부모님은 돌아가시고 막내 고희종은 누나가 어찌어찌 키웠다고 했다. 희종도 형을 닮아 공부를 잘했으나 취직을 할 수 없었다. 그러나 초등학교 선생이 부족하여 연수원 교사까지 채용을 해줄 때 4년제 대학을 나온 그는 초등학교 교사로 부임할 수 있었다. 그 희종이 철희의 초등학교 3학년 담임선생이 된 것이다. 희종이 철희의 담임이 된 후부터 철희는 활기를 찾아서 장 박사는 다행이었다. 월북가족 어쩌고 하는 것은 신경 쓸

입장도 아니었다. 철희는 희종이 담임을 하고 나서부터 학교 가는 것을 좋아했다. 그렇게 학교를 잘 다니던 철희가 어느 날 빨리 집에 왔다. 철희는 방 안에 틀어박혀 나오지를 않았다. 그날 오후 고희종이 집으로 찾아왔다.

"아버님, 제가 실수를 한 것 같습니다. 운동회 매스 게임에 철희를 집어넣은 게 실수였습니다."

"그게 와요?"

"철희는 제게 모두가 똑같은 동작을 하는 게 싫다고 했습니다. 그런데 제가 친구들하고 협동심을 기르라고 집어넣었습니다. 빼줘야 할 것 같습니다."

"허어, 그런 것을 못 견뎌 해요?"

"그래서 철희한테 읽힐 책을 좀 가져왔습니다."

"이기 뭐요? 중국 고전 아이요? 『정관정요』, 『한비자』 그리고 이것은 마키아벨리 『군주론』. 아니, 고 선생 이런 것을 우리 철희가 읽을 수 있다고 생각하시오?"

"예, 아버님. 철희에게 친구들하고 협동심을 기르라고 얘기하는 것은 무의미할 것 같습니다. 철희에게는 제왕의 도를 가르치는 것이 빠릅니다. 제가 장담합니다. 아버님. 분명히 달라질 겁니다."

그날 이후 철희는 학교에도 가지 않고 밥만 먹으면 고 선생이 가져다준 책을 읽어대기 시작했다. 그리고 일주일이 지나자 씩씩하게 다시 학교를 갔다.

1972년, 유신헌법이 국민투표를 통과한 지 얼마 안 되어 장 박사에게 유서를 남기고 고희종은 목을 맸다.

"장 박사님, 이 세상에 미련은 없습니다. 다만 철희를 이대로 두고 떠나는 것이 아쉽습니다. 철희를 과학자로 키워주시기 바랍니다. 판검사를 시키고 싶다는 유혹을 떨쳐버리시고 꼭 과학자로 키워 주십시오. 앞으로는 그렇게 하는 것이 지도자로 가는 더 빠른 방법이 될 겁니다. 저는 이대로 떠나지만 철희가 사람들에게 희망을 주고 살맛나는 세상을 만들어주는 훌륭한 지도자가 되길 빌겠습니다."

고희종이 죽고 나서 철희는 다시 학교에 가지 않았다. 집에서 혼자서 공부해서 5년 후 중학교 과정을 검정고시로 통과하였다. 1977년 철희가 중학교 검정고시를 통과한 후 장 박사는 서울로 이사하여 내과를 오픈하였다. 철희는 머리를 기르고 한 2년간 록음악에 미쳐 살았다. 아버지의 간곡한 부탁으로 낮에는 학원을 다녔지만 저녁에는 나이트클럽에서 전자오르간을 연주하였다.

1980년 1월 어느 날, 철희는 언제나처럼 빨리 출근해서 무대 위를 청소하고 있었다. 방송사의 취재진이 들이닥쳤다. 서울대에 새로 생긴 전산과에 자연대 전체 수석으로 합격한 것이다.

1986년, 철희는 서울대 전산과 박사과정을 마치고 미국의 캘리포니아 공과대학으로 유학을 떠났다. 거기에서 그는 미국 내 반전과학자 모임을 이끌고 있는 마이클 키라리 화학과 교수를 만났다. 그는 진보성향 시민단체와 함께 레이건의 팍스 아메리카나 정책에 반대하는 데모에 항상 맨 앞장을 섰다. 그는 동양철학에 대해서도 해박하였다. 베트남 참전 군인이기도 한 그와 장철희는 많은 대화를 나누었다.

"장 박사, 지금 서양의 물질문명은 아이러니컬하게도 서양이 너무 무식했기 때문에 이루어졌소."

"네에?"

"지금 유네스코 문화유산이 된 유럽의 아름다운 건물들을 보시오. 닥지 닥지 붙어서 인간이 숨을 쉬지 못하오. 그래서 페스트도 온 거요. 화장실이 없어서 사람들은 자신들의 대변을 집 바깥으로 집어 던졌소. 지금의 수세식 화장실은 무식했던 과거의 산물입니다. 동양처럼 진맥을 짚어서 사람 몸을 진단하지 못하니 청진기가 발달하고 현미경이 발달한 것입니다. 역설적이지요. 껄껄껄."

"그렇군요."

"동양인의 사유에는 절대적이라는 것이 없소. 지극히 완벽한 것에는 허가 있고, 지극히 완벽한 불에는 물이 포함되어야 하오. 도덕의 완성과 정서적 행복감이 일치하오. 동양인들에게는 환경보존의 개념이 없소. 왜냐하면 환경은 보존하는 대상이 아니라 인간과 일체가 되어 살아가는 것이라 보았기 때문이오. 지금 서양의 이상을 이룬 국가들은 북유럽의 복지 국가들이오. 하지만 마약과 자살 문제가 끊이질 않소. 서양문명은 정신의 빈곤함으로 인해서 필연적으로 그것을 동반하게 되어 있소."

"그렇군요."

"닥터 장, 동양의 정신문화가 완벽하게 꽃핀 나라가 어딘지 아시오?"

"글쎄요."

"조선이오. 당신네 나라는 21세기 인류의 정신문화를 이끌어야 하오. 그런 당신네 나라가 남과 북 모두 편협 된 이념으로 전체주의가 지배하고 있다는 것은 참으로 비극입니다. 단순히 정신문화만 발달한 것이 아니었습니다. 정약용과 최한기를 보시오."

장철희는 키라리에게 매료되었다.

"닥터 장, 베트남에서 우리는 사람과 싸운 게 아니었소."

"What?"

"우린 공산주의자인 베트콩과 싸운 거요."

"이해할 수가 없는데요. 베트콩은 사람이 아닌가요?"

"아닙니다. 베트콩은 절대 악입니다. 절대 악은 사람의 형상을 하고 있을 뿐 사람이 아닙니다. 쓸어버려야 할 마귀입니다. 세상에 존재해서는 안 될

대상이지요. 서양 역사에는 항상 절대 악이 존재했소. 공산주의자, 유태인들, 이교도들, 유색인종, 인도주의니 박애주의니 하는 것은 그 절대 악에게는 적용되지 않소. 왜냐, 그것은 그 자체로서 절대 악이기 때문이오. 미군의 폭격 때문에 어린애까지 몰살당해도 그것은 미국의 잘못이 아니오. 애초에 베트콩이라는 공산당이 있어서 그런 거요."

"그렇습니까?"

"절대 악의 존재는 많은 것을 합리화합니다. 그리고 거기다 기독교가 결합되면 더 견고해집니다. 기독교는 신의 편 아니면 악마 편이라는 단편적인 사상입니다. 기독교는 평화의 종교가 아닙니다. 기독교는 교리 자체가 타종교와 융합할 수 없는 종교입니다."

그런 키라리와 장철희는 친하게 지냈다. 그러던 어느 날 키라리가 장철희를 집으로 초대했다. 일본인 부인과 그의 자녀들은 장철희를 반갑게 맞았다. 식사 후 그의 서재에서 키라리는 부탁한 것을 달라고 했다. 장철희는 몇 장 안 되는 키라리와 찍은 사진들을 모두 돌려주었다. 키라리는 장철희가 준 사진과 키라리가 가지고 있던 장철희와 찍은 사진들을 전부 벽난로에 던졌다. 그리고 비장하게 말했다.

"장 박사는 이제 나와 지냈던 모든 흔적을 지워야 합니다. 그동안 즐거웠소. 앞으로 우리 만나지 맙시다. 그리고 마지막 부탁이 있소."

이틀 후 일요일, 장철희는 키라리의 부탁으로 키라리의 부모와 친척이 다니는 미국 교회에 갔다. LA의 고급 주택가 한가운데에 자리 잡고 있었다. 거의 모든 신자가 백인이었다. 키라리의 부모는 장철희를 반갑게 맞아주었다. 키라리의 조상은 청교도 출신으로 미국에서 대대로 군인 가족이었다. 아버지는 한국전 참전 출신이었다. 4촌 중에 노벨상 수상자가 두 명이나 있었다. 일주일 후 키라리는 뇌종양 수술을 받던 중 숨졌다. 유언은 미리 해두었다.

쓸 만한 장기는 다 환자들에게 기증하고 뇌는 의과대학에 기증하였다. 그리고 장철희에게도 유언이 도착했다. 자필로 쓴 어눌한 한글이었다.

"장 박사, 그동안의 내 인생이 후회됩니다. 그동안 나는 잘못된 생각을 가지고 평생을 살았습니다. 나는 너무 늦었지만 장 박사는 어서 교회에 가서 하나님을 영접하십시오. 그리고 한국에 돌아가 훌륭한 지도자가 되십시오."

장철희는 그 뒤로 독실한 기독교 신자가 되었다. 1988년 올림픽이 열리던 해, 철희는 석사장교로 입대하였다. 훈련소에서 3주가 지난 어느 날, 훈련소 소장이 불렀다. 사단장실로 들어가니 중령 계급장을 단 사람이 사단장의 소파에 앉아 탁자에 다리를 들어 올리고 앉아 있었다. 그리고 무슨 서류 같은 것을 보더니 "맞구만, 갑시다."라고 짧게 말하고 철희를 보안사령부로 데려갔다.

"우리가 장 소위를 보자고 한 것은 부대 명칭이 기무사령부로 바뀌는 데 맞추어 사령부의 통신 시스템을 전반적으로 수정할까 하는데 그 일을 맡기고자 해서요. 일단 일을 시작하시고 혹시 민간인 중에 필요한 사람이 있으면 지원을 부탁하쇼. 장 소위는 이 일을 마칠 때까지 못 나갑니다. 그러니 빨리 제대하고 싶으면 일을 빨리 끝내쇼."

장철희가 할 일은 구식 감청 시스템을 신식 디지털 시스템으로 바꾸는 것이었다. 그렇게 어려운 일은 아니었다. 잘하면 두 달 내로 다 끝낼 수도 있었다. 그러나 장철희는 감청 담당 소령에게 어려운 용어를 써가면서 시간을 질질 끌었다. 그리고 석사 장교 제대 한 달을 남기고 예비 실험까지 완벽히 해냈다. 사령관은 아주 기뻐하였다. 그리고 한 달짜리 휴가 겸 제대증을 받고 학사 장교를 마쳤다. 장철희는 예비군복을 입고 집으로 향하는 버스 안에서 혼자서 생각했다.

'보안사에 안기부, 거기다 청와대 경호실까지 이런 식으로 민간인들 상황

을 손바닥 보듯 다 알고 있는데 무슨 놈의 정권 교체? 정권 교체는 앞으로도 10년은 더 걸린다.'

1989년, 서울대 최연소 교수자리를 뿌리치고 철희는 IT회사를 차렸다. 1990년대 후반부터 시작된 IT 벤처 열풍을 타고 장철희의 회사는 번창하였다. 그러나 다른 IT회사들은 기술력보다는 트렌드에 따른 코스닥 상장으로 호황을 누렸다. IT 벤처 거품이 빠진 2000년대가 왔어도 철희의 회사는 계속 번창하였다. 그리고 정치권의 러브콜은 계속되었다.

2011년 봄, 철희는 아내와 함께 결혼기념일에 근사한 레스토랑을 갔다. 선물로 반지를 건네주며 아내에게 말했다.

"여보, 당신은 날 떠나지 마. 당신을 사랑해. 그리고 이제 나는 세상에 나가려고 해."

서울에서의 마지막 경선

2012년 10월 LA의 한식당에 사내 둘이 앉아있다.

"참말로 오랜만입니다. 기두 행님."

"그래, 강수야. 넌 미국에 산지 벌써 한 40년 됐다면서. 고생이 많았지?"

"고생이랄끼 있습니까? 지같은 인간을 필요하는 데도 많십니다. 역시 마 미국이락카는 데는 기회의 땅은 맞습니더."

"왜 그동안 날 찾질 않았지?"

"신분을 다 세탁하고 숨카븐 행님인데 누굴 만나고 싶어 하지 않겠다 싶어 내사마 팬히 사시라고 냅뒀지요. 미스터 에드워드 박."

"그런데 이제 와서 왜?"

"갑자기 행님이 보고 싶어졌습니다."

"그러니까 그게 왜?"

"이 강산이란 노마 때문에요."

광주에서의 경선 직후 민권당의 경선은 예측 불허로 바뀌었다. 연일 언론 사마다 여론조사 결과를 발표하였지만 오차 빔위 인에서 순위들이 요동 을 쳤다.

명진수는 조경덕에게 만나서 얘기를 좀 하자고 사정하여 모처에서 조경덕 을 만났다.

"자, 진짜 솔직히 얘기해보시오. 이강산이를 누가 도와주고 있는 것은 아니요? 호남에서 우리를 이긴 것은 그렇다 치고 어떻게 김준석보다 2배 많은 표가 나온단 말이요? 제주를 감안할 때 호남에서는 이강산이가 다 쓸어버렸다는 말입니다. 이게 말이 됩니까?"

"아, 나도 몰라요. 그리고 이젠 나도 명 선생 안 만납니다. 이제 나도 이기고 싶어요."

"TV토론의 달인한테 몰래 수업을 받는 것은 아니요?"

"아니라니까요. 대부분이 평소 자기가 하던 말입니다. 그리고 TV토론에서 한 말이나 자기 홈피에서 한 말이나 다 똑같지 않습니까?"

"난 도대체 이강산이 파악이 안 돼요."

"난 파악이 잘되던데요. 보니까 선생님 쪽도 그렇고 김준석 쪽도 그렇고 이강산을 너무 복잡하게 보는 것 같아요. 옆에서 며칠만 지켜보면 이강산 후보 그렇게 머리 쓰고 복잡하게 사는 사람이 아녀요. 그리고 나타나는 변수들도 이강산도 예측 못했던 거잖습니까? 전에 말씀드렸다시피 이강산 후보는 그것은 확신한다고 했습니다. 예측하지 못한 변수는 나타날 수밖에 없다고. 그것이 인간사라고 하믄서. 사실 경선 도중 나타나는 변수에 대해서 이강산 후보도 정신없어합니다."

이강산의 선거사무실에서 태식과 강산, 조경덕이 이야기를 나누고 있다.

"이번 경선에서 이기고 싶지 않으십니까? 이제 떡고물은 없습니다. 오로지 내가 경선에서 이기는 것뿐입니다."

조경덕이 강산에게 놀라듯 물어본다.

"왜 날 그렇게 처다봐?"

"미국에 계신 사모님 말인데요. "

"그게 왜?"

"왠지 위장 이혼 냄새가 짙게 풍깁니다."

조경덕은 태식과 강산 두 사람을 번갈아 쳐다보더니 사정을 털어놓는다.

"아, 그럼 어떻게 해? 국회의원이 애들 유학 보내고 기러기 한다면 나를 좋게 봐줄 것 같아? 나도 어쩔 수 없이 그런 거라구."

"결혼을 시키십시오."

"뭐라고?"

"뭔 말인지 모르겠습니까? 재혼을 시키시라구요? 그리고 또?"

"또 뭐? 도대체 나한테 왜 그래?"

"법안 몇 개 통과될 때 이익단체한테 좀 받은 거 말입니다. 그거들켜도 저는 상관없어요. 오히려 한국 당적으로 있을 때 일이니까 나한테 더 좋을 수도 있습니다. 내가 조 대변 쳐버리면 조 대변은 진짜 오리알 되는 겁니다."

"알았어. 알았다고. 내 개운하게 처리할게."

"그리고 우리 병역 문제는 있는 대로 얘기하는 걸로 해요. 숨길 게 뭐 있습니까?"

조경덕이 어느 연예인에게 전화한다.

"잘 있었냐?"

"예, 형님. 형님도 잘 계시죠?"

"요새. 안 하지?"

"그럼요. 안 하죠."

"요새가 문제가 아니라 옛날 것 들키도 한 몇 년긴은 끝이지."

"아, 왜 그러십니까? 그건 덮기로 했잖아요. 그리고 상습으로 한 것도 아니고 나이트에서 교포 애들이 몇 번 주니까 핀 것 아닙니까? 미국에서는 합법인 주도 많아요."

"그래, 그건 미국 얘기고."

"제가 뭘 할까요? 말씀만 하십쇼."

"너 내 와이프랑 미국서 몇 번 만났지?"

"그렇죠, 뭐. 새삼스러운 일도 아니잖습니까? 형수님이 지금 미현 씨도 소개시켜 줬고요. 둘이 잘 만나고 있습니다."

"너, 내 마누라랑 결혼해."

"네에? 그게 무슨 말씀이세요?"

"잡소리 말고 낼 미국 교회 아무 데나 가서 결혼식 올리라고. 자세한 건 내 마누라가 얘기해줄 테니." 하고 전화를 확 끊더니 다른 곳에 전화를 한다.

"안녕하십니까? 회장님 저 아무래도 안 되겠습니다. 저 그 사과 한 입도 안 댔습니다. 썩기 전에 돌려 드릴까 해서요. 저는 그게 사과인 줄도 몰랐습니다. 돌려 드리려고 그렇게 해도 한국에 안 계셨잖아요. 보안상 직접 안 전해드릴 수도 없고."

"거, 조 의원 이러지 맙시다. 그러면 제가 곤란해져요."

"하여간 저 모르게 갖다 준 것 아닙니까? 전 받을 수 없어요."

"그거야 당연하지요. 조 의원은 전혀 몰랐죠."

"제가 완벽하게 다시 갖다 드리겠습니다."

조경덕은 녹음이 된 자기 휴대폰을 들여다본다.

"참 성인병에는 사과가 좋은데. 이 좋은 사과를 못 먹고. 이제 뭘 먹어야 하나……."

조경덕이 기자들 앞에서 회견을 한다.

"그러니까 이강산 후보와 친구이자 보좌관인 김태식 씨의 병역의혹은 이걸로 해결이 된 겁니다. 둘 다 2대 독자라서 6개월 방위라는데 어쩔 겁니까?

그 당시 법이 그랬는걸. 아, 어차피 장기준 회장 아들도 아니라고 판명 났잖소?"

한 여성기자가 질문한다.

"그리고 조 대변인도 18개월 방위를 하셨는데, 누가 조 대변인에게 방위라고 하겠습니까? 도대체 신체검사 4급을 받은 이유가 뭐죠?"

"(뜸을 들인 후) 제가 방위가 된 사유는 암내입니다."

기자들이 웅성거린다.

"겨드랑이 암내가 하도 심해서 방위가 된 것입니다. 왜 자꾸 남의 아픈 데를 긁고 그럽니까? 자, 보슈."

조경덕이 겨드랑이를 들자 겨드랑이가 땀에 젖어 있다. 앞에 앉은 기자들이 코를 막는다.

강산이 조경덕과 태식을 다시 앉혀 놓고 다시 회의를 한다.

"지금 김준석 쪽이나 장철희 쪽에서 지지성명이 많이 나오고 있습니다. 우리는 방송통신대 동창회랑 제 2금융권에서 두 곳뿐이구요." 태식이 걱정스레 말을 잇는다.

"그것은 괜히 했어. 괜히 아버지가 나서 가지고. 오히려 사람들이 비난했었잖냐? 늬가 주장한 제2금융권 금리 현실화 방안이 사실 사채를 없애는 좋은 방안이긴 해도 어디 사람들이 그렇게 생각하냐? 이자 올린다고 하면 사람들이 다 싫어하지. 김태식 아버지 알뜰신용금고 회장이 주도했다고 언론에서도 까댔고."

"아냐, 태식아 알 만한 사람은 알 기야. 경제적 고통이 뭔지를 아는 사람은 이념을 떠나서 내 주장이 옳다는 것을 피부로 느낄 거야. 겉으로 들어난 여론하고 달라."

그리고 강산이 조경덕에게 부탁을 한다.

"저기 말입니다. 조대변이 고문으로 있는 전국 단기 사병 전우회 있죠. 거기서 내 지지성명 하나 내주라고 하십쇼."

"뭐어?"

그리고 태식과 조경덕에게 저녁에 자기랑 같이 저녁 접대를 해야 하니 약속을 빼놓으라고 당부를 했다. 강산은 IK 그룹 회장 비서실로 직접 전화를 걸어 형 석필에게 부탁을 했다.

"형 회장, 우리 식사나 한 끼 합시다. 오늘 저녁 남산 호텔에서 밥 한번 사께."

사람들이 다 보이는 탁 트인 남산 호텔 프랑스 식당에서 강산이 저녁을 거나하게 샀다. 그리고 담배를 피울 수 있는 야외 칸으로 옮겨서 와인을 한 잔 더 하였다. 사람들은 그들이 누군지 다 알아 봤지만 다가와서 말을 걸지는 않았다.

강산이 석필에게 부탁을 하였다.

"어이, 형 회장님. 자네 내 부탁 하나 들어주라."

"그래 늬가 그냥 밥을 살리는 없지. 뭐냐?"

"늬가 세주 고등학교 총동창회장이란 걸 안다. 동창회이름으로 내 지지성명 내다오. 그리고 또."

"또 있냐?"

"늬가 총무로 있는 21세기 경영자 모임 있지 않냐? 재벌 2, 3세로 구성된 거 밥맛없는 모임. 거기서도 해주라."

"머어? 하하하!"

다음날 특전사 예비역 협회를 비롯 각종 특수부대 출신 예비역 연합회에서 김준석 지지성명을 냈다. 그때 전국 단기사병 연합회에서 동시에 이강산 지지성명을 냈다.

장철희 측에서는 명진수의 작품을 내놓았다.

보수 색채가 짙은 경제단체 몇 군데와 함께 전국 노점상 협회에서 동시에 지지성명을 발표하였다.

그리고 형석필도 세주고등학교 동창회와 21세기경영자협회 명의로 지지성 명을 냈다. 기자들이 형석필에게 질문을 하였다.

"이 사진은 어젯밤 남산 호텔 고급 레스토랑에서 이강산 후보와 김태식 보좌관 그리고 조경덕 대변인과 같이 식사를 하는 모습입니다. 이 식사대접 후 지지성명을 결심하신 것이 아닙니까?"

"예, 맞습니다. 고등학교 동창이 비싼 식사 사면서 사정사정하는데 어떻게 안 들어 주겠습니까? 그리고 내가 지지성명 낸다고 될 일이 아닙니다. 다른 분들이 동의를 해줘야 합니다. 저는 강산이의 부탁으로 그 분들에게 강산이 의 간곡한 뜻을 전한 겁니다."

기자들은 재계서열 9위의 형 회장이 이강산 후보를 강산이라 부르는 것이 신기하였다. 과거 이강산과 형석필의 고등학교 때 학생회장 선거 과정을 보 도해주기도 하였다. 한편 거의 모든 일간지마다 야간에 재래시장을 돌아다 니는 김준석과 장철희의 사진을 실었다. 두 사람이 국밥을 먹고 어묵을 먹 는 사진도 실렸다.

태식이 걱정스럽게 물었다.

"강산아, 이 둘은 시장 돌아다니는 사진이 실렸고 너는 호텔에서 식사하 는 모습이 실렸어. 이거 큰 일 아니냐?"

"태식아, 선거가 임박해서 비싼 밥 사주면서 끗발 있는 고등학교 동창한테 사정하는 것이 더 자연스럽니? 아니면 재래시장 돌아다니며 국밥 먹는 것이 더 자연스럽니? 겉으로 들어난 여론이 중요한 것이 아니야."

조경덕과 태식은 아무 말을 못했다. 그리고 이제 두 사람은 강산의 말을 명진수와 최경호에게 전하지 않았다.

종이 언론과 지상파에 익숙한 사람들은 강산을 비난하고 말았지만 온라인에 익숙한 사람들은 이강산의 레스토랑 식사를 비난했건 안 했건 이 강산의 재래시장 활성화 방안을 접할 수밖에 없었다.

그리고 케이블의 한 오락프로에서는 방위에 관한 특집 방송을 하였다. 지상파에서도 방위들을 소재로 한 개그와 예능프로가 계속되었다.

다시 LA 한인식당에서 그 두 사람이 대화를 계속한다.

"기억하십니까, 행님? 삼선 개헌 통과될 때 우리 얼마나 드르븐 짓 마이 했습니까? 협박에 공갈에 말 안 듣는 놈 줘 패고……. 그래 해도 안 되면 가족까지. 그야말로 정권의 개 노릇 마이 했습니다. 그카고 나서 선거를 이기니까네 저, 행님 그리고 부장님 어떻게 했나 말입니다. 행님은 억울하지도 않습니까?"

"그 시대엔 그랬어. 그리고 우리는 어차피 소모품이었고. 그걸 누굴 탓하겠어."

"제가 누굴 탓하겠심니까? 지는 다만 그아? 부장님이 잘 보살피라던 그아가 궁금해서 찾아온 깁니다."

"그건 이미 한국에서 한 차례 시끄럽게 지나갔다. 김준석 부인과도 상관없고. 이강산하고도 상관없다고. 가만 보니 한국 언론에 제보한 사람이. 너 이런 말하려고 나 만나러 온 거면 나 가겠다."

"첨에 실수를 쪼매 했습니다. 행님이 가가 딸 안지 머슴앤지도 안 가르쳐 줘가 말입니다."

박기두가 옷을 들고 일어난다.

"행님, 이강사이 그분아 맞지예?"

박기두는 그냥 달려 나가고 김강수는 의미심장한 미소를 짓는다.

그리고 나서 얼마 후 장철희 선거사무실로 김강수가 찾아왔다. 사무실 안으로 들어온 김강수는 장철희 보좌관을 만난다. 장철희 보좌관들이 역정을 내면서 말한다.

"당신이 하도 중요한 얘기라 해서 만나는 겁니다. 이 선거 캠프에 얼마나 엉뚱한 정보를 가져오는 사람들 많은 줄 아십니까? 만약 헛소리를 해대면 경찰을 부를 수도 있습니다."

김강수는 옛날 명함을 내놓는다.

"이것이 내 옛날 명함입니다. 장철희 후보 측의 정보력을 함 보겠습니다. 뒷면에 제 전화번호가 있으니 오늘 안으로 연락바랍니다."

어느 호텔 방에서 장철희 측 명진수와 김강수가 은밀히 만난다. "그러니까 당신 말은, 1971년 대선 당시 당신이 감시하던 그 갓난애가 이강산이다 이 말 아닙니까? 그래서 이강산이가 정권 실세의 아이이거나 아니면……."

"만약 그 당시 이 아이의 실체가 밝혀졌으면 박 대통령은 1971년대선에서 이길 수 없었습니다. 그러니까 이강사이는 민권당과 절대 어울릴 수 없는 사람이다 이겁니다."

"장철희는 당신이 나와 접촉한 것을 전혀 모르오. 뒤탈 안 나게 완벽하게 할 수 있겠소? 그리고 거래는 한 번으로 끝냅시다."

"역시 선생님 같은 프로페셔널한 분과 얘기를 해야 대화가 됩니다. 아까 마, 그분들은 너무 아마추어 같아가."

명진수가 장철희 후보 측 사람들과 모여 앉아서 당부한다.

"그 사람이 우리 캠프에 다녀간 걸 부인하지 마십시오. 너무 부인했다가는 오히려 의혹을 삽니다. 캠프에 헛소리하는 사람 얼마나 많이 찾아옵니까? 우리는 그렇게 정리하면 됩니다. 그리고 장철희 후보는 그 사람을 본 적도 없고 알지도 못합니다."

"그래도 명 선생님이 그 사람을 한번 부추겨보시지 그랬습니까? 그 친구 덕택에 이강산 표가 깎이고 장철희가 올라갈 수도 있잖습니까? 이강산이 5천 표가 깎이면 장철희와 1만 표 차이가 납니다. 이강산 표는 원래 장철희 거였으니까요. 민권당 대안세력 거였다구요. 이강산이 꺾이면 우리가 유리합니다."

명진수가 단호하게 말한다.

"안 됩니다. 그런 인간들하고 거래를 해서는 안 됩니다."

회의가 끝나고 다른 참모들이 아쉽게 일어서자 명진수는 의미심장한 미소를 짓는다.

이틀 후 잘 팔리지 않는 2류 일간지 1면에 이강산의 출생 비밀이 대문짝만하게 실렸다.

'사라지지 않은 의혹, 이강산이 그 업둥이가 아닌 것이 확실한가?'

전 중정요원의 고백,

"나는 이강산의 생모를 보호하던 사람이었다."

"이강산은 3공화국과 깊숙이 연관돼 있다."

"나는 생모가 이강산을 업둥이로 버리는 모습까지 목격했다."

"분명히 장기준 회장댁"

인터넷은 당장 뜨거워졌고 그날 모든 뉴스는 이강산 출생으로 도배했다. 3공화국과 4공화국에 연관된 인사들은 근거 없는 소리라고 일축했다. 그러면 그럴수록 인터넷에서는 난리가 났다.

"국민 여러분 안녕하십니까? 케이블 EBN에서는 이강산 후보의 과거를 알고 있다는 전 중정요원이라는 분과 단독 인터뷰를 마련했습니다."

사회자: 과거에 어디에서 근무하셨습니까?

변조된 목소리로 한 남자가 얘기한다.

어떤 남자: 1968년부터 1971년까지 중앙정보부 국내부 소속이었습니다.

사회자: 주로 하신 일이 무엇이었습니까?

어떤 남자: 주로 국내의 정치공작을 맡았습니다. 지금 정치인 중에도 제가 만들어준 흉터를 가지고 계신 분이 있습니다.

사회자: 그런데 1970년 이후 하시는 일이 변경이 됐다고요?

어떤 남자: 그 당시 3공화국 인물들과 박 전 대통령에 관한 여자문제를 담당했습니다.

사회자: 좀 더 구체적으로 말씀해주실 수 있나요?

어떤 남자: 연관이 없음에도 연관됐다고 주장하는 여자들이 많았습니다. 배후 조종하는 사람도 있었고요. 그래서 그 진위를 확실히 파악하여 후환을 없앴습니다. 그리고……

사회자: 그러고요?

어떤 남자: 연관이 돼 있는 것이 확실하다면 보호 내지는 뒤처리를 하였습니다.

사회자: 뒤처리라 함은요?

어떤 남자: 모자를 한꺼번에 해외에 이민을 시킨다든지 아이를 해외에 입양을 시켰습니다.

사회자: 그러면 귀하께서 주장하신 대로 이강산 의원도 그 당시 보호하던 아이 중의 한 명이었다, 이 말씀이죠?

어떤 남자: 그렇습니다. 그러나 다른 아이들과 차원이 달랐습니다. 그 아이와 엄마의 일거수일투족을 다 감시하고 보호하라고 전 중정부장님한테서 직접 오더가 내려왔습니다.

사회자: 그런데 어떻게 해서 업둥이가 됐다는 것이죠?

어떤 남자: 아마도 그 엄마는 보호하는 우리를 아기를 빼앗아가려는 사람으로 오해한 것 같습니다. 우리에게서 도망가서 성북동 부자 동네에 아이를 맡기려고 했습니다.

사회자: 그렇다면 생모가 장기준 댁에 아이를 둔 것을 직접 목격하셨습니까?

어떤 남자: 그것은 아닙니다만 아이를 갖고 도망갔던 엄마가 장기준 회장댁 근처에서 아이가 없이 발견되었습니다.

사회자: 그 엄마는 어떻게 됐습니까?

어떤 남자: 저의 상관이 모처로 데려갔고 저도 그 이후론 소식을 모릅니다.

사회자: 그 상관이란 분은 어떻게 되셨습니까?

어떤 남자: 1971년 대통령선거에서 각하께서 승리하신 후 중정부장님과 저의 상관, 저 세 사람은 경질되었습니다. 전 중정부장님은 어떻게 됐는지 여러분이 더 잘 아실 것이고, 제 상관 되시는 분도 그 뒤로 본 적이 없습니다.

사회자: 제보자께서도 이강산 후보가 그 아이란 것을 확신하지는 못하시겠군요.

어떤 남자: 만약 지금의 이강산 후보의 부모가 친부모가 맞는다면 산부인과 기록이 남아 있을 것이고, 더 확실한 것은 김준석 의원의 부인처럼 DNA 검사 결과를 발표하면 되지 않겠습니까?

김준석의 캠프에서도 난리가 났다. 최경호가 심각하게 물었다

"준석아, 이걸 어떻게 받아들여야 하나? 만약 사실이었다면 이강산이는 알고 있었을까? 만약 한국당과 본선을 한다면 이것은 이강산한테 호재다. 그러나 지금은 민권당 경선이야. 그러니 이강산한테 악재가 될 수 있어. 그런

데 또 서울에 있는 영남 표를 고려하면 그럴 수도 없고. 이것 참 일이 묘하게 꼬이네."

"제보자가 3공화국 때 중정에 일했던 사람이라고 했지? 내 함 알아보게."

다시 김준석의 사무실에서 김준석은 최경호와 밀담을 나눈다.

"3선 개헌 후 중정 직원들을 대거 그만두게 했는데 그중 한 사람이란 것밖에 모른대. 근무했던 것은 확실한 것 같다고 한다. 이제부터 서울 경선까지는 언론에서 오로지 이강산 과거 얘기만 할 거야. 지금은 공약을 알리는 것이 의미가 없어."

"이강산 그놈 어쨌든 언론의 관심을 끄는군."

"최경호, 이번엔 가만히 있지 그래. 그것이 나을 것 같은데. 저번 광주에서 이강산한테 동정표가 많이 간 줄 몰라?"

"알았다. 그러나 선거가 이렇게 흘러가서는 안 돼."

다음날 언론매체에 공약이 실종되고 언론플레이와 유머 화술로서만 점철돼가는 경선에 대한 지탄이 쏟아졌다. 그리고 다시 이강산에 대한 비판 기사가 쏟아졌다.

'대중의 속성을 이용하는 심리전술의 대가'

'치밀한 연기자'

'이강산의 노이즈 마케팅과 동정심 유발 마케팅'

'박 대통령의 아들임을 은근히 즐기는 이강산'

조경덕 대변인은 짧게 논평을 냈다.

"저희 이강산 후보는 누구 못지않은 공약집을 냈고, 이 사실은 온라인이나 오프라인을 뒤져보면 금방 알 수 있습니다. 이강산 후보를 코미디언이니 연예인이니 하는 것은 언론이 만든 것입니다. 그리고 이강산 후보는 한 번도 자기의 출생을 가지고 노이즈건 거 뭐시냐, 안노이즈건 이용한 적이 없습니다. 현재 자기 부모님이 친 부모라고 몇 번을 얘기했고요. 저희는 마지막 TV 토론이 개인의 가십거리가 아닌 공약 검증의 장이 됐으면 합니다."

그러나 이강산의 출생에 대한 관심은 끊이질 않았다. 온 언론이 난리였다. 또다시 터졌다. 이강산의 산부인과 기록이 유출되었다.

'산모 임순녀 보호자 이주태 신생아 사산'

다시 한 번 온 언론이 들끓었다. 한국당에서는 고소하는 것 반, 어처구니 없어하는 것 반의 반응을 보였다.

"우리 지금 민권당 경선 보도 보는 겁니까? 아침 드라마 보는 겁니까?"

"우리 마누라는 태어나서 이렇게 재밌는 드라마는 첨 본다고 합디다."

이강산의 아버지가 TV나 언론에 사진이 나오지 않는 조건으로 기자회견을 하였다. 그러나 얼굴이 안 나올 리 없었다.

"그 당시 사장님은 사모님과 아이를 낳으러 미국에 가셨습니다. 사모님 친정이 미국으로 이민을 갔는데 친정에서 낳겠다고요. 비슷한 시기에 저희 집 사람도 아이를 낳기로 되어 있었는데 사장님께서 산부인과를 소개시켜주셨습니다. 애 낳는 비용도 대주셨고요."

기자가 바로 질문을 한다.

"그런데 사산을 하셨군요."

"아이를 잃고 상심해서 막 들어왔는데 아이 울음소리가 대문에서 들렸습니다. 사장님께서 제게 아이 낳으러 갈 때 사장님 차를 사용하라고 배려를 해주셨습니다. 아마도 그 엄마는 그 차를 보고 사장님 댁 문 앞에 강산이를 놓고 간 게 아닌가 싶습니다. 그러니까 저와 집사람은 사장님 댁으로 갈 우리 강산이를 가로챈 것이지요."

말을 끝내자마자 울음을 터뜨린다. 또 다른 기자가 물었다.

"이강산 후보의 어머니가 장기준 회장 댁의 유모 역할을 했다는데 그 말은 무슨 뜻입니까?"

"저희 집사람은 사산을 했지만 젖 나오는 데는 문제가 없었습니다. 사모님은 인공수정인가를 해서 그런지 젖이 잘 안 나왔다고 합니다."

다른 기자가 다급히 물었다.

"그러면 이강산 후보는 이 사실을 알고 있습니까?"

또다시 언론은 난리가 아니었다. 서울 지역 TV토론을 이틀 앞둔 날 기자들 앞에서 박기두는 기자회견을 했다.

"저의 신분은 이미 세탁이 돼서 기록이 남아 있지 않겠지만 저는 확실히 저의 과거에 대해 증명할 수 있습니다. 그리고 저번 EBN과 인터뷰를 한 사람이 저희 부하가 맞는 것 같습니다. 그분이 말한 직속상관이 저입니다. 그분이 말한 것이 맞는 것도 있지만 사실관계가 틀린 것도 있어 제가 직접 나서게 됐습니다."

"그 아이가 이강산 이강산 후보가 맞습니까?"

"그건 확실하지 않습니다만 정황상 맞는 것 같습니다."

"이강산의 친모는 어떻게 됐습니까?"

"신분을 세탁하고 지금 모처에서 아무도 모르게 살아가고 있습니다. 저도 어디 사는지 모릅니다. 여기까지가 제가 아는 전부입니다."

"그럼 이강산 의원은 3공이나 4공 인물과 상관이 없습니까?"

"돌아가신 전 중정부장한테 들은 바로는 전혀 상관이 없습니다. 제가 이 기자회견을 자청한 것은 더 이상의 불필요한 오해가 없기를 바라는 마음에 서입니다."

기자들이 동시에 물었다.

"그럼 누구의 아이였습니까?"

"돌아가신 전 중정부장 말씀으로는 오해가 있었다고 합니다. 3공인사들이 많이 드나들던 요정에서 일하던 주방 아가씨였는데 그 아가씨가 임신해서 불필요한 오해가 생겼다고 합니다. 아이 아버지는 그 아가씨의 애인이었다고 합니다."

"그 애인이라는 사람은 어떻게 됐습니까?"

"거기까지는 모르겠습니다."

언론에는 이강산 후보의 친부 친모라는 사람들이 나타났고 이강산 의원에게 유전자 검사를 받아보자고 난리였다. 민권당사 앞에서 "강산아 나다."라며 울부짖는 아저씨, "니 어디 있다 이제 왔노?" 하는 아주머니 등 난리도 그런 난리가 없었다. TV에서는 진실게임 '이강산 친부친모 찾기'라는 프로그램이 방송통신위원회의 경고를 무시하고 특집 편성되었다.

"안녕하십니까? 특별 편성된 진실게임. 오늘은 이강산의 친부모를 가려내기 위한 진실게임입니다. 오늘 모신 열 분 모두 너무 이강산 후보의 친부모 같아서―와하하―예, 너무 친부모 같아서 오늘은 도저히 가려낼 수 없기에 그냥 진실의 종은 치지 않겠습니다."

코미디도 그런 코미디가 없었다. 이강산보다 겨우 열네 살 많은 사람이 친부라고 주장하기도 했고. 전혀 모르는 남녀가 옛날 애인사이였다고 부둥켜안고 울기도 했다.

서울에서의 마지막 TV토론이 시작되었다. 모두 발언을 장철희 후보가 하였다.

장철희: 오늘은 민권당 후보 경선의 마지막 TV토론입니다. 그러니 토론 내용이 특정인의 가십거리는 취급하지 않았으면 합니다.

사회자: 우선 서울 지역의 가장 큰 현안인 집 값 문제에 대해서 토론을 해

보겠습니다.

　김준석과 장철희는 오래된 서울 동네의 재개발 문제에 대해 어느 정도 관대하였다. 그러나 강산은 극렬히 반대하였다.

　이강산: 강남의 오래된 아파트 재개발하는 것은 저도 찬성입니다. 재개발 시 비리 방지와 기존 주민의 보상 문제에 관해서는 두 후보 모두 훌륭한 정책들을 가지고 계십니다. 제가 반대하는 것은 기존 단독주택 단지를 허물고 아파트를 짓는 것입니다. 두 후보는 낙후 지역의 재개발은 주민의 동의를 얻어 추진할 수 있다고 했습니다. 그러나 현실의 경제가 어렵기 때문에 재개발의 장밋빛 홍보가 몰아치면 거의 동의할 수밖에 없습니다. 경제는 부자들의 경제만 있는 것이 아닙니다. 양주를 소비하는 계층도 있고 막걸리를 소비하는 계층도 있습니다. 그 사람들이 숨 쉴 공간을 없애면 안 됩니다. 벌써 가리봉동이 재개발된다고 하자 구로의 조선족과 중국인들이 갈 데를 걱정하고 있습니다.

　김준석: 그러면 이강산 후보는 서울의 주택난은 어떻게 해결할 것입니까? 현실적으로 고층아파트 말고 대안이 있나요?

　이강산: 한 가구가 아파트에 한해서 두 채 이상 소유하는 것을 원천적으로 못하게 하면 됩니다. 단, 자식들한테 양도하는 것은 완화시켜주겠습니다. 한마디로 수익을 전제로 한 아파트 전세를 법으로 금지시키겠습니다. 아파트 매물이 쏟아져 나올 것입니다. 그리고 가격이 뚝 떨어질 것입니다. 저는 지금 있는 아파트로도 충분히 수요를 해결할 수 있다고 봅니다. 단, 아까 말씀드렸다시피 자식들에게 사주는 것은 대폭 완화하겠습니다. 그것까지 막으면 편법이 나옵니다.

　장철희: 그것은 자유 시장경제에 위배됩니다.

　이강산: 복지정책도 자유 시장경제에 위배되는 것입니다. 누가 하면 복지

고 누가 하면 좌파 정책이 됩니다. 일일이 예를 들 수는 없지만 과거 군사 정부에서도 반자유 시장 정책 많았습니다.

김준석: 그러다가 부동산 경기 침체가 오면 어떻습니까?

이강산: 처음에는 의욕이 떨어지고 침체가 오겠지요. 그러나 집을 투기로 여기지 않고 진짜 살 곳이라는 의식이 커져서 가수요가 아닌 진정한 수요에 의해서 부동산 경기가 오히려 살아날 것입니다. 국민에게 이제 집으로 돈 버는 것은 안 된다는 의식이 넘쳐나도록 정책을 펼 것입니다.

사회자: 이제 대학 입시 정책과 사교육비에 대해서 말씀을 나누겠습니다. 상대적으로 이 문제에 대해서는 그동안의 TV토론에서 잘 다루어지지 않았습니다.

김준석과 장철희는 사교육비의 원흉이 대학 입시 시험이라고 결론짓고 내신을 높이고 대입 전형을 다양화해야 한다는 공통된 주장을 하였다.

이강산: 저는 두 후보들하고 의견이 다릅니다. 저는 입시학원에서 학생들을 가르쳤던 사람입니다. 대입 전형이 다양화되면 있는 집 자식들만 더 유리해집니다. 누가 취미활동을 더 하고 누가 봉사 활동을 누가 더 하고 누가 더 특기를 더 잘 익히겠습니까? 그전에 달랑 학력고사 하나로 대학을 갈 때는 개천에서 용이 나올 수 있었습니다. 그러나 지금은 그렇지 못합니다. 그리고 수능시험보다 내신의 비중이 높아지면 사교육비가 줄어든다는 바보 같은 소리가 있습니다. 이것은 진짜 바보 같은 소리입니다. 학교 시험이 코앞이고 학원을 가면 어떻게든 문제를 맞게 해주는데 누가 학원을 안 가겠습니까? 수능시험의 비중이 높아지면 코앞의 성적보다는 멀리 내다보고 공부를 할 수밖에 없습니다. 사교육비가 그래서 줄어듭니다. 내 장담하건대 내신을 없애버리면 망할 학원 많습니다. 내신이 높아지니까 대학들은 변별력이 떨어져 이상한 방향의 본고사를 만들어내고 있습니다. 심층 면섭이 그런 것입니

다. 그리고 정 본고사를 보고 싶으면 대학들이 공통 출제를 하게 할 것입니다. 그래서 프랑스처럼 그해의 대학 논술문제가 그해의 화두가 되게 할 것입니다.

방청석에서 고등학교 학생들로 보이는 학생들이 박수를 친다. 강산이 말을 이어간다.

"그리고 지금 공교육의 파탄을 막으려면 예능 과목만 빼고 거의 모든 과목을 수능 과목으로 집어넣어야 합니다. 지금 중학교 교과서는 너무 통합이 돼 있고 고등학교 교과서는 너무 분리돼 있습니다. 고등학교 교과서를 어느 정도 통합해서 선택 과목이 아닌 필수 과목으로 많이 집어넣어야 합니다. 그래야 학교 선생님들도 의욕을 가지고 수업을 하고 학생들도 수업시간에 잠을 자는 폐해를 막을 수 있습니다. 세상에 정치경제가 둘로 구분되고 세계지리와 경제지리가 분리되어 있다는 게 말이 됩니까?"

다시 한 번 고등학생들로 보이는 학생들이 박수를 보낸다. TV를 보는 학부모들이 감탄한다.

"야, 이강산이 저런 것까지 알고 있네."

강산은 이전의 TV토론에서의 모습과 확연히 다른 모습을 보여주었다. 오히려 딱딱하기까지 할 정도였다. 연예인의 모습과 유머스런 모습을 찾아볼 수 없었다. 사회자는 안 물어볼 수가 없었다.

"사실 토론 전에 이강산 후보님께 양해를 구했습니다. 자신의 출생에 관해서 여쭤 봐도 좋으냐고 말입니다. 짧게 한다면 양해를 하신다고 해서 간단히 하겠습니다."

그리고 조심스럽게 말을 이어간다.

"나중에 에드워드 박이란 분이 해명을 하셨지만 이강산 후보가 박정희 전 대통령의 아들이라는 소문이 사라지지 않고 있습니다. 이강산 후보는 이것을 알고 계십니까?"

"소문일 뿐입니다. 저는 에드워드 박 씨의 주장을 믿습니다. 그리고 중요한 것은 지금의 부모님이 저의 부모님이시라는 겁니다. 지금 와서 얼굴 한 번 못 본 생부와 생모가 뭐가 중요하겠습니까?"

"유전자 검사를 해보실 의향은 없으신가요?"

"무의미한 것입니다. 박정희 전 대통령과 그 자녀분들에게도 모욕적인 것입니다. 아마 받아 보면 0%가 나올 것입니다. 이제 이 정도로 하시죠."

"생부와 생모를 찾아보고 싶은 생각이 없으십니까?"

"이제 저에게 생부와 생모는 의미가 없습니다. 진짜 그만해 주십시오."

마지막으로 북한의 핵문제라는 중대한 주제가 남았다.

사회자: 이강산 후보 말씀해주십시오.

이강산: 북한에게는 생존보장을 해주고 핵을 없애라. 그리고 긴장 완화를 위한 일괄타결. 이것은 저희 세 명 모두 주장하는 것입니다. 그리고 한참 말이 없자 사회자가 개입하려던 순간 말을 이어갔다.

"제가 생각하는 신속하고 확실한 방법은 북한 땅에 미군 기지를 두는 것입니다."

방청객과 시청자 모두 경악했다.

"북한 땅에 미군이 주둔하면 북한은 도발의 엄두를 낼 수 없습니다. 미국이나 우리나라 모두 국방비를 확 줄일 수 있습니다. 당장은 어렵겠지만 우리나라 젊은이들이 모두 군대를 2년씩이나 갔다 오는 수고도 덜 수 있습니다. 미국은 의구심 나는 북한을 완전히 컨트롤할 수 있습니다. 북한 입장에서는 자존심의 상처를 받을지 모르나 자존심을 내놓고 완전한 생존을 보장받을 수 있습니다." 강산은 아무런 눈치를 보지 않고 하고 싶은 대로 쏟아냈다.

"미국은 자국의 군대 배치를 북한의 고려 없이 재정비할 수 있으므로 여러 가지로 효율적입니다. 물론 당장은 중국과 러시아가 극렬히 반대하겠지만 평양이나 개성 가까운 곳이면 큰 상관이 없을 것입니다. 그렇게 되면 오히려 저 지긋지긋한 철책도 없앨 수 있습니다. 저는 쿠바에 미군 기지가 없었더라면 미국과 쿠바의 분쟁이 끊이지 않았으리라고 확신합니다. 아내는 남편이 바깥에서 무슨 짓을 하는 것 때문에 불안한 것이 아니라 무슨 짓을 하고 있는지 모르기 때문에 불안합니다. 미국은 북한이 무엇을 하는지 편하게 관찰할 수 있습니다. 그렇게 평화가 정착되면 미국과 북한의 외교 관계를 수립하면 됩니다. 미국과 북한 모두 낼 아침이면 저를 비난하는 성명을 쏟아내겠지만 고민할 것입니다. 그리고 제가 대통령이 되면 북한과 미국 모두 설득할 것입니다. 그리고 저는 흡수 통일을 반대합니다. 서독과 동독을 보십시오. 서독이 얼마나 많은 통일 비용을 지출했습니까? 그리고 독일에서 공산당은 불법입니다만 동독 주민은 사회민주당을 많이 지지합니다. 한마디로 좌파를 지지한다는 것입니다. 만약 북한을 흡수해서 통일한다면 그 사람들에게 투표권을 안 줄 겁니까? 줘야 합니다. 그러면 보수 정당은 집권하지 못할 수도 있습니다. 남과 북의 체제는 우선 그대로 두고 평화정책과 자유 왕래를 먼저 실현해야 합니다. 이산가족들이 수명을 다하여 돌아가시고들 계십니다. 어서 빨리 보고 싶은 사람 맘대로 만나는 세상을 만들어야 합니다."

강산은 울음을 터뜨렸다. 모든 방청객과 시청자는 멍하니 앉아 있었다. 태식이 혼잣말을 한다.

'강산이가 저 말을 하려고 산 사람 같다.'

한 노인이 지팡이를 짚고 일어나서 박수를 쳤다. 그리고 하나둘 사람들이 일어나더니 박수를 쳤다. 시청자들도 박수를 쳤다. 대한민국이 박수를 쳤다.

다음날 강산은 외신에서 더 유명해졌다. 모든 신문은 비난과 칭찬에 앞서 그 가능성에 대해 논평하였다. 그리고 보수 색채가 진한 신문에 다음과 같은 제목으로 논평이 실렸다.

'이강산, 그는 연예인이 아니라 정치인이었다'

서울 잠실체육관에서 김형주가 발표한다.

"오늘은 누적 득표만을 발표를 하겠습니다. 그럼 지금 2013년 18대 대통령 선거 민권당 대선 후보 최종 경선 결과를 발표하겠습니다. 발표는 당대표께서 해주시겠습니다."

김치공장의 김진만과 직원들, 손을 잡고 지켜보는 강산의 부모. 김석철의 집에서 손을 맞잡고 보는 은서엄마와 여경. 호프집에 모여 있는 이강자 회원들 그리고 강산의 결혼식장이었던 김민갑 의원의 종가 그리고 거실에서 지켜보는 석철, 형철 형제, 그리고 담배를 피우고 있는 김민갑 의원. 그리고 대한민국의 모든 국민이 최종 경선 결과를 숨죽여 기다리고 있다.

1985년, 세주고등학교 교무실에 교사 몇 명과 교장선생님이 마주 보며 앉았다. 교사 대표로 보이는 사람이 강한 톤으로 이야기한다. "우리 학교는 그렇잖아도 고관대작 자녀들이 다닌다고 말이 많은 학교입니다. 지금의 고급 교복은 너무 눈에 띕니다."

"그래서 교복을 입히는 것입니다. 만약 다른 학교처럼 자율화를 하면 유명 메이커를 입는 아이들이 수두룩할 텐데 그것이 더 문제 아니요?"

다른 선생님이 말한다.

"한 끼에 3천 원 하는 급식을 아이들한테 반강제적으로 실시하고 있습니다. 원하는 아이들은 도시락을 싸게 해야 합니다."

"그것은 학부모들이 원하는 것입니다."

젊지만 그나마 나이가 들어 보이는 교사가 말한다.

"여기에서도 계층이 있습니다. 모두 다 잘사는 것이 아닙니다. 학부모들에게 설문조사를 해야 합니다."

교사 대표가 마지막으로 말한다.

"수학여행을 해외와 국내로 나누어 가는 것은 정말 더 문제입니다."

교사들이 나가고 교장과 교감 단 둘이 얘기한다.

"우리 학교가 개교한 지 겨우 5년이라 교사들이 너무 젊어요."

"그렇습니다. 교장선생님. 실력 위주로 젊은 교사들을 공개모집해서 뽑다보니 그렇습니다. 잘난 만큼 말이 많습니다."

"그러게 말이에요. 우리 말이 먹혀 들어가질 않아요."

"차라리 월급을 올려달라면 나을 텐데요."

"그나저나 우리 학교는 전교조 교사가 없지요."

"그렇긴 해도 제일 나이 많은 교사가 서른두 살이니 오죽하겠습니까?"

형석필은 남녀 공학인 세주고등학교에서 여학생들의 우상이었다. 고3들이 입시 때문에 서클활동에서 빠진 후 럭비부 주장이 되었다. 잘생긴 외모를 갖췄을 뿐 아니라 공부도 항상 전교 5등 안에 드는 수재였다. 여학생들이 럭비부 운동 모습을 지켜보고 있다. 여학생들이 까르르대거나 비명을 지르며 숙덕거린다.

"진짜 석필이 오빠 멋있다."

"아직 사귀는 사람이 없단다."

"교칙 때문이지 뭐. 뭐든지 최첨단이라는 세주고등학교에서 남녀교제가 교칙 위반이란 게 말이 되니? 어쨌든 석필이 오빠가 여자 친구가 없어 다행이야."

그런 석필과 태식은 피할 수 없는 한 판을 앞두고 있었다. 태식은 흔히 말하는 일진이었다. 석필이 양지의 제왕이라면 태식은 음지의 제왕이었다. 아무리 음성 서클이 없다는 세주고등학교라지만 자기들끼리는 존재하였다. 태식과 그의 친구들이 담배를 피우고 있다.

"야, 태식아. 저 석필이 진짜 밥맛없지 않냐?"

"야, 태식아. 니 한판 붙어서 저거 좀 어떻게 해봐라."

아나나 다를까 둘은 남학생 몇 명만 남은 방과 후 한판 붙었다. 그러나 태식은 석필에게 완전히 얻어터져 버렸다. 이 일은 학교에 순식간에 다 퍼졌다.

"야 그 얘기 들었냐? 어제 태식이랑 석필이랑 붙어서 태식이 완전 뭉개져 버렸대."

남학생들이 수군거리는 사이로 한 여학생이 끼어들어 참견을 한다.

"그 무식하게 생긴 인간은 왜 석필이한테 그랬대? 앞으로 창피해서 고개를 들고 다니겠니?"

그 이후로 태식은 혼자 다녔다. 부하들도 다 떠나버렸다. 2학년 2학기 때 세주고등학교 학생들은 수학여행을 갔다. 40% 정도의 학생들이 제주도로 수학여행을 갔고 나머지는 일본으로 떠났다. 여관방에서 술이 몇 잔 들어간 태식과 어떤 학생 하나 사이에 시비가 붙었다.

"붙어보자. 김태식, 석필이한테 터진 놈. 니놈이 별거냐?"

태식은 그 학생을 던져버렸다. 일순간 모두 조용해졌다. 한쪽 구석에서 강산이 일어서며 태식에게 주먹을 쥐었다.

"어이, 김태식. 나랑 붙자."

태식은 정말 어이가 없었다. 아이들은 강산을 말렸다.

"진짜 저 씨발놈이, 너 진짜 죽여버린다."

태식은 강산에게 달려들어 있는 대로 주어 패기 시작했다. 얼마 후 강산은 얼굴에 피멍이 든 채로 사라지고 태식은 선생님들 앞에서 꾸중을 듣고 있었다. 얼마 후 형사가 찾아왔다. 그리고 태식에게 수갑을 채우고 경찰서로 연행해갔다. 강산은 스스로 종합병원 응급실을 찾아가 드러누워 있었다.

다음날 태식이 아버지가 비행기를 타고 급히 찾아왔고 형사와 태식 그리고 태식아버지 그리고 담임선생이 강산의 침대 옆에 앉았다. 태식 부가 강산의 침대 옆에서 부드럽게 물었다

"그래 좀 괜찮니?"

"태식이 이놈새끼!" 하면서 태식을 때린다.

"태식이 아버님! 태식이는 정말 한심한 놈입니다. 지가 기세등등할 때는 애들한테 왕처럼 굴더니 한번 얻어터지고서는 의기소침해 다닙니다."

"그래. 니 기어코 우리 태식이를 콩밥을 맥이겠다고 했다고 했지. 이번 한번만 봐주라. 내 치료비랑 위로비는 지급할 테니까. 뭐 좋을 것이 있겠니?"

선생님도 거든다.

"그래, 강산아. 태식이도 반성하고 있고. 친구끼리 그럼 되냐? 그리고 니가 이러면 담임인 나뿐 아니고 다른 선생님들까지 아주 곤란해진다."

잠시 뜸을 들인 후 강산이 태식 아버지에게 말한다.

"돈이 많으시다고 들었어요. 위로금은 됐고요. 내 치료비만 대주시구요. 그리고……"

"그래, 그리고 뭐?"

"돈 많은 집 자제들이 많은 우리 학교지만 우리 반은 개인 사물함이 없어요. 태식이네 반은 아저씨가 해주셨다면서요. 우리 반 것도 해주세요. 태식이네 반 꺼보다 더 고급으로. 그리고 사물함 위에 '증 이강산'이라고 써주세요."

"그래 그 까짓것 들어주마. 또 뭐 들어주랴?"

잠시 뜸을 들이다가 강산이 이어서 말한다.

"앞으로 태식이한테 제가 여러 가지를 시킬 거예요. 그때 아저씨께 말씀

드리겠습니다. 아저씨가 허락하면 태식이는 군말 없이 제 말을 듣는 것으로 할게요. 그냥 가서도 돼요. 형사 아저씨."

형사는 허허허 웃고 나갔다. 얼마 후 강산의 반 교실에 고급 목재로 된 사물함이 도착했다. 맨 위에 '증 이강산'이란 글자가 새겨 있었다.

"야, 강산이가 얻어터진 값으로 우리 사물함 받았대."

"이걸 고맙다고 해야 하냐, 말아야 하냐?"

"짜식, 좀 더 얻어터지지. 그러면 태식이 아버지가 책상도 갈아줬을 텐데."

그리고 얼마 후 강산이 교장실을 찾았다.

"교장선생님, 웬 학생이 교장선생님을 뵙자는데요?"

"웬 학생이? 그래, 김 비서. 들어오라고 해요."

"마시거라. 그래 웬일로 나를 보자는 거냐?"

"교장선생님, 요새 여러 가지로 선생님들의 요구사항이 많아서 힘드시죠?"

"허허, 그걸 네가 어떻게?"

"그리고 저번에 장여시한테 차심부름 시켰다가 장여시가 대들어서 곤욕을 치르신 것도 압니다. 그리고 이리저리 장여시가 찌르고 다니는 것도 다 알구요."

"이놈아, 아무리 그래도 그렇지 장수미 선생님을 그렇게 부르다니."

"이 학교에서는 교장선생님 빼고 장수미 선생님을 전부 그렇게 부릅니다. 매점 아줌마들도 장여시라고 합니다. 우리는 전부 그렇게 부르고 그게 더 익숙합니다."

그리고 말을 이어갔다.

"교장선생님, 선생님들의 요구사항을 잠재워 버리고 교장선생님의 구식택 택 먹은 이미지를 벗을 수 있는 좋은 방법이 있습니다."

"허허, 그 방법을 니가 알려주려고?"

"교장신생님, 전국에서 유일하게 학생회장을 학생들 직선으로 뽑는다고 선언해버리십시오. 파격적인 교장선생님의 행보에 다른 선생님들의 개혁적인 건의는 다 묻혀버릴 겁니다."

"뭐라구?"

"아주 획기적인 방법입니다. 교장선생님은 그 개혁적인 이미지를 가지고 내년부터 먹고사시는 데 지장이 없을 겁니다. 지금이야 세상이 이렇지 곧 민주화 시대가 올지 어떻게 압니까? 어차피 내년에 정년이신데 함 해보는 겁니다. 그럼 믿고 갑니다."

"강산아!"

교장은 문을 열고 나가는 강산을 부른다.

"그러면 넌 학생회장에 출마할 거냐?"

"그럼요. 내가 괜히 우리 반 애들한테 사물함을 뇌물로 준지 아십니까?"

교장이 다시 부른다.

"강산아."

"네."

"너 나하고 앞으로 척지지 말고 살자. 그리고 꼭 당선되거라."

빈 교실에 강산과 태식 그리고 몇 명의 남학생들이 앉아서 회의를 하고 있다.

"태식아, 2월에 신입생들 오리엔테이션 있지? 그게 성패를 좌우한다."

"그래, 걔네들한테 뭘 보여주지?"

1986년 2월, 신입생 오리엔테이션 때 석필과 강산은 동시에 유세를 하기로 했다. 그 자리에는 진영도 앉아 있었다. 석필은 자기 부장단 후보들과 함께 남녀 다섯 쌍씩 사교댄스를 선보였다. 신입생들이 우레와 같은 박수를 터뜨렸다. 강산의 팀 차례가 왔다.

"저희는 좀 더 클래식한 공연을 보여드리겠습니다. 자, 나갑니다. 둠벙 위에 떼꺼우."

강산은 태식을 포함하여 다섯 명의 부장단과 함께 백조의 호수 음악을 배경으로 발레복을 입고 발레를 추었다. 오로지 남학생들로만 구성하여 여자 발레복을 입고 발레를 추었다. 신입생들은 자지러졌다. 공연이 끝난 후 강산이 마이크를 잡았다.

"여러분, 즐거우셨습니까?"

"와하하~ 예."

"여러분 쪽팔려 죽으려고 하는 부회장 후보 김태식 군과 그 외 부장단 후보 여러분께 다시 한 번 박수 부탁드립니다. 야야, 니 어데 가노? 아야 들어가지 말어야! 신입생 여러분, 기호 1번 형석필 군의 공약이나 저의 공약이나 별반 다를 것은 없습니다. 형석필 팀이 공연 준비를 할 때 가보니 너무들 즐겁게 하였습니다. 저희는 괴롭게 했습니다. 보세요. 얼마나 쪽팔리고 괴롭겠습니까? 저는 여러분을 즐겁게 하기 위해서 하기 싫다는 저희 부장단들을 다그쳤습니다. 바로 이것입니다. 저는 여러분을 위해서라면 하기 싫고 괴로운 일을 제가 먼저 솔선수범해서 할 것이고 저의 부장단들도 하기 싫은 일을 할 것입니다."

신입생들은 모두 일어나 박수를 쳤다. 3월 개학이 되자 양 캠프는 전의가 불타올랐다.

"강산아, 이놈의 선거란 거 묘하다. 첨엔 별거 아닌 것 같았는데 꼭 이기고 싶어."

"당연 뿡 이겨야지."

"근데 저 석필이 여자애들한테 인기가 너무 좋은데 어떡하냐?"

"그래서 우리가 이겨."

"뭐?"

"그래서 이긴다구. 두고 봐. 곧 뭔가 터질 테니."

석필이 지나갈 때마다 여학생들은 석필에게 간단한 선물과 응원 메시지를 전달하였다. 석필이 부장단과 같이 지나갈 때 어떤 여학생의 선물 하나가 바닥에 떨어졌고 석필의 부장단 한 사람이 발로 밟았다. 사람에 둘러싸여 있는 어수선한 상황이었다. 그 여학생은 석필을 쳐다보며 이를 뿌드득 갈았다. 여학생들이 소문을 내기 시작했다.

"야야, 너 그 얘기 들었지? 형석필이 희영이 선물을 발로 밟아버렸데."

"형석필 걔는 예쁜 애들 선물만 받는다더라."

교감이 교장실로 황급히 들어오면서 말한다.

"교장선생님, 정말 의외의 결과가 나왔습니다."

"왜요? 이강산이가 지기라도 했습니까?"

"예에? 아니오. 이강산이가 거의 두 배 차로 이겼습니다."

"뭐 당연한 거 아닙니까? 자, 이번 금요일 밤에는 회식 한번 거나하게 하십시다. 거 부회장 아버지 알뜰 신용금고 회장 있잖습니까? 그분이 우리 마시고 죽을 때까지 한잔 산다고 했으니."

남학생들이 무등을 태우고 이강산을 연호하면서 교장실 옆 복도를 뛰어간다. 교장이 읊조린다.

"진짜 그놈 참, 허허 그놈."

"총 67만5천 2백9십 5표 중 기호 1번 김준석 후보 22만3천 8십4표."

우와우와 김준석 김준석 김준석! 관객이 환호했다. 최경호가 혼삿말을 한다.

'예상보다 2만 표가 부족하다.'

"기호 2번 장철희 후보 20만6천 4백4십 7표."

명진수가 고개를 들어 하늘을 쳐다보며 한숨을 쉰다.

'졌다.'

이때부터 관중석에서 웅웅거리는 소리가 들리기 시작했다.

"기호 3번 이강산 후보 23만5천 2백5십 2표."

우와우와우와~ 잠실체육관에 함성이 울려 퍼지기 시작했다.

"이강산 후보가 2013년 민권당과 시민사회단체의 연합경선으로 실시된 국민 참여 경선에서 야권 대선 후보로 확정되었습니다."

잠실체육관이 요동을 쳤다. 이강산! 이강산! 이강산!

누가 시키지도 않았는데 잠실체육관을 양분하여 관중이 구호를 외친다.

"절망밖에" "없다" "절망뿐이" "없다" "희망이" "없다" "희망이" "없다" "이강산을" "살리자" "이강산을" "살리자" "이강산을" "청와대로" "이강산을" "청와대로"

관중의 흥분이 잠시 가라앉은 후 김형주가 마무리 발표를 한다.

"다음은 서울지역 득표수입니다. 총 22만3천 1백3십 3표 중 기호 1번 김준석 후보 6만8천 9백9십 1표, 기호 2번 장철희 후보 5만8천 4백7십 9표, 기호 3번 이강산 후보 9만5천 6백6십 3표."

진만의 김치공장에서도 사람들이 얼싸안고 눈물을 흘린다. 호프집에서 이강자 회원들이 환호한다. 강산의 부모는 얼싸안고 눈물을 흘린다. TV 화면에 김민갑 의원의 집 앞에서 리포팅을 하는 기자의 모습이 비친다.

"안녕하십니까? 저는 지금 이강산 후보의 부인 댁, 즉 김민갑 전 의원의 자택 앞에 있습니다. 지금 마을 주민들이 풍물을 하면서 환호하고 있습니다. 지금 풍물패가 김 의원 자택으로 들어가고 있습니다. 저도 따라 들어가겠습니다."

김 이장이 흥분해서 소리친다.

"행님, 좀 나와 보소. 뭐하요?"

사람들이 환호한다.

"행님, 누가 대통령 선거 때 사위분 찍는닥 했습니까? 오늘은 그냥 기부이 좋으니 좀 나와 보쏘."

김민갑 의원이 휠체어에 아내를 태우고 아들들과 같이 나온다. 김민갑의 아내는 계속 눈물을 흘린다.

"정말 여러분께 감사드립니다. 국민 여러분께도 감사드립니다. 저의 사위 이강산 후보가 그동안의 상처를 딛고 앞으로 한국당 후보와 훌륭한 대결을 펼치기를 바랍니다. 정말 감사합니다."

마을 사람들은 환호하고 다시 풍물을 시작한다.

이때 서울의 한 요양병원에서 한 노인이 눈물을 흘리며 숨을 거두었다. 의사가 아들과 며느리로 보이는 사람에게 말한다.

"이렇게 밝게 웃고 돌아가셨으니 고인에게 다행한 일입니다."

옆에 몸이 불편한 한 남자 노인이 아들 며느리에게 말한다.

"거, 교장선생님 말입니다. 몸이 불편해도 민권당 경선 발표 방송 때마다 꼿꼿하게 일어나서 보셨어요. 우리가 딴 데 볼라고 그러면 막 못 틀게 하고요. 그리고 경선 발표 끝날 때마다 소리를 치셨는데, 이제 생각해보니까 '강산아, 강산아'라고 하신 것 같아요."

명진수는 서재에 앉아 이번 경선을 되씹어보았다.

'왜 선거판의 여우인 내가, 단 한 번도 선거에서 져본 적이 없는 내가 졌을까? 그것도 역전패로.'

책상에 머리를 박고 있다가 회전의자를 돌리니 책장이 보였다. 그리고 자기가 평소 열심히 읽었던 중국인들의 정치 처세에 관한 책들이 보였다. 명진수는 그중 한 권을 꺼내어 목차를 보았다. 목차에 쓰인 말들과 그동안 강산의 모습을 연상하면서 허탈하게 웃더니 책을 덮었다.

"이게 너였구나. 이게 너였어. 이대로네, 허허. 그런데 왜 난 이강산에게서 제왕의 기질을 눈치 채지 못했지?"

그러면서 조경덕이 한 말이 생각났다.

"이강산이 그러던데 사람들이 자기를 볼 때 자기를 제대로 안 보고 보는 사람의 안경을 쓰고 본다고 합디다. 근데 말입니다. 경선을 이기고 나니까 그런데요. 지금 보니까 대통령 감 같아요. 이상하죠. 옛날엔 왜 그렇게 안 느꼈을까 몰라요."

명진수의 머릿속에서 강산의 연예인 같은 모습과 마지막 서울 경선에서 포효하는 모습이 오버랩 된다. 그리고 중국의 처세술 책의 목차를 다시 펼쳐든다.

"상대가 방심하도록 철저히 자기를 위장하라."

경선이 끝난 다음날 아침, 준석은 사무실에 혼자 앉아 있다. 준석이 한숨을 쉬고 있다가 그동안 자기가 강산에게 했던 말을 떠올린다.

'강산아, 지도자가 될 사람은 좌절스런 상황도 자기에게 유리하게 반전시키는 능력이 있어야 한다.'

'일단은 대중의 이목을 끌어야 한다. 설사 그것이 부정적이더라도.'

'공부를 열심히 해서 일단 능력 있고 잘난 사람이 돼야 한다. 그러나 잘난 척은 해서는 안 된다.'

'드러나는 인기에 연연해서는 안 된다. 숨어 있는 표가 중요하다.'

'그리고 주변을 조심해야 한다. 적은 가까이에 있다.'

'가까이 있는 사람에게 믿음을 주되 믿어서는 안 된다.'

'사람은 이해관계 때문에 움직인다. 인간관계는 이해관계다.'

그리고 강산이 했던 말을 떠올린다.

'형님, 대북송금 특검만은 하지 마십시오. 부탁이 아닙니다. 협박입니다.'

'저는 있는 그대로 말씀드렸습니다.'

'형님이 저한테 나중에 큰 도움이 될 것 같습니다.'

'형님, 세상이 경천동지해서 제가 대통령 후보가 될 수도 있습니다.'

그리고 최경호의 문자를 받는다.

'내가 만난 최고의 호모폴리티쿠스 나의 친구 김준석! 승리할 줄 알았는데 일이 이렇게 되어 나도 허망하다. 정말 이강산은 운이 좋은 놈이다. 그 많은 변수가 전부 그놈에게 유리하게 돌아갔다. 실력 좋은 놈도 운 좋은 놈을 이길 수 없는 법이지. 나는 이제 한국당으로 옮겨간다. 우리의 친구 제형두를 반드시 한국당 경선에서 승리하게 만들고 이강산과 다시 승부할 것이다. 최고의 호모폴리티쿠스인 너는 나를 이해하리라 믿는다. 나는 너처럼 제왕의 기질을 타고나지 못했지만 제왕의 척사로는 타고났다. 너의 친구 최경호.'

준석은 잠시 생각하다가 스스로 깜짝 놀란다.

'최고의 호모폴리티쿠스' '최고의 호모폴리티쿠스'

그리고 허탈하게 웃는다. 한 번 웃더니 울부짖듯이 계속 웃어댄다. 바깥에서는 준석의 선거 참모들이 어쩔 줄 모른다. 10분쯤 지난 후 준석이 밝게 웃으며 나오면서 참모들에게 말한다.

"왜들 그래? 자, 우리 마무리 회식하고 민권당 대선 후보가 되신 이강산 후보를 위해서 열심히 또 뛰어야지. 아무리 인기가 떨어졌어도 한국당은 만만한 당이 아니요. 대한민국이 그들 손에 의해 만들어졌어. 낼부터 밤낮없이 뛰어야 하니 오늘은 아침부터 마셔 보자고."

준석이 걸어가며 계속 웃는다.

"후보님, 정말 괜찮으세요?"

"그럼 난 질 상대한테 진 거야. 아쉬움이 없어."

그리고 혼잣말을 한다.

'애초에 이길 수 없는 게임이었어. 최고의 호모폴리티쿠스.'

호모폴리티쿠스(Homo Politicus, 라틴어)

인간의 특질 가운데 정치를 통하여 사회생활을 이루어가는 특질. 정치적 인간이라는 뜻을 가진다.

대통령 당선자가 TV를 보고 있다.

"대통령 당선자께서 전원 사표를 낸 국무위원의 뜻을 받아들여 새 각료를 발표하셨습니다. 정말 의외의 인사가 많이 뽑혔습니다. 단순히 비정치권 인사뿐만 아니라……."

똑똑똑 노크소리 후 어떤 사람이 방으로 들어온다.

"당선자님, 총장님께서 보내오신 자료입니다. 개혁 방향을 담고 있는 보고서라고 합니다."

어떤 사람이 나가자마자 대통령 당선자는 봉투에서 서류를 꺼내어 읽어보지도 않고 북북 두 번 찢더니 조용히 휴지통에 버린다.

1998년, LA의 한 병원에서 산소 호흡기를 하고 있는 박기두의 아내 옆에 박기두가 앉아 있다. 아내는 무슨 말을 하려는 듯하다. 박기두가 간호사에게 산소 호흡기를 떼 달라고 하자 간호사가 고개를 가로젓는다. 그때 의사가 다가와 산소 호흡기를 떼 준다. 임종을 맞으라는 듯. 박기두의 아내는 숨을 헐떡거리면서 박기두에게 말한다.

"여보, 산이, 내 아들 산이를 부탁해요."

1972년, 유신 직후 중앙정보부에서 새로 부임한 중정부장이 박 기두를 만나고 있다.

"내가 박 과장을 보자고 한 것은 전 중정부장과 어젯밤 전화 통화를 했기 때문이오. 앉으쇼."

차를 한잔하고 말을 이어간다.

"그래 새로운 직장은 괜찮소?"

"네, 공사 아닙니까? 월급도 많고 직위도 부장입니다. 배려해주셔서 감사합니다."

"박 과장이야 그래 생각하지. 그렇게 생각하지 않는 사람들이 문제요. 이 모든 게 각하의 은혜인 줄도 모르고 말이오."

박기두는 말이 없다.

"박 과장, 전 중정부장이 급하게 떠나서 내게 인수인계를 못한 것이 있다고 했소. 당신을 불러서 물어보면 알 거라드만. 그게 뭐요?"

잠시 머뭇거리다가 결심하듯 대답한다.

"아이 문제입니다."

"뭐요? 또 아이?"

기가 막힌다는 듯이 묻는다.

"확실하긴 한 거요?"

"아닙니다. 전혀 근거가 없습니다."

"그러면 왜 그렇게 보호를 했소?"

"영성각에서 근무하던 아가씨였기 때문입니다."

"뭐요, 영성각? 나도 소문은 들었소. 3공인사들 아지트 아니었소? 그리고 가끔 각하께서도."

"맞습니다. 중정에서 다른 것은 몰라도 철저히 여자 문제는 제대로 체크를 했습니다. 그런데 거기서 일하던 주방 아가씨가 그만둔 지 얼마 안 돼서 임신한 사실을 저희가 알게 됐습니다."

"뭐요? 주방 아가씨?"

"그래서 혹시나 해서 철저히 보호와 감시를 한 것입니다."

계속 말을 이어나간다.

"이 사실을 아는 사람은 없습니다. 전 중정부장님과 저 그리고 제 밑에서 일하던 제 후배뿐입니다."

"그러면 그 씨는?"

"전혀 상관없었습니다. 확실합니다."

"나중에라도 문제없겠소?"

"아이는 해외로 입양시켰고 어미도 새로 시집을 갔습니다. 걱정 안 하셔도 됩니다."

"그러면 그 후배는?"

"그 친구도 걱정 안 하셔도 됩니다. 그 친구는 아무것도 모릅니다. 아들인지 딸인지도 모릅니다. 그리고 미국에 있습니다."

"알겠소. 뭐 별문제는 없겠지. 각하께서 선거도 이기고 유신까지 이룬 마당에."

1971년, 영숙은 장기준의 대문 앞에서 사인펜을 꺼내어 아이의 이름을 적는다.

'김산.'

이주태와 월산댁이 마주 앉아서 아이의 이름을 보고 있다.

"여보, 아이 이름이 김산인가 봐요? 이름이 특이하네. 성이 김이고 이름이 산인가?"

"아녀, 임자. 여기 사인펜 글씨가 흘렀구먼. 세상에 그런 이상한 이름이 어딨단가? 이름이 강산인가 보네. 기왕에 업둥이로 보내믄서 성을 썼겠어?"

2013년 봄, 진영이 장기준의 집에서 창밖을 바라보고 있었다. TV에서는 대통령 취임식 방송을 하고 있었다.

"지금 새 대통령께서 단상에 올라오고 계십니다."

그리고 옛날을 회상한다.

"강산아, 나도 학교 갔어."

"진영이 너 나한테 오빠라고 불러. 내가 두 학년이나 위야."

"싫어. 그런 게 어딨어? 그냥 강산이라고 부를래."

"뭐? 알았어. 흐음…… 원래 안 되는데 너한테는 봐줄게. 1학년 중에 혹시 괴롭히는 놈 있으면 나한테 말해. 내가 혼내줄게."

"알았어. 인제 나랑 학교도 같이 다닐 거지? 엄마가 같이 태워다 줄 거야."

"싫어, 난 이대로 걸어 다닐 거야. 난 걸어 다니는 게 좋아."

"왜? 왜 걸어 다니는 게 좋아?"

"그래야 많은 것을 볼 수 있어. 차타고 다니면 잘 안 보여."

"알았어. 그리고 강산아! 너 우리 집에서 계속 살아. 어디 가지 말고."

"안 돼. 난 언젠가 떠나야 돼."

"안 돼, 어디로 가지 마. 가지 마. 그냥 여기서 살아."

"응, 알았어."

다시 TV 소리가 들린다.

"지금 새 대통령께서 선서를 하십니다……."

진영은 다시 창문 아래를 내려다보면서 1987년 6월을 떠올린다.

"형, 조금만 기다려요."

강산은 본채로 가서 진영의 방 창문을 세 번은 짧게, 세 번은 길게 두드린다. 언제나 그랬던 것처럼. 진영이 문을 열고 나온다. 진영이 웃는다.

"진영아, 너희 할아버지께서 아버지한테 선물한 그 차를 가지고 미 대사관에 가. 몰래 가져가는 거야. 나중에 할아버지께 얘기 잘 해줘. 할아버지한테도 아주 좋은 일이야."

"좋은 일? 어떻게 그게 좋은 일이야? (잠시 머뭇거리다가) 알았어."

"오늘 준석이 형을 스타로 만들어줄 거야?"

"그 사람을 스타로 만들어서 뭐하게?"

"응, 그게 나한테 도움이 돼. 그리고 진영아, 이거 내가 만든 거야."

강산은 털실로 된 목도리를 내민다.

"내가 이것저것 많이 배운다고 했지. 뜨개질도 배웠어. 너 줄려고 만들었어."

"치! 지금은 더운데."

"추워지면 둘러. 이렇게." 하면서 머리와 귀를 감싸준다. 그리고 뜸을 들이다가 나지막이 말한다.

"이제 난 곧 떠나. 앞으로 못 만날지 몰라."

진영은 눈물을 글썽인다. 강산이 한 번 더 나지막이 속삭인다.

"이제 그럴 때가 왔어."

강산이 목도리 위로 진영의 귀를 누르고, 진영은 고개를 아래로 박고, 강산은 발꿈치를 들고, 두 사람은 뽀뽀인지 키스인지 모를 것을 한다. 그리고 두 사람 모두 눈물을 흘린다. 그리고 그 일을 회상하는 진영의 눈에도 눈물이 흐른다.

1993년, 준석이 강산에게서 한 통의 전화를 받는다.

"형님, 잘 계시죠? 저는 외국에 나와 있습니다."

"그래, 나도 곧 영국으로 떠난다. 가서 만나 뵐 사람도 있고 공부도 할 겸. 넌 어디냐?"

"스코틀랜드의 에든버러입니다."